三島由紀夫 悪の華へ

鈴木ふさ子

アーツアンドクラフツ

蕗谷虹児『岬にての物語』挿画

大蘇芳年「英名二十八衆句　稲田九蔵新助」

チャールズ・デムース「アクロバット」

アンティノウス像

目次

［凡例］

一、三島由紀夫の著作については、『決定版　三島由紀夫全集』全四十二巻・補一巻（新潮社刊）を使用した。

二、本文における翻訳はできるかぎり三島由紀夫が所持していた翻訳本を使用するよう心がけた。尚、翻訳を用いる場合には本文中に翻訳者名を明記した。訳者名が明記されていない訳は著者本人による。

三、主要参考文献の欄には参考にした多くの資料文献から本文に引用したものを中心に基本的なものを掲載した。尚、オスカー・ワイルドに関する細かな文献は拙著『オスカー・ワイルドの曖昧性―デカダンスとキリスト教的要素』（開文社刊）を参考にされたい。

四、著者名を本文に明記した記事などが参考文献名からは特定できないと考えられる場合には、主要参考文献の「二、その他」の欄に記事名を別途掲載している。そのため、出典先が参考文献の著作と重複している場合がある。

装丁――芦澤泰偉
カバー・口絵図版――チャールズ・デムース「アクロバット」
水彩、一九一九年
©Granger／PPS通信社

三島由紀夫　悪の華へ

プロローグ――遭遇する無垢と宿命

……私が幸福と呼ぶところのものは、もしかしたら、人が危機と呼ぶところのものと同じ地点にあるのかもしれない。『太陽と鉄』

血染めの部屋

総監室の扉を開けると、赤い絨毯はその地の色に負けないほどの鮮血をたっぷりと吸い込み、血の海と見分けがつかなくなっている。

その絨毯の上には緑の襟のついた褐色の制服で覆われた首のない胴体がふたつ。その一メートル先には介錯された首がふたつ並んでいる。三島由紀夫と楯の会学生長森田《もりた》必勝《まさかつ》のものである。これは昭和四十五年十一月二十五日、自衛隊市ヶ谷駐屯地東部方面総監室での光景である。

三島の切腹は古式に則ったものであった。武士の自決の手段である切腹には古式と江戸式がある。江戸式はひとつの形式として行われたもので、鎧通《よろいどお》しという短刀の切っ先を腹に当てるか、あるいは少しだけ皮膚に刺した瞬間に介錯を受けるというもので、一般にイメージされる「ハラキリ」とは大きく異なり、苦しみは少ない。三島に次いで介錯を受けた森田必勝はこの江戸式で切腹を行い、すぐに介錯を受けて自決を遂げた。

一方の古式は、腹を横一文字に掻《か》き切る方式であり、相当な苦痛を伴う。腕力、腹筋力といった身体的な力はもちろんのこと、痛みに耐える強靭な精神力を要すると言われている。三島の腹にはためらい傷ひとつなかった。刀を五センチの深さに突き刺し、そのまま左から右に引き回し、腹の三分の二にあたる十三センチを掻き切り、さらに直角に真上に切り上げた見事な切腹であった。腹を切った痛みもさることながら、介錯の失敗で後頭部や肩に刀を受けた跡から、その苦しみが長く続いたであろうことが想像される。

三島の最後の作品『豊饒の海』第二巻の『奔馬』（昭和四十三年）の主人公飯沼勲はたったひとりで大物政治家を刺殺するというクーデターを決行する。その後、一面に広がる蜜柑畑を抜け、自害の場所を探し求める。月の出ていない晩の海は空の微光を反映して黒く光っている。やがて崖の一箇所が深くえぐられて洞《ほら》のようになっている場所をみつけた。昇る日輪も、気高い松も、輝く海もないその場所で勲は自決を果たす。

勲は深く呼吸をして、左手で腹を撫でると、瞑目して、右手の小刀の刃先をそこへ押しあて、左手の指さきで位置を定め、右腕に力をこめて突っ込んだ。

正に刀を腹へ突き立てた瞬間、日輪は瞼の裏に赫奕《かくやく》と昇つた。

日の出前の暗闇の中ではあったが、勲の瞼の裏には確かに日輪が昇っていたのである。三島が自決した東部方面総監室の中にも武士の自決にふさわしい神聖な松も海も日輪もなかった。それでは、三島の瞼に最後に映ったものは何だったのだろうか。

海底に忘れ去られて沈む小石が大きな波のうねりで一瞬の内に海面に洗い出されるように、あらゆる記憶が彼の最期《さいご》の瞬間に向かってその脳裡に一斉に浮き上がってきたであろう。少年の日のある絵との運命的な出会いの瞬間とともに……。

運命の出会い

そこには学生帽に金色の桜の襟章が光る詰襟《つめえり》の制服をきちんと着た少年三島がいる。彼は文庫本の並んでいる棚を見上げ、手に取っては、棚に戻す、という行為を何度か繰り返した。やがて少年の瞳が一冊の薄い文庫本の背表紙にとまった。細い手が棚に伸びる。その文庫本を手に取ると、表紙でタイトルと作者、翻訳者を確認し、中を開いてみる。その瞬間、少年の体の動きがとまった。

その瞳の先には、宙に浮かぶ男の首と、向かい合わせに両膝を曲げるようにしたポーズで宙に浮いた女の姿が見える。女はその切断された首をつかみ、まさに接吻しようとしている。満足そうな、勝ち誇ったような微笑を浮かべた女は陶酔したような目つきで男の顔に見入っている。女の体は昂揚感に突き動かされ浮き上がっており、黒く長い髪の毛の一部もはね上がっている。その妖婦の動作からは死んで固く目を閉ざした男と対照的に躍動感すら伝わって来る。黒一色の細い線で描かれたペン画に血を示す赤色は見られない。しかし、男の首の切断面からは大きなひと滴《しずく》がしたたり、その先にはまるで一筋の小滝のように連結した血が流れ落ち、下の方に血だまりができている。その血の海から一本の百合とおぼしき花の蕾《つぼみ》がほころびかけている。その脇にはまだ開かぬ固い蕾がひとつ。これらは血を養分に咲く〈悪の華〉である。

この時少年三島が手にした文庫本とは、イギリスの世紀末を代表する作家オスカー・ワイルド（Oscar Wilde, 1854–1900）の一幕物の悲劇『サロメ』（一八九三年）の翻訳本であった。三島は二十五歳の時に書いたエッセイ「オスカア・ワイルド論」の中で「私がはじめて手にした文学作品は「サロメ」であつた。これは私がはじめて自分の目で選んで自分の所有物にした本である」と、『サロメ』が自分で能動的に選んだ最初の本だと明らかにしている。

ワイルドはイギリス世紀末文学を代表する作家であり、三島は幼少期からこの作家の童話を愛読していた。『サロメ』はそのワイルドが書いた未読の作品タイトルであった。だから少年三島はこの本を手に取ったのかもしれない。しかし、本を開いた少年をたちまちのうちに虜《とりこ》にしたのは、ワイルドと同じ世紀末に活躍し、その病的で悪魔的と称される独特な画風で知られるオーブリー・ビアズリー（Aubrey Beardsley, 1872–1898）の挿絵であった。この時の『サロメ』との邂逅《かいこう》を二十六歳になった三島は「ラディゲに憑《つ》かれて——私の読書遍歴」の中で次のように振り返っている。

十一、二歳のころであらうか、本屋で、岩波文庫のワイルドの「サロメ」を見た。ビァズレエの挿絵がいたく私を魅した。家へかへつて読んで、雷に搏《う》たれたやうに感じた。これこそは正に大人の本であつた。悪は野放しにされ、官能と美は解放され、教訓臭はどこにもなかつたのである。

サロメとは聖書に出てくるヘロディアスの娘のことである。聖書によれば、ある日この娘は素晴らしい舞いで王を喜ばせた。褒美に何でも好きなものを与えると言われた娘は、かねてから預言者ヨハネを憎んでいた母ヘロディアスに唆《そそのか》され、銀の皿に載せた切断されたヨハネの首を所望する。このように聖書では母親の言いなりになる無個性な娘に過ぎなかったサロメは十九世紀末になると妖艶なファム・ファタル《宿命のおんな》と化してフランス象徴派を中心に多くの文学者、画家、作曲家に霊感を与えるようになる。世紀末には多くのサロメ像が生まれたが、その中で多くの人々を魅了してやまぬ大輪の薔薇となったのが、三島が手にしたワイルドの『サロメ』なのである。ワイルドの創造したサロメは聖ヨハネへの叶わぬ恋ゆえに舞いの褒美に彼の首を欲し、その血まみれの唇に接吻しながらエクスタシーに打ち震え、その陶酔感の中で処刑される。

オーブリー・ビアズリー「クライマックス」

純粋な処女の愛が悪と官能と破滅で彩られていく頽廃美あふれるこの作品が、三島の最初の本格的な読書体験であることを考えると、三島が引用に挙げた文章を「人の生涯の読書傾向を律するのは、青年期までの読書であらう」と締めくくっていることは非常に示唆的であると言わねばならない。もしも人間形成の過程で触れた読書がその人のその後の人生を大きく左右するとしたら、三島が最初に自分の目で選んで自分のものにした『サロメ』が三島の文学に及ぼした影響ははかりしれないからである。

この初の本格的な読書体験の時期を三島は先の引用で「十一、二歳の頃であらうか」と書いている。三島自身が自決する三週間ほど前に書誌編纂の打ち合わせをして死後に出版された『定本三島由紀夫書誌』(昭和四十七年、薔薇十字社)の中の「蔵書目録」によれば、彼が所蔵していた岩波文庫の『サロメ』は昭和十三年五月十五日発行の重版本である。筆者の手元にも同じ本があるが、奥付《おくつけ》に印刷された初版発行年月日は昭和十一年二月二十九日となっている。三島が初版を別に持っていた、あるいは紛失するなどして重版の『サロメ』を買い直した可能性も否定できないが、三島の習作においてワイルドの『サロメ』の影響が顕著に見え始めるのが昭和十三年の秋頃であることなどを考え合わせると、おそらく蔵書目録に含まれる昭和十三年発行のものが三島の言及する『サロメ』の文庫本であり、この運命の出会いは、三島が十三歳の五月中旬以降だったと推定できる。

また、翻訳者のことにも触れておこう。三島が昭和三十五年に『サロメ』の演出を行った際、日夏耿之介《こうのすけ》訳を使用したことから、三島が最初に手にした文庫版は日夏訳だとする研究者が少なくない。だが、実際、岩波文庫版『サロメ』の翻訳を手がけたのは佐々木直次郎である。日夏訳『サロメ』の文庫版は角川書店から昭和二十七年五月十日に初版発行されており、三島の蔵書に含まれる日夏訳もこの昭和二十七年発行の角川文庫のものである。さらに、日夏訳の登場人物名は英語読みの表記であるが、佐々木訳はワイルドの原作がフランス語で書かれていることから、フランス語読みの表記になっている。たとえば、英語読みでは「ヘロデ」だが、フランス語読みでは「エロド」というふうに。三島は中等科時代に『サロメ』を模した習作をいくつか書いているが、その中で使用されている『サロメ』の登場人物の名は全てフランス語読みで表記されている。これらのことから、三島が最初に出会った『サロメ』は昭和十三年発行の佐々木直次郎訳の岩波文庫版であったと言えるだろう。

幼少期からの性《さが》

『サロメ』との運命的な出会いは偶然ではあったが、幼少期の三島にはすでにそうしたものを好む土台ができていた。その意味で、『サロメ』との出会いは必然であった。その衝撃は子供の頃、寝たきりの祖母の枕元に座って読んだ童話の数々へとつながっていく。

長男だった少年は生まれて間もなく祖母のもとで起居をともにすることを余儀なくされた。祖母は座骨神経症が痛むため床で横になっていることが多く、彼女の腰の痛みは少しの振動にも耐えられなかったので、他の男の子たちが飽きもせず兜《かぶと》や剣で仮想の戦いを繰り広げ走り回っている間、彼は障子《しょうじ》を閉め切った部屋で物音ひとつ立てずにおとなしくしていなくてはならなかった。両親、特に母親の倭文重《しずえ》は気難しい老女の囚《とら》われの身になっているわが子を不憫《ふびん》に思い、その将来を案じた。

しかしながら、この幼児に不満はなかった。祖母は古風で厳しいところはあったが、誇り高く高潔でもあり、幼児が言いつけを守りさえすれば機嫌がよかった。祖母も一歩離れてみれば浮気を重ねる豪放磊落《ごうほうらいらく》な夫に意地を張りながらも孤独を抱えている気の毒な老女に過ぎなかった。幼児の三島がどこまで彼女の心の中を見抜いていたかはわからないが、彼は老女の心の襞《ひだ》に沿うように彼女の定めた様々な細かいしきたりに完璧に従った。幼児が何よりも愛したのは、この祖母の過剰なまでの独占欲と溺愛ぶりである。夫に向かうはずの愛情や執着心が歪んだ形で幼子に向けられる。それは深情けの年嵩《としかさ》の恋人と若い燕のような独特な心理関係をふたりの間に築き上げ、いつも優位に立っていたのは幼児の方だったのだ。

このように、周囲の心配をよそに彼自身はこの奇異な状況に甘んじ、誰に煩わされることなく目を丸くして童話を読み、その世界に没頭することができたのである。『サロメ』を読み終わった後の衝撃は、あの閉め切った薄暗い部屋の中で童話を読んでいた頃の慄《わなな》きよりも遥かに強烈ではあったものの、その頃童話を読むことで得ていた興奮と同種のものであることは間違いなかった。

三島は一般には無邪気なものと思われがちなおとぎ話について、二十八歳の時に書いた「堂々めぐりの放浪」というエッセイの中で、次のように語っている。


そこ［おとぎ話］には人間悪、残酷、復讐、恐怖、愛と死の関はり合ひ、などあらゆるものが盛られてゐて、感受性のつよい子供は、さういふものばかりを読みとるらしい。


そうなのだ。感受性の強い彼が無意識に選別していたものは、実は童話の中の恐ろしい場面ばかりであった。教訓めいたオチは彼をしらけさせた。繰り返し読むのは王子が龍にバリバリと噛み砕かれて殺されるシーン。旅人が宿泊先のベッドの長さに合わせて足を切られる物語では、その残虐極まりない血の場面に想像を逞《たくま》しくした。おどろおどろしい場面を思い浮かべる度に走る戦慄《せんりつ》が幼児には快かったのである。

だが、この幸福な幼少期は長くは続かなかった。ある時、彼はほかの子供たちが童話に自分とは異なるものを求めていることに気がついたのだ。善悪の別、勧善懲悪といった道徳的な要素――それらは大部分の大人たちが童話に期待する効力でもあった。この賢い子供にとって大人の求めに応じて道徳的なものを体得したふりなど朝飯前だったろう。だが、その裏で童話の残虐な場面に快感を覚える自分の特異性を意識せずにはいられなかった。

そんな自分の性《さが》を三島は、三十一歳の時「わが魅せられたるもの」という自らの文学の傾向を分析した文章の中で、「私はいつもただ無邪気に、非常に感性的に悪魔といふものを夢見てゐた。自分は悪いことが何もできないのに、自分の中に悪いことに対する趣味があるといふことをいつも感じてゐた」と述懐している。また、自分の芸術的関心はそうした悪魔的なものへの憧れから始まったのだとも語っている。

私は最初に文学に飛び込んだときから、オスカー・ワイルドの「サロメ」といふやうな戯曲、殊にそれについてゐたビアズレー《(ママ)》の挿絵などに魅せられた。さういふものに私が最初に魅せられたのはまつたく偶然で、何が自分を引きずつていつたのかはつきり言ふことはできない。ただ自分の中に何かある不安が醸《かも》されてゐて、さういふ不安と結びついたものが求められたのだと思はれる。私は初めからまじめな芸術、教訓的な芸術、道徳的な小説には何の魅力も感じなかつた。

三島文学の出発点に現れたワイルドの『サロメ』とビアズリーの挿絵。少年三島が幼少時から惹かれていた「悪いもの」が「美しいもの」として結実したのが、まさにこの『サロメ』であった。つまり、この作品の中では彼が幼少期から無意識に求めていた〈悪〉＝〈美〉の関係が成り立っていたのである。三島のいう「悪いもの」、「悪魔的なもの」とは、具体的には彼が幼い頃に繰り返し読んだ童話の血染めの光景やサロメの預言者ヨカナーン（ヨハネ）の切断された首への接吻のことであり、こうしたサディスティックなものに官能や性衝動を覚える性《さが》は、理屈では解き明かすことはできない生来的なものなのである。そうした性癖を持つ者の内でふつふつと湧き起こる不安が、少年三島をしてワイルドの『サロメ』の文庫本に手を伸ばさせたのではないだろうか。

小説を書き始めた動機についても、三島は次のように語っている。

私が小説を書く最初のころの動機も、自分から逃げまはらう、自分の中のさういふ恐ろしいものからのがれようといふことで文学を始めたやうに思はれる。（中略）自分の日常生活を脅かしたり、どつかからじつとねらつてゐてメチャクチャにしてしまふやうなものへの怖れが私を文学へ駆り立ててゐたやうに思はれる

自分を破滅しかねないほどの官能的衝動を制御するために、三島は小説を書き始めたのだ。これこそが彼の文学的宿命であった。

血への嗜欲

昭和十三年十月、十二歳の少年三島は胸をときめかせていた。祖母と一緒という条件で歌舞伎見物をようやく許可されたのである。少年は幼い頃から歌舞伎通の祖母と母が観劇から戻ってから交わす会話に耳を傾け、ふたりが劇場から持ち帰った木版本の筋書を覗き見るうちに歌舞伎に対して不気味だが魅力あるものという印象を抱き、憧れていた。だが、大人たちは歌舞伎は「教育に悪いから」、「淫《みだ》らなところがあるから」と言ってなかなか芝居見物に連れて行ってはくれなかった。

初めての歌舞伎座で少年は花道の近くの席に座った。弁当や食べ物がたくさん並び、華やいだ雰囲気に身を置いているだけで楽しい気分になる。演目は『仮名手本忠臣蔵』である。だが、いざ芝居が始まり、皺くちゃの老人が顔世御前《かおよごぜん》として登場して来ると、これがこの後繰り広げられる大事件の発端となる美女かと驚くのも束の間、次の瞬間にはその老いた役者が発した高い声に度胆を抜かれた。だが、少年はすぐに年配の男性が若い娘に見えてくるこの虚構の世界の「くさやの干物《ひもの》みたいな非常に臭いんだけれども、美味《おい》しい妙な味」（「悪の華―歌舞伎」

昭和四十五年）がくせになり、のめり込んでいった。

間もなく芝居通いが始まった。観劇中にメモをとり、帰宅後に批評を書くという作業は、その後十年近くも続けられた。この期間に書かれた三島の劇評は生前未発表のノートをもとに死後刊行された劇評集『芝居日記』（平成三年）に明らかである。

後年『椿説弓張月』（昭和四十四年）など歌舞伎作品を自ら創作した三島が、歌舞伎を入り口に日本文学の古典的な作品に傾倒し、文学的な視野を広げていったのもこの時期である。そうした過程でワイルドに代表される不均衡な美とは異なる美が存在することを知り、調和のとれた知的で明るく平静な美の創造を志向するようになる。三島は、この時期のことは理性の力が暴力的な性衝動をねじ伏せ、より高い次元の美を求めて知識欲が増していった結果であると、先の「わが魅せられたるもの」や回想録『私の遍歴時代』（昭和三十九年）の中で自己分析している。

だが、その一方で、血まみれでのたうち回る相手に刀でなお切りかかるような、本来ならば陰惨な光景を様式美によって美しい見せ場へと変えてしまう、歌舞伎の妖しい美も少年の心を鷲摑《わしづか》みにしたままその手を生涯弛《ゆる》めることはなかった。

三島の『芝居日記』は、昭和十七年一月から二十二年十一月までに三島が観た歌舞伎といくつかの文楽、バレエなどを含む百の公演についての日記である。歌舞伎のみの劇評は七十八公演分であり、その中で扱われている切腹と首切りに関する場面としては、「仮名手本忠臣蔵」の塩谷《えんや》判官《はんがん》と早野《はやの》勘平《かんぺい》、「すし屋」のいがみの権太《ごんた》、「菅原伝授手習鑑《すがわらでんじゅてならいかがみ》」の桜丸などの切腹、「熊谷陣屋《くまがいじんや》」、「菅原伝授手習鑑」の中の「寺子《てらこ》屋《や》」などに見られる首実検《くびじっけん》がある。また、「夏祭浪花鑑《なつまつりなにわかがみ》」、「伊勢《いせ》音頭恋寝刃《おんどこいのねたば》」、「籠釣瓶《かごつるべ》花街酔醒《さとのえいざめ》」などの酸鼻を極めた殺し場、「茨木《いばらき》」の斬られた腕なども加えれば、血や殺しに関わる場面は七十八公演のうち五十近くを数える。

この劇評集は最も歌舞伎に熱心に通い、心酔していた、いわば三島と歌舞伎との蜜月の間に書かれたわけだが、舞台の上で日常的に繰り返される首斬り、腹切り、惨殺、血、怨念といった〈悪〉が冴え冴えと花開く歌舞伎の世界は、三島にとっては現実を忘れて〈悪〉と〈美〉が手をつなぐ場面に拍手喝采を送ることのできる魅惑的な場所であった。

また三島は、幕末から明治時代にかけて活躍し、〈血みどろ芳年《よしとし》〉とも呼ばれ、血飛沫《ちひまつ》が飛び散る凄惨な殺しの場面が特徴の〈無惨絵《むざんえ》〉で知られる浮世絵師大蘇《たいそ》(月岡《つきおか》)芳年の『英名二十八衆句《えいめいにじゅうはちしゅうく》』を絶賛している。『英名二十八衆句』は歌舞伎の中の残酷な場面を描いた〈無惨絵〉の代表作である。芳年が十四作品、芳年の兄弟子にあたる落合芳幾《おちあいよしいく》が十四作品を手がけ、全二十八場面を慶応二(一八六六)年から明治元年にかけて描いている。

切り落とされた首が転がっている碁盤《ごばん》には夥しい血が流れ、その脇に血に濡れそぼった鋭い脇差《わきざし》を持って立っている武士、逆さ吊りにされて臀部《でんぶ》を斬られ、半裸の肌からしたたる自分の血を呆けたような顔に浴びる女、墓石の上で男に斬られ、噴き出した血しぶきの中で悶える女、刺身包丁で顔の皮をはがされ顔中が血みどろの男など……。数々の陰惨な場面が殊更に鮮やかな血の赤を主役に錦《にしき》の色で絢爛《けんらん》と描かれている。芳年は動物の臓器などを絵具に混ぜ、血の色を表現したと言われている。

昭和四十三年に『批評』に載せた「デカダンス美術」という文章によれば、三島はビアズリー、竹久夢二、モンス・デジデリオの三名とともに芳年をデカダンス美術の体現者として選んでいるが、それは「そこに共通する或る衰弱、或る偏執のため」であった。もちろん、芳年の場合は、血への偏執であろう。

大蘇芳年の飽くなき血の嗜慾は、有名な「英名二十八衆句」の血みどろ絵において絶頂に達するが、ここには、幕末動乱期を生き抜いてきた人間に投影した、苛烈な時代が物語られてゐる。これらには化政度以後の末期歌舞伎劇から、あとあとまでのこつた招魂社の見世物にいたる、グロッタの集中的表現があり、おのれの生理と、時代の末梢神経の興奮との幸福な一枚にをののく魂が見られる。それは、頽廃芸術が、あるデモーニッシュな力を包懐するにいたる唯一の隘路《あいろ》である。

三島は生理的に血を欲した芳年の性向と幕末の動乱期という末期的雰囲気の中で求められていた刺激が、見事に『英名二十八衆句』の中で結晶していることを見抜き、芸術と時代が手を結んだその稀有なひとときに畏怖と興奮に打ち震える芳年の達成感に共感を示している。この『英名二十八衆句』に、三島は歌舞伎の舞台と同じ血への嗜欲《しよく》を満たすものを感じていたにちがいない。芳年についての引用の文章を書いたのは、自決の二年前であった。四十三歳になっていた三島は自分の嗜欲と時代の求めるものが合致する幸福な瞬間の訪れを夢見ていた少年時代を思い出したのかもしれない。

椿事を待つ少年

そして少年は待ちわびるようになった。そう、今夜も窓辺に立って待っている。自分を華々しい死に誘《いざな》ってくれるような事件の訪れを。

どす赤い血を流して倒れる自らの体を想像すると、彼の瞳はその心の昂揚を映すように熱を帯びた。三島が十五歳の時に書いた「凶《まが》ごと」という詩にはこうした少年の心理が如実に表れている。

わたくしは夕な夕な
窓に立ち椿事《ちんじ》を待つた、

凶変のだう悪な砂塵が
夜の虹のやうに町並の
むかうからおしよせてくるのを。
（中略）
わたしは凶ごとを待つてゐる。
吉報は凶報だつた
けふも轢死人《れきしにん》の額《ぬか》は黒く
わが血はどす赤く凍結した……。

時は昭和十五年、太平洋戦争が勃発《ぼっぱつ》する前年である。忍び寄る大きな〈凶《まが》ごと〉の影に、国全体に漂う不穏な空気に、何か末期的なもの、破滅的なものの予兆があった。少年は豪奢な悪の中で自らが美しい死を遂げることを夢見るようになる。

三島文学の象徴として

三島は「オスカア・ワイルド論」の中で『サロメ』を選んだ事実に自分の運命をすでに予見している。

そこ［『サロメ』］に明証を呈示してゐる一時代の雰囲気を私は躊躇《ちゅうちょ》なく選びとつたのではあるまいか。一人の男の最初のうひうひしい触角が、暗闇のなかで摘み取つた果実の味はひは、後《のち》になればなるほどこの最初の触角の正確さを、私に思ひ知らせる結果になつた。人間は結局、前以て自分を選ぶものだ。

三島が『サロメ』から嗅ぎ取った末期的な、世界が崩壊する寸前の古代の東方世界の匂いは衰滅に美を見出すヨーロッパの世紀末の頽廃味に通じている。三島は『サロメ』からすでに滅びゆくものの醸す美に感応する自分を見出し、そこに自分の運命をも見ていた。

三島はよく「小説は本妻で芝居は愛人」と口にしていたというが、実生活から離れた純粋な悦びを与えてくれるものこそが芝居だったのである。『サロメ』は、三島にとって最初の本であると同時に最初に選んだ戯曲でもあった。三十五歳の時に『サロメ』の演出を手がけることになった時の三島の昂《たか》ぶりは、次に引用する「『サロメ』の演出について」という昭和三十五年に『文学座』に掲載された短い文章に如実に表れている。

オスカア《(ママ)》・ワイルドの「サロメ」を演出することは、ここ二十年来の私の夢であつた。いささか誇張を弄《ろう》すると、文学座へ入つたのも、ひとへに、いつか「サロメ」を演出させてもらへるといふ希望のためであつた。これがいよいよ実現することになつたときの、私の喜びを察してもらひたい。

『サロメ』に対する思い入れ、長年の夢が叶ったという昂揚感が伝わってくる文章である。三島はこの十年後に再び『サロメ』の演出を試みているが、この舞台は昭和四十六年二月に上演予定であった。つまり自分はもうこの世にいない、死後に上演される舞台——三島由紀夫追悼公演——のために作家は自ら指揮をとっていたのだ。作家は舞台の背景にビアズリーの絵を配置するよう強く指示したという。

しかし、ビアズリーの『サロメ』を背景に使ったのはこの時だけではない。似たような光景が三島の自決の二年前、昭和四十三年の八月に封切られた美輪明宏（当時は丸山明宏）主演の映画『黒蜥蜴《くろとかげ》』に見られるのである。

この映画に特別出演した三島の背後の壁を覆っているのが実は拡大されたビアズリーの絵なのである。この七年前の昭和三十六年に三島は江戸川乱歩の探偵小説をもとに『黒蜥蜴』の脚本を手がけており、これを脚色して映画化した作品がこの美輪主演の『黒蜥蜴』である。

『黒蜥蜴』は、現在までに幾度も舞台で上演されてきたなじみ深い作品であり、オペラにもなり、宝塚でも演じられ、しばしばテレビドラマ化されることもある。第一章はまず、このよく知られたエンタテイメント風の戯曲『黒蜥蜴』から三島の世界を覗いてみることにしよう。

第一章　白い華——終わりのない純潔

ああ、生きてるものは、血のかよつたものは、みんな信用がならない上にうるさいばかり。警察、金持、犯罪者、前科者、不安の中に生きてゐるこんな連中との、いつまでも尽きないお附合。……宝石だけはちがふわ。宝石だけは信用ができる。『黒蜥蜴』

一、ダイヤモンドの死——『黒蜥蜴』

魔術的な三島版『黒蜥蜴』

『黒蜥蜴』は江戸川乱歩が昭和九年に月刊誌『日の出』に発表した長編探偵小説の代表作を、三島が二十七年後の昭和三十六年に戯曲化したものである。美しい物ばかりを狙う美貌の女賊《じょぞく》〈黒蜥蜴〉は、大富豪の宝石商岩瀬老人の令嬢早苗と〈エジプトの星〉という南アフリカ産の最高級のダイヤモンドとを狙い、早苗の誘拐予告を出す。岩瀬老人は日本一の私立探偵、明智小五郎を雇い、娘を守ろうと試みる。〈黒蜥蜴〉は緑川夫人という有閑マダムになりすまし、岩瀬親子に近づくものの、明智の見事な推理により早苗誘拐に失敗する。だが、すんでのところで警察の手から逃がれ、改めて早苗を奪いに来ると犯罪予告をし、哄笑とともに去って行く。去り際に二の腕の白い柔肌《やわはだ》に毒々しく彫られた黒い蜥蜴の入れ墨を見せながら。それから半月後、〈黒蜥蜴〉は岩瀬邸から〈人間椅子〉のトリックで早苗を連れ出すことに成功する。だが、実際はまんまと明智の替え玉作戦にのせられていた……。

乱歩の『黒蜥蜴』では、追う身と追われる身で互角の勝負を繰り広げる女怪盗と名探偵の間にやがて好敵手に対する愛情が芽生えていく。〈黒蜥蜴〉は最後に追いつめられ、服毒自殺を図る時に初めて明智への恋情に気がつく。一方の三島版『黒蜥蜴』では、初対面からふたりの恋愛の要素を匂わせている。さらに、誘拐事件と錯綜させながらふたりの恋情を前面に押し出し、非常に洒落た大人のドラマに仕立てている。

犯罪が忍び寄る夜

〈黒蜥蜴〉と明智は反目する立場にありながら、犯罪や恋愛に対して同じ美学を共有しており、それが強力な磁力となって急速に惹かれ合っていく。ふたりがお互いの中に嗅ぎ出した美意識は、常人の美意識とは全く異なる。たとえば、初対面の〈黒蜥蜴〉と明智は犯罪の気配について次のように語り合う。

緑川夫人（**黒蜥蜴**）（あたりを見廻して）けふはいつもの夜とちがふやうだわ。夜がひしめいて息を凝らしてゐるわ。精巧な寄木細工《よせぎざいく》のやうな夜。かういふ晩には、却《かえ》つて体が熱くほてつて、いきいきとするやうな気がするわ。

明智　犯罪が近づくと夜は生き物になるのです。僕はかういふ夜をたくさん知つてゐます。夜が急に脈を打ちはじめ、温かい体温に充ち、……とどのつまりは、その夜が犯罪を迎へ入れ、犯罪と一緒に寝るんです。時には血を流して……。

緑川夫人　さういふ場所を沢山くぐり抜けていらしたあなたなのね。犯罪とあなたとは、きつと今では写真の陰画と陽画のやうになつてゐて、あなたの目は犯人と同じものを見、あなたの心は犯人と同じことを思ひ浮かべるやうになつてゐるのね。

これらの台詞は三島の『十五歳詩集』所収の「凶ごと」を思い起こさせる。暗闇の中で犯罪が起こるのを待ちわびる明智の心理、ただならぬ夜の気配に反応して体を熱くほてらせる〈黒蜥蜴〉の心の昂ぶりは、「凶ごと」の夜の窓辺に立ち椿事を待ちわびる少年三島の心象風景と二重写しになる。

また、犯罪と夜の関係は、そのまま〈黒蜥蜴〉と明智の関係に当てはまる。ここで語られる夜とは、犯罪の到来を待ちわび、迎え入れ、犯罪者を追いかけることに命を懸ける明智のことである。「あなたは報いられない恋をしてらつしやる。犯罪に対する恋を」と〈黒蜥蜴〉が言い当てている通り、明智は犯罪に熱い恋心を寄せているのである。

純粋で感じやすい犯罪者

三島の『黒蜥蜴』では、明智は犯罪にロマンを見出し、〈黒蜥蜴〉はロマンそのものである。本人もてあますほどの優しさと傷つきやすい心を内に秘め、ただただ美しい物を求めて豪奢な犯罪に命を燃やす艶《あで》やかな女。実用性を重んじる世間の価値観から逸脱した独自の美意識を強固に守り抜く女。その女を追いかける明智は究極のロマンティストである。

そんな明智のことが、この晩以降、〈黒蜥蜴〉の頭から離れなくなる。それどころか、時々夢にさえ現れるようになる。

黒蜥蜴　夜の中にあの男の顔が浮んで来ると、私にはひどくそれが邪魔になる。今まで男の顔が頭の中で邪魔になつたことなんか一度もなかつた。あいつのもののわかつた様子、あいつの何でも知つてゐるといふ顔つき、あいつの額！　あいつの唇！（ト地団太を踏む。侏儒おそれる）……あいつは私の夢の前に立ちふさがり、私の夢の形をなぞり、ゆくゆくは私の夢に成り変らうとしてゐるんだわ！

〈黒蜥蜴〉は、なぜ明智に心を奪われる自分にこれほど抵抗するのだろう。それは女王のように誇り高く威圧的な外見とは裏腹な感じやすい彼女の心が燃えるような恋情に耐えられないからである。恋につきものの煩いや苦しみ、そういった感情に翻弄されれば、たちまちに呑《の》み込まれ、押し潰されてしまう。そんな惨めな女に成り下がることは〈黒蜥蜴〉の誇りが許さない。だから、何としても明智への感情を封じ込めなくてはならないのである。

このことは、アジトである私設美術館〈恐怖美術館〉に早苗を拉致する途中の船内で、〈人間椅子〉に隠れている明智を椅子ごと手下たちに海中に葬らせる、いわゆる〈水葬〉の直前に、椅子の中の明智に向かって〈黒蜥蜴〉が本心を打ち明ける場面で明らかになる。〈黒蜥蜴〉はたまらず長椅子をかき抱き、その布に熱い接吻を何度も何度も繰り返す。

黒蜥蜴　明智さん、今なら何でも言へるわね、今なら。あなたの耳は逐一聞いても、やがて海の水がその耳に流れ込んで、すべてを洗ひ流してくれるから。（中略）私、今まであなたみたいな人に会つたことがなかつた。はじめて恋をしたんだわ、この黒蜥蜴が。あなたの前へ出ると体がふるへ、何もかもだめになるやうな気がしたわ。そんな私を、そんな黒蜥蜴を、私はゆるしておけないの。だから殺すの。つまらない誘拐事件の怨《うら》みつらみで殺すのぢやないわ。わかって？　あなたがこれ以上生きてゐたら、私が私でなくなるのが怖いの。そのためにあなたを殺すの。……好きだから殺すの。好きだから……。

この独白は全部で二十一行にも及ぶ。愛する明智を殺す寸前に、封じ込めていた想いが堰《せき》を切ったように迸《ほとばし》り出る。

ところが、ここで水葬されたのは、実は醜いせむしの老水夫松吉だったのである。明智が松吉と入れ替わり、椅子に松吉を隠し、床下でいかにも自分がそこにいるかのようなふりをして受け答えをし、〈黒蜥蜴〉の告白を聞いていたのである。船がアジトに到着し、〈恐怖美術館〉の中に入ると、明智は自分の正体を明かし、呼んでいた警察に〈黒蜥蜴〉一味を逮捕させようとする。その最中〈黒蜥蜴〉は毒をあおり、自らの命を絶つ。〈黒蜥蜴〉の絶命の言葉は、「うれしいわ、あなたが生きてゐて」である。明智殺しに失敗した〈黒蜥蜴〉はむしろ喜んで息絶えるのである。明智を海中に放り込んで死に至らしめようとした〈黒蜥蜴〉であったが、心の底では明智殺害を悔やんでいたのだ。〈黒蜥蜴〉にとっては、愛する明智が死ぬよりも自分が死ぬ方が本望だったのかもしれない。

明智の真実の心を見ようとしないのも、もしも結ばれないふたりがお互いに想い合っていることを知ったら、〈黒蜥蜴〉の心は壊れてしまう。だから、何も聞かず、片想いのままで死ぬことを選ぶのである。

破滅こそ愛

一方の明智は、〈黒蜥蜴〉と出会ったばかりの頃、部下たちの「先生はどうやら黒蜥蜴に惚れていらつしやるやうだ」という言葉に「さういふ気味もないとは言へん」と彼女に惹かれていることは否定せずに、次のように続けている。

明智　しかしだよ、僕の惚れ方は相手の手も握らずに、相手をぎりぎりの破局まで追ひ詰めることしかない。これほど清潔でこれほど残酷な恋人はないだらう。僕のやさしさは、相手を破滅させるやさしさで、……これがつまり、あらゆる恋愛の鑑《かがみ》なのさ。

相手を破滅させることが優しさであり、彼の愛し方であるという。なぞなぞのような明智のこの恋愛哲学は次の〈黒蜥蜴〉の台詞に呼応している。

黒蜥蜴　私がすらすらと中へ入つてゆけるやうな人間は大きらひ。ダイヤのやうに決して私がその中へ入つてゆけない人間。……そんな人間がゐるかしら？　もしゐたら私は恋して、その中へ入つて行かうとする。それを防ぐには殺してしまふほかはないの。でも、もしむかうが私の中へ入つて来ようとしたら？　……ああ、そんなわけはないわ。私の心はダイヤだもの。でももしそれでも入つて来ようとしたら？　そのときは私自身を殺すほかはないんだわ。私の体までもダイヤモンドのやうに、決して誰も入つて来られない冷たい小さな世界に変へてしまふほかは……

ふたりが結ばれないのは、探偵と女賊という決して交わることのない職業のためだけではない。〈ダイヤモンドの心〉を持つふたりは互いに惹かれ合うが、お互いに相手から心を閉ざしている。しかし、どちらかが我慢できずに相手の心の内に入ろうとすると、どちらかが破滅する。明智は決して自分から歩み寄り、相手の心に入って行こうとはせず、相手が自分の中に入って来ようとするのを待つ。つまり、相手が破滅するのを待つのである。明智はこれを究極の優しさだと考えている。

なぜなら、相手は破滅することで〈永遠のダイヤモンド〉になれるからである。結ばれることの叶わない女賊に探偵は〈破滅〉という美しい花束をプレゼントし、彼女を本物の宝石にし、永遠の命を与えたのだ。

ダイヤモンドとは何か?

『黒蜥蜴』には三島文学に繰り返し表れる〈美〉、〈悪〉、〈ロマンティシズム〉、〈破滅〉といった様々な要素が見られる。だが、その中でも最も強調されているのが、宝石にたとえられている、〈黒蜥蜴〉が隠し持っていた本物の〈美〉ではないだろうか。

『黒蜥蜴』を発表してから十年後の昭和四十一年の二月から八月まで三島は二十回にわたり週刊誌『女性自身』に、「をはりの美学」というエッセイを連載していた。様々な物事の「をはり」について三島独自の視点から論じた軽いタッチの短いエッセイであるが、この〈をはりの美学〉というタイトル自体が常に〈死〉を意識していたこの作家らしく、感慨深い。この中に「宝石のをはり」という章がある。

宝石のやうな純潔で至純なもの、たとへばダイヤモンドが、おそろしく硬質な物質で、何ものにも傷つけられない、といふことはふしぎです。
人間の心の純潔は、必ず傷つけられ、汚され、その「をはり」が来ることは、だれでも知つてゐます。また、人間の肉体の純潔も、早晩、必ず傷つけられ、汚され、その「をはり」を迎へる。（中略）

では、人間が宝石のまま、永遠にをはらない純潔を保つことは不可能でせうか。男の例なら、われわれは即座に、あの特別攻撃隊の勇士を思ひうかべることができます。人間のダイヤを保つには、純潔な死しかないのです。

ダイヤモンドは、三島にとって〈純潔〉のメタファーである。三島は人間の〈純潔〉は脆弱《ぜいじゃく》であり、心もとないものだということを認めた上で、人間が〈純潔な心〉を保つためには〈純潔な死〉しかないという独自の美学を展開する。軽妙洒脱な語り口の中にも、自らの美学が少しもぶれることなく語られている。

自ら命を絶った〈黒蜥蜴〉は自分の中のダイヤモンド――〈純潔〉――を守り抜く。三島は『黒蜥蜴』で明智に彼女を「本物の宝石」と言わせてこの劇を終わらせている。〈純潔〉を守ること＝〈純潔な死〉という〈をはりの美学〉の表れであろう。

死を意識し始めた四十三歳の三島由紀夫が、美輪主演の映画『黒蜥蜴』の中で自らの文学の象徴であるビアズリーの『サロメ』を背景に美しい青年の剥製を演じたのは、『黒蜥蜴』に自らの美学が刷りこまれていることを暗示するためであったにちがいない。

二、酸模の花に象徴されるもの――「酸模」

詩から小説へ

三島は、女賊〈黒蜥蜴〉に託した透明な結晶体のようなダイヤモンド、すなわち〈純潔〉とそれを保持することの難しさをいつ頃から認識していたのだろうか。三島が十三歳、学習院中等科一年生の時に学内の文芸誌『輔《ほ》仁会雑誌《じんかいざつし》』に掲載された短編小説「酸模《すかんぽう》」（正式名は「酸模――秋彦の幼き思い出」）の頃にはすでにその傾向が見られる。

冬の夜だった。十三歳になった少年は自室の机に向かってせっせと大学ノートの表紙に装幀した本の如《ごと》きデザインを施していた。『こだま――平岡小虎集』とある。気分はもう詩人である。昨年、四谷の祖母の家からこの渋谷区大山町（現渋谷区松濤）の家に移り、両親と住み始めた頃には、自家中毒で学校を欠席することが多かった彼の体もだいぶ丈夫になっていた。勉強部屋として与えられた玄関の上にある三畳間で詩、俳句、短歌を創作する毎日は楽しかった。少年は五歳頃から詩とおぼしきものを書き、大人を驚かせていた。俳句と短歌が初等科一年の時にはすでに学習院初等科の機関紙『小ざくら』に掲載され、翌年十二月発行の『小ざくら』には詩も掲載されるようになり、それからは同誌の常連となった。

書きためた詩が一冊の詩集になることを夢見ながら、少年は仕上がったノートの表紙の文字を熱心に確認した。その傍らには十二月刊行の『輔仁会雑誌』が置いてある。ついに中等科の『輔仁会雑誌』に載った！　もう『小ざくら』じゃないんだ！　少年は大人の仲間入りをしたような誇らしい気分でこの文芸誌を手に取ると、自分の詩の載った頁を開いた。あの日は付属戦が行われていたっけ……。少年の心は秋のある日の光景へと移って行った。

付属戦とは旧高等師範付属中学対学習院中等科の野球の試合のことである。応援席で少年が仲間と帽子を取り合ってはしゃいでいると、「平岡さん」と同級生のひとりがそばに来て声をかけた。「向こうで高等科の先輩が探しているよ」と、戸口の辺りを指さす。彼の視線をたどると、少年の胸は高鳴った。文芸部に所属している坊城俊民さんだ！　あの堂上華族の！　一体僕に何の用だろう？　もしかして……。「ありがとう。」少年は同級生に礼を述べると、急ぎ帽子をかぶり直しながら、人なみをかき分けるようにして戸口に向かった。

坊城は近づいて来た華奢で蒼白い顔の少年に目をとめた。目深《まぶか》な学生帽の庇《ひさし》の奥には、細い首には不釣り合いなほど大きく見開かれた澄んだ瞳が輝いていた。ふと虚をつかれ、言葉を失っていると、「平岡公威です」と高くもなく、低くもない声で少年が挨拶をした。この声はなかなかいい、そう思いながら、「文芸部の坊城だ」と坊城は自分も名乗った。少年の目が和んだ。「きみが投稿した詩、『秋二篇』だったね、今度の『輔仁会雑誌』に載せるように、委員に言っておいた。」学習院で使われている二人称「貴様」は用いなかった。目の前にいる少年があまりにも幼く見えたからである。

「これは文芸部の雑誌『雪線』だ。おれの小説が出ているから読んでくれ。きみの詩の批評もはさんである。」

少年は高等科の先輩が訪ねてくれたことを光栄に思い、全身に恥じらいを示しながら、恭《うやうや》しく雑誌を受け取った。それでは足りず、この先輩の去り際、一瞬躊躇しつつも、ついには思い切ったように、少年は敬礼をして見せた。坊城は少年のまだ世慣れぬ初々しい表情やこの不器用な敬礼にこの少年の優しい魂を見出した。作品を読んで想像していた早熟な魂の代わりに……。

あの後は、同級生の質問攻めにあって大変だったな。何しろ先輩が訪ねて来たんだもの。それが今では坊城さんとは文学を語り合い、手紙を取り交わす仲だ……。少年はあの秋の日の出来事の追憶から醒めると、出来上った詩集と『輔仁会雑誌』を見比べた。そして考える。今度は短編小説を書いてみよう。

「酸模」は昭和十三年一月に書かれているが、それは三島がお手製の詩集を作った時期と重なっている。詩の制作に熱中していたためか、「酸模」の冒頭には北原白秋の詩集『真珠抄』（大正三年）所収の「ほのかなるもの」の一部がエピグラフとして掲げられている。これも詩人を目指していた少年らしい工夫である。さらに、この小説には散文詩を彷彿《ほうふつ》させる文章が見られ、作品のトーンは詩を思わせる哀切の美を孕《はら》んでいる。

「酸模」は三島の小説における処女作であるばかりでなく、それまで詩を書いてきた少年が小説の創作に着手した、いわば三島文学のひとつのターニングポイントを飾る作品でもある。この点で小品ながら重要な作品と言わねばならない。

ワイルドの「わがままな大男」

ここで注目したいのが「酸模」にはオスカー・ワイルドの童話「わがままな大男」（一八八八年）の影響が見られることである。

生前未発表の「紫陽花」（昭和十四年）という文章の中には愛読していた童話作家の名が挙げられているが、日本の小川未明や鈴木三重吉、海外のアンデルセンと並んでワイルドの名が見られる。さらに、こうした童話の体験が詩の創作に影響を与えたことは、生前未発表の自伝「童話三昧」（昭和十五年）で本人が次のように記していることから明らかになる。

> 幼年時少年時の感傷はすべて童話の世界をとほして生れ、拙《つた》ないものながら後年の詩を形づくつた。

幼年時の童話体験は詩の源泉となり、本人のこの言葉をそのままとれば、ワイルドの童話も三島の詩に何かインスピレーションを与えたと言えるだろう。三島の詩におけるワイルドの影響は「酸模」執筆と同時期に書かれた詩「第五の喇叭」（昭和十三年九月十二日作）、「星座」（昭和十三年十月十二日作）などにも見られる。さらに、詩集『聖室からの詠唱』（昭和十年から十三年に至る作品を集めたもの）の最後に配置されている「海の詩」には「Aオスカア・ワイルドの幻想」というようにワイルドの名まで登場する。

このようにワイルドの影響を少なからず受けていた昭和十三年頃の三島が「酸模」にワイルドの童話を取り入

れているのはごく自然なことである。「わがままな大男」の内容は、わがままな大男がある小さな男の子との出会いを契機に自分の悪行を悔悛し、最後にその男の子に天国に導かれるというものである。この物語は童話集『幸福な王子』（一八八八年）の中の一篇で、非常に短いが、その透明感のある美しさはオクスフォード大学におけるワイルドの恩師で名散文家の誉れ高いウォルター・ペイター（Walter Pater, 1839–1894）のお墨つきがある。

「わがままな大男」との共通点

一方の「酸模」は原稿用紙三十枚分ほどの量である。脱獄した囚人が秋彦という幼い純粋な魂に接することで悔悛し、出所時に再会する約束をして刑務所に戻る。一年後、秋彦と仲間の子供たちは約束通り出所した男を出迎えるが、子供たちの母親は元囚人の男を蔑《さげす》み、子供たちと男を引き離すという内容となっている。

「わがままな大男」では大男がコーンウォール地方の鬼のもとに身を寄せていたが七年ぶりにわが家に戻って来るという設定になっているが、これは大男が悪い仲間とつき合っていたという〈悪〉のイメージにつながる。「酸模」で大男にあたる人物は囚人なので、やはり〈悪〉を想起させる。両者とも最初は〈悪〉の象徴として物語に登場するのである。

この悪者たちは子供たちを困らせる。「わがままな大男」では、久しぶりに帰宅した大男は子供たちが庭で遊んでいるのを目撃し、怒って庭の周囲に高い塀をめぐらす。「酸模」では囚人が脱獄したため、子供たちは刑務所のある丘で遊ぶのを禁じられる。大男や脱獄囚のせいで子供たちが遊び場を失い、がっかりするという設定は両者に共通である。

また、「酸模」では子供たちは刑務所のことを「灰色の家」と呼んでおり、その周囲に立てられた「高い高い灰色の塀を、「夏」にしたつて越せるわけがない」と思っている。子供たちは「灰色の家」を夏も訪れない暗いイメージとして捉えているのである。「わがままな大男」でも大男の庭で遊ぶことができずに悲しむ子供たちを気の毒に思った〈春〉が大男を避けるようになってから、美しかった庭は常に北風が吹き、白い雪と銀色の霜と灰色の雹《ひょう》だけの無彩色の世界になってしまう。大男の庭や囚人の留置されている刑務所が、塀で覆われた夏や春の訪れない灰色のイメージである点も両作品に共通している。

このような暗いイメージの場所を一変させるのが、「わがままな大男」では小さな男の子であり、「酸模」では秋彦なのである。こっそり庭に忍び込んで来た子供たちとともに〈春〉が訪れる。その時の庭の美しさに大男は感激して庭に飛び出して行く。だが、大男の姿を目にした子供たちは怖がって逃げ出してしまう。たったひとり残った小さな男の子は木に登ることができずにただ泣きじゃくっている。これを見た大男の心は和み、初めて自分の過ちに気がつくのである。大男は単に自分のわがままぶりを悔いただけでない。他者への愛に目覚め、その大切さを知ったからこそ大男は男の子を木の上に座らせてやるのだ。

一方、「酸模」では、母親の目を盗んでたったひとりで丘にやって来た秋彦が花々の咲き乱れる丘の自然を満喫する。これは「わがままな大男」で子供たちがこっそり大男の庭に入って来た時に〈春〉が到来したという設定を思わせる。また、遊びに興じるうちに時を忘れ、道に迷って泣き出す秋彦には、木に登れずに泣きじゃくる小さな男の子の姿が重なる。さらに、その姿を見て思わず声をかける囚人には、泣いている男の子の手助けをせずにはいられなかった大男の姿が重なるのである。

自分に話しかけてきた男が自分たちの遊び場を奪う遠因となった脱獄囚であると気がついた秋彦は、男に刑務所に戻るよう涙ながらに訴える。この時の男の目は「黒い水魔の棲《す》む湖水の水」のように暗く濁っているが、秋彦の「澄み切つて湖底の砂が数へられるやうな、清さ」を湛えた瞳を前にしていると、「もう男の目も秋彦と同じやうに澄み切つてゐた」のである。この時の秋彦は「神のやうな男の子」と描写されており、「わがままな大男」

で物語の最後にイエスの化身であることが判明する小さな男の子を想起させる。

悔悛のきっかけを与えてくれた秋彦のことが大好きになった囚人は、刑務所に戻ることを秋彦に告げる。そして一年後の出所時に会う約束をする。町へと続く道まで秋彦を肩に乗せて歩く大柄の囚人の姿は木の上に小さな男の子を乗せてやった大男の姿を思わせる。

刑務所に戻った囚人は「私はもう欺きません。神から与へられたものを悔いようともしません。務めを果しませう」と心を入れ替えるのである。首をひねる刑務所長に、前科のある警部が囚人は脱獄して罪を犯す一歩手前で神に救われたのだと説明する。「馬鹿々々しい、神なんてことが考へられるか！」と取り合わない所長になおも警部は続ける。

私の悔悛もこの神の力でした。併し神は姿を変へて現はれます。彼の元に戻つた心は、その前に頭を上げることが出来なかつたのです、私は、それが出来たら、人間ではないと思ひます。
——所長！　私はちかひます。彼は二度と脱獄はしないでせう

囚人にとって秋彦は「神」と同じ力を持っていたのであり、改悛する契機を与えたという意味で「わがままな大男」の小さな男の子と同じ役割を果たしている。

〈花〉を描く理由

「わがままな大男」の冒頭を飾るのは大男の美しい庭の描写である。

午後《ごご》には何時《いつ》でも、子供《こども》たちは、學校《がくかう》から歸《かへ》ると山男《やまをとこ》［大男］の庭《には》へいつて遊《あそ》ぶのが常《つね》でありました。それは柔《やは》かい草《くさ》に被《おほ》はれた大《おほ》きな綺麗《きれい》な庭《には》で、草《くさ》の上《うへ》には其處此處《そここゝ》に、美《うつく》しい花《はな》が星《ほし》のやうに咲《さ》いてゐました。そしてまた十二本《ほん》の桃《もも》の木《き》もあつて、春《はる》は淡黄色《ときいろ》の眞珠《しんじゆ》のやうな優麗《あでやか》な花を開き、秋は甘味《おいし》い實《み》を結《むす》びました。（本間久雄訳）

これとは対照的に一方の「酸模」の冒頭は「灰色の家に近寄つては不可《いけ》ません！」という台詞で始まる。この台詞は母親が秋彦に常日頃言い聞かせているものである。この「灰色の家」については三島の幼少時のエピソードがある。四、五歳の秋晴れの日に両親と散歩中に偶然市ヶ谷刑務所の前に出てしまった時、倭文重が引き返そうとしても、幼い三島はその荒寥《こうりよう》とした薄気味の悪い建物がどこか、どこかと執拗に聞き出し、「悪い人がたくさん入れられているところだから、早くお家に帰りましょう」と促しても動こうとしなかったという。歌舞伎にも当てはまることだが、幼少期の三島には大人が禁じる何か〈悪〉の香りのするものに惹かれる傾向があったようだ。〈悪〉に対してほのかな憧憬の念を抱いた原体験とそれを阻止した母倭文重の言葉が、「酸模」の原風景にはあるのだろう。

倭文重は『伜・三島由紀夫』（昭和四十七年）の中で刑務所に出くわした時の衝撃が十年近くを経てやっと作品に結実したものが「酸模」なのだと言っている。そして、「「酸模」と公威とは私にとりましてはつねに思い出が思い出を生んで切りはなすことのできないもので、公威が私に遺していった数々の形見の中では貴重なものの一つ」と、この作品の中に幼少期の三島と自分との絆を見出している。だが、この物語には三島の実体験がそこまで大きな影を落としているとは思えない。市ヶ谷刑務所の周囲には作品名である酸模の花はおろか一本の花も咲いておらず、ただ雑草が茫々と生えていただけだったという。ところが「酸模」では次のように非常に多くの花々の名前が出てくるのである。

童心をしつかりと摑《つか》んで了つた「自然への執着」は容易に消え失せるものではない。秋彦も其の一人であつた。彼は春ともなれば、紫雲英《げんげ》だの雛菊《ひなぎく》だのを喜々として摘み歩き帯紅色の絨氈《じゆうたん》の上に転がつたり、それから、追ひかけたり、追ひかけられたりするのは楽しいものであつた。

夏はフロックスそして酸模。

秋は胡枝子《はぎ》と尾花と葛《くず》、敗醬《をみなへし》、蘭草《ふぢばかま》、瞿麦《なでしこ》、又桔梗《ききやう》が互に絡み合ひ戯むれ合ひ、秋風に翫《もてあそ》ばれて咲き乱れて居るのは、秋彦の心を、七草を眺める老人の様なそれに変へさせることがあつた。

どこか人工的で不自然な印象を受ける描写である。このことは三島本人も認識していた。昭和二十三年に『文学の世界』に掲載された「四つの処女作」という短い文章の中で、三島は「酸模」執筆中の秘話を披露し、引用の部分は、当時の一番の愛読書であった『広辞林』を引いてありったけの秋の花と春の花を文中の野原の描写に使ったと述懐している。そして「しらない花の名前ばかり並んでゐて滑稽である」と評している。

このように苦労して見たこともない花の名前を並べ立てた執拗な自然描写や自然への執着を見せる秋彦の様子に、倭文重は息子の抑圧された自然への渇望を見出した。だが、この辞書を駆使しての自然描写は「わがままな大男」との関連から見れば、ワイルドの物語に出て来る大男の美しい庭を意識した少年三島が、実体験では欠落していた自然との接触を知識で埋めようとした結果と考えられるのである。そこまでして三島が花の名前にこだわったのは、むしろ作品名となっている〈酸模〉の花を象徴的に用いるためであった。

〈花〉が象徴するもの

それでは、〈酸模〉の花は何を象徴しているのだろうか。三島は先の「四つの処女作」で「脱獄囚の暗い心に童心がよびさます純潔な魂を酸模の花に象徴させた」と書いている。たしかに、囚人が刑期を終え、「灰色の家」から出てくるところを子供たちが迎える場面では、酸模の花が咲き乱れている。「わがままな大男」でも大男の改悛と同時に花が開く場面があるが、「酸模」の次の部分はまさにその場面を思わせる。

顔が見える。男が出て来る。
面を輝かせて——そこにも光がある。
おゝ子供たちがとびついて行く。彼等は、緑に坐る。
さんらん！
酸模、
酸模！
酸模の花が……おゝ、其処にも……
あそこにも——そして此処にも。

ここでは、刑期を終えた男を迎える子供たちの穢《けが》れのない心が酸模の花に託されており、楽園に似た美しい世界が繰り広げられている。

三島は「わがままな大男」で花が重要な役割を果たしていることに気がついていたはずである。ワイルドの童話では大切な場面でいつも花が開くのである。

大男は子供たちが遊べるように高い塀を壊す。さらに、木に登れないで泣きじゃくっている男の子を木に乗せてやる。それに応えてこの男の子が手を差し伸べて接吻した瞬間、花が咲き始めるのである。このことは大男の改悛が神に伝わり、それが受け入れられたことの証を象徴する。その後も花は大男が男の子と再会する場面で咲く。この時、大男は男の子の手のひらと両の足に傷跡があることを知り、傷つけた相手に復讐してやると怒りを露わにする。すると、男の子は言う。

「いゝえ!」……「これは「愛《あい》」の傷《きず》なの。」

この言葉によって大男ははじめて目の前にいる男の子がイエスだということに気がつく。そして、「愛の傷」に象徴される、人類を救うために犠牲になった贖罪《しよくざい》というイエスの愛を知った大男は男の子の前にひざまずく。その大男に向かって男の子は庭で遊ばせてもらったお礼に自分の庭である楽園に招待することを告げる。物語は次の引用が示すように、大男の静かで美しい最期で終わる。

やがて午後《おひるすぎ》になつて、子供達《こどもたち》が走《はし》つてきて見《み》ると、山男《やまをとこ》[大男]は木《き》の下《した》に横《よこた》はつたまゝ、白《しろ》い花《はな》に被《おほ》はれて死《し》んでゐました。

美しい庭に降り注ぐ穏やかな午後の陽だまりの中で、年老いた大男は全身を白い花で覆われて横たわっている。改悛し、他者への愛に目覚め、贖罪という神の愛も知った。その大男の生涯は神と出会い、悔い改めた木の下で幕を閉じた。木に咲いている白い花と大男の亡骸《なきがら》を覆っている白い花は大男の改悛、信仰への覚醒、神の許しを象徴している。

それに対して、「酸模」では出所した男と出迎えた子供たちとの幸福な時間は長くは続かない。母親たちが冷ややかな足音を立てて近づいてくる。そして、「何ですか、囚人なんかにさはつて、まあ汚いこと」と言ふと、「恐ろしい勢ひで男に、くつてかゝつた」のである。男は酸模の花を摘んで子供たちに手渡す。そして無言のまま立ち去る。母親は男の後を追おうとする子供たちを制し、手にした花を捨てさせようとする。

「――お捨てなさい――」

母の声は強かつた。酸模の花は斜陽に燃える土に落ちた。

夕陽《せきやう》は、すべてのすべてを燃やしつくさねば気がすまなかつたのだ。

あゝ酸模の花が赤く〳〵燃えた。

無抵抗のまま去って行く男の姿に母親たちの目にも涙が光る。だが、子供たちを犯罪者から守るためにはそうする他なかった。心の底で呼び覚まされた同情心を押し殺し、男を子供たちから引き離そうとする母親たちの姿は、彼の罪が決して社会から許されないという重い現実を男と子供たちに突きつける。

子供たちは世間を代表する母親たちに逆らえず、意に反して酸模の花を地面に捨てる。子供たちは男ではなく、母親たちを選ぶことによって大人たちの側につくことになり、無邪気な幼年期に別れを告げるのである。ここにはワイルドの童話に見られるような悔い改め、赦《ゆる》しといった慈愛に満ちた柔和な世界は訪れない。男と子供たちとの楽園のような再会の光景は、一転して漆黒の闇の訪れを暗示する夕陽に彩られる。捨て去られ、落日に赤く燃える酸模は、童心を捨て社会へ迎合しなければならない子供たちの未来を暗示しているかのようである。

結末に込められたもの

「酸模」は大人になった秋彦が帰郷して刑務所のある丘に立つ場面で終わる。秋彦は気がつかない。刑務所の塀の陰に小さな墓標があることを。それが酸模の花を手渡してくれたあの元囚人の墓であることにも。


秋彦はもう忘れてゐるに違ひない。

彼は目を上げる。

火山の黒煙が、青空にのぼつては消えて行く。

おゝその足下に酸模の花が――


秋彦の中では囚人と出会い、彼を改悛させたことも見捨てた痛みの記憶までもが失われてしまっている。

このように、ワイルドが「わがままな大男」で結末に至るまで一貫して宗教性に満ちた美しい世界を描いたのに対し、三島は母親たちの登場によってそれまでの美しい童話風の世界を苛酷な現実世界へと転化させている。「酸模」の結末には子供が社会へ迎合するために純潔を喪失することに対する作者の悲しみが表れている。現実世界への覚醒の悲しみは、冒頭に掲げられた「うつつを夢と思はねど、／うつつはゆめよりなほ果敢な、／悲しければだぞなほ果敢な、／幻よりもなほ果敢な」という白秋の詩に予兆されている。

秋彦は母親の言に従って酸模の花を捨てた瞬間に、現実世界への第一歩を踏み出したのであり、結末においては完全にその一員となり、「神のやうな子」だった幼き日の記憶さえをも喪失する。かつては囚人をも改悛させたその無邪気さは失われ、彼に備わっていた神性も失われた。いや、秋彦はもともと神性など持ち合わせぬ贋物《にせもの》だったのかもしれないのだ。まだ現実世界から傷つけられていない子供の純粋さが辛酸をなめた囚人の目には神々《こうごう》しく映ったに過ぎなかったのかもしれない。

いずれにせよ、「酸模」の結末には、幼年時代の純潔を失い、現実に対峙していくことに対する悲しみが滲《にじ》んでいる。そこには童話の世界、空想の世界に生きていた幼年期を終え、少年期にさしかかったばかりの作者自身の悲しみが投影されている。それゆえに、この作品全体には、純粋なものに対する三島の強い憧れが逆説的に描かれていると言えるのではないだろうか。

このように、『黒蜥蜴』にも顕著に表れていた〈純潔〉への憧憬は、真に三島の処女作と呼べるこの「酸模」にも明らかに表れている。三島は「四つの処女作」の中で自らの処女作を「私の文学的志向と私の作品とのこえがたい矛盾の上にたまたまかけられた虹のやうなもの」と定義しているが、三島が処女作のひとつに「酸模」を挙げているのは、この十三歳の時に書いた小品に自己の文学的志向の萌芽が素直に表れていることを感じていたからにほかならない。

こうした〈純潔〉への憧憬は、心中という形で三島が二十歳の頃に書いた初期の短編小説「岬にての物語」（昭和二十一年）、初の長編小説『盗賊』（昭和二十三年）などにも繰り返し表れている。

三、死から永遠へ――「岬にての物語」

失恋と焦土からの出発

昭和二十年八月十五日に日本は終戦を迎えた。三百万人余の犠牲者を出し、日本を焼野原にした大凶変が終結したその日、空の色はその悲しみを映し出すにはあまりにも青かった。戦争終結からちょうど十年後の八月に三十歳の三島は『新潮』に寄せた「終末感からの出発――昭和二十年の自画像」という文章の中で戦後の一時期について次のように振り返っている。

また夏がやってきた。このヒリヒリする日光、この目くるめくやうな光りの中を歩いてゆくと、妙に戦後の一時期が、いきいきとした感銘を以て、よみがへつてくる。あの破壊のあとの頽廃《たいはい》、死ととなり合せになつたグロテスクな生、あれはまさに夏であつた。かがやかしい腐敗と新生の季節、夏であつた。昭和二十年から二十二・三年にかけて、私にはいつも真夏が続いてゐたやうな気がする。あれは兇暴きはまる抒情の一時期だつたのである。

未曾有《みぞう》の大災厄がもたらす死と常に背中合わせでありながら、この若き作家は現実世界の不穏の中にではなく、小説の世界の中に生きていた。東京帝国大学法学部在学中であった二十歳の三島は、昭和二十年五月以来、勤労動員で神奈川県の海軍高座工廠の寮にいた。この軍需工場で寮内の図書室での仕事に携わり、寮の回覧雑誌の編纂に従事し、物を書く時間に存分に恵まれていた彼は、近松門左衛門、鶴屋南北、泉鏡花、小泉八雲のほか、インドの詩人ラビンドラナート・タゴール、フランスの詩人ジェラール・ド・ネルヴァルなどの本を書棚に並べ、日に日に敗戦の色が濃くなる戦時下で小説の執筆に励み、むしろ幸福感に包まれて過ごしていた。

世田谷の親戚の家で玉音放送を聞いたこの終戦の日も、三島は七月九日に工場の寮で起稿した短編小説に取り組んでいた。書きかけだった原稿の余白には「昭和二十年八月十五日戦ひ終る」という一文が記されている。この小説は八月二十三日に書き上げられた。戦争末期から終戦直後にかけての約一か月半の間に書かれたこの短編こそが「岬にての物語」なのである。

戦時下に咲かせた美しい花――「岬にての物語」

「岬にての物語」は子供時代の夏の海辺の記憶の上にほのかに翳《かげ》がよぎる、読む者をどこか懐かしいような、もの哀しい気持ちへと誘う小品である。

避暑と泳ぎの習得を兼ねて母と書生らと房総半島の一角にある鷺浦《さぎうら》の海岸を訪れた十一歳の読書好きで「夢想」に浸りやすい「私」が、ふとした冒険心から岬に登り、オルガンの音に誘われるように入った朽ちかけた洋館で美しい少女に出会う。そこに彼女の恋人らしき青年がやって来て、三人で鬼ごっこをしているうちにこの男女はおそらく心中し、「私」は悲しみに暮れ、翌日熱を出して東京に戻るという話で、まるで波が光を受けて反射する時のような静かな美しさが作品の中で煌《きら》めいている。そこには戦争とは無縁の郷愁的《ノスタルジック》で感傷的《センチメンタル》な情緒に満ちた世界が広がっている。

「岬にての物語」の主人公「私」は、三島の幼少期を彷彿とさせる。運動が苦手でせっかくやって来た砂浜でも読書をして母に無言で咎《とが》められる。そんな「私」の愛読書は『千夜一夜物語』である。その煌びやかな中近東を舞台にした本の中で彼を魅するのは少年らしい冒険譚《ぼうけんたん》ではなく、バレエ『シェヘラザード』の〝金の奴隷と妃の官能的な踊り〟で広く知られるシャーリヤル帝の妃が王の留守中に奴隷たちに身を任せ爛熟《らんじゅく》した官能に耽《ふけ》る場面や、黒島の王の憂愁の美であった。そんな「私」を「夢想」から誘い出したのは、海から吹いてくる風であった。泳ぎたがっている書生を海に体良《ていよ》く追いやった「私」は、浜辺の日傘の下でひとり取り残されていた。

残された私は寝転がつて、潮風がゆるがす傘の頂きの明るさと、そこに折々翳《かげ》を落す雲の高さとを仰いだが、それは恰《あた》かも小さな伽藍《がらん》のやうであつた。潮風のなかには草花の種子《たね》のやうに珪石質の砂がたくさんきらきらと混つてをり、それが豊饒な香りと共に人の頬へと吹付けた。それは人に彼を誘《いざな》ふものの力を教へる。私は今は本などよんでゐられなかつた。雑踏の中に一人でゐるといふこの虚しい心のときめきを、私は誘ふ者への憧憬と取違へたのではあるまいか。

「私」は、書物で知った「有害な冒険心」に助けられ、傘を出た。「私」は書物や夢想の世界から「潮風」という外界の誘惑、あるいは孤独感の引き起こす心の昂ぶりによって外へと一歩を踏み出した。その瞬間、「私」の瞳を捉えたものは「美しい岬がかゞやいてゐる」光景であった。足は自然にこの〈美〉へと向かう。「美しい岬」という言葉はこの短い物語の中に何度か出てくるが、これは十一年後の『金閣寺』を思い起こさせる。ここには『金閣寺』の主人公が持つような〈美〉に対する強いオブセッションこそ見られないが、「私」が〈美〉に吸い寄せられるように起こす行動には『金閣寺』に通じる美的感覚がかすかに確認できるのである。

岬の頂上にたどり着くと、「私」は巌肌《いわはだ》の斜面を海へと下りて行き、巌にもたれ、眼下を見る。そこには海が波を轟かせていた。

遥か遥か下方の巌根に打寄せる波濤の響は、その遠く美しい風景からは抽象されて、全く別箇の音楽となり、かすかに轟《とどろ》く遠雷のやうになつて天の一角からきこえて来るので、めくるめく断崖の下に白い扇をひらいたりとざしたりしてゐる波濤のさま、巌にとびちる飛沫、一瞬巌の上で烈々とかゞやく水、それら凡ては無音《ぶいん》の、不気味なほど謐《しづ》かな眺望として映るのであつた。

眼下の青い海から発せられる、死への誘惑。その甘美な手招きに誘《いざな》われ死のダイブをするのは「私」には「美しいこと」のように感じられる。ここに〈死〉への憧れや〈死〉と〈美〉の結びつきというテーマが浮上してくる。だが、それは「人間のしてはならないこと」、つまり「私」にとっては〈悪〉とも結びつくのである。

夏の名残の薔薇

夢想から醒めた「私」は周囲を見渡し、やがて背後に「一つの荒廃した小さな洋館」を発見する。洋館からは壊れたオルガンのとぎれとぎれの音と「大層美しいわかい女《ひと》がうたつてゐる」ような声が聞こえてきた。その美しい声に誘われて私は廃屋の中に入って行く。「憂愁のこもつたなつかしい歌声」の女性は次のような詩を口ずさむ。

……夏の名残の薔薇だにも
はつかに秋は生くべきを
けふ知りそめし幸ゆゑに
朽ちなむ身こそはかなけれ

この歌は非常に暗示的である。夏の終わりに一輪《いちりん》だけ残って咲く薔薇さえも秋をあと二十日間は生きるという。そのことを初めて知った嬉しさでかえって朽ちていく身がはかなく思える。つまり、薔薇が長生きすることを喜ぶ反面、その薔薇が散る前に消えるわが身をはかなむこの歌詞は、この後歌い手の若い女性に起こる悲劇を予感させるからである。

「夏の名残の薔薇」と言えば、“The Last Rose of Summer”というアイルランド民謡の邦訳名として知られる。

この歌は日本では唱歌「庭の千草《ちぐさ》」として親しまれているが、本家本元の歌ではアイルランドの国民的詩人トマス・ムーア（Thomas Moore, 1779–1852）の詩が歌詞として使用されている。ムーアの詩では夏を過ぎて同じ木に咲いていた仲間の薔薇はすべて散ってしまったのに、一輪だけ咲き残っている。これを見た詩人が、仲間がすべていなくなった凍った世の中で誰がひとりぼっちで生きられようかと、残されたその薔薇を手折《たお》るという内容である。詩人は自分も周囲に誰もいなくなったら、あなたの後を追って逝くと薔薇に語るのだ。

このアイルランドの詩では身内を失った薔薇がひとりぼっちで生き残ることがいかに悲しく辛いことか、そこに向けられた同情が基調になっている。実は、もの哀しい旋律の裏に、愛する家族や友人が一緒だからこそ生きる意味があるという逆説的な、家族愛や〈生〉への賛歌の意味合いが込められているのである。これとは対照的に、「岬にての物語」では「夏の名残の薔薇」の歌は、夏薔薇の早晩終わる生涯よりもさらに短く、次の季節を待たず夏の間に朽ちる歌い手の〈死〉を予告する不吉なものとなっている。

それにしても、この若く美しい女性は薔薇の化身のようでもある。この古びた洋館の門から戸口へ続く道の側に「よくみれば手入れをせぬために貧しい花の幾つかをしかつけなくなつた葉のみ夥しい薔薇の一群」が生えている。つまり、門から入口まで「私」がたどる道のりに沿って薔薇が咲いているのである。中に入った私の方に近づいてきた歌声の主である若い女性からは「薔薇の薫り」が漂ってくる。「私」は彼女の微笑みに何か普通の笑みとは別種のものを見出すのである。

もし成長した直観力が私に与へられてゐたとすれば、一見翳りのないその微笑に、名状し難い悲劇的なものを読まずにゐられた筈があらうか。しかし悲劇的な微笑とそれを名付けうるなら、そこに漂ふこの上もない晴れやかさを、何と名付けたらよからうか。

十一歳の「私」は少女の微笑の中に認めたものを「悲劇的」と感ずるには幼な過ぎたし、経験も乏しかった。それでもなお、これから彼女が受け入れようとしている運命の悲しさを、彼女の歌声に滲む憂いから、何かを決心して果たそうとする潔さを、彼女のその微笑の晴れやかさから、「私」は感覚的に汲み取っていたのである。

間もなくこの洋館にひとりの青年が入って来るのだが、「私」を驚かせたのは、彼もまた少女と同じような微笑を浮かべていたことだった。ふたりの微笑は「悲劇的」という共通点を持っていた。この青年と少女はおそらく恋人同志であり、何かの事情でこの瓦《かわら》の崩れた古い洋館で待ち合わせをしていた。どうやら「私」はこの青年が到着する前に闖入《ちんにゅう》してきたらしいのだ。ふたりはしばらくの間「私」を待たせて別室に行く。中からは忍び泣きが洩れてきたようだが、何をしているのかは判然としない。

やがて部屋から出てきたふたりと「私」は少女の発案で散歩に出る。岬の先端を目指して進む道すがら、少女は百合の冠《かんむり》をつくる。そして、百合の花を青年の襟《えり》に飾ったり、「私」に持たせたりする。彼女が百合の冠をその豊かな髪に戴《いただ》いている姿を目にした「私」は「ああ、きれいねえ」と嘆声を発せずにはいられない。百合は聖母マリアを象徴する花として知られるように、〈純潔〉、〈処女〉の象徴である。だからこそ百合の冠を戴くこの場面は、この若く美しい女性の清らかさが殊に印象に残る。そして、その〈純潔〉のイメージは彼女の悲劇的な美を形成する不可欠な要素となっている。

三島は昭和四十三年に若き日に書いたこの『岬にての物語』を豪華装幀本として再版した。その際に、装幀画家として『令女界』の挿絵や詩画集などで戦前に人気を博した蕗谷《ふきや》虹児《こうじ》（一八九八〜一九七九年）を指名した。他にビアズリーの影響を受けた高畠《たかばたけ》華宵《かしょう》などの名も挙がったが蕗谷虹児で話はまとまった。三島は口絵に入れる少女像に期待を抱いていた。蕗谷虹児は見る者に感傷的な余韻を残し、描く側の想いを伝える抒情画のジャンルを確立した画家としてしばしば「抒情の旅人」、「抒情画家」と呼ばれるが、当時すでに七十歳にならんとするこの画家の描く少女像は三島の期待を裏切ることはなかった。

雲のたなびく青い空と紺碧《こんぺき》の海を背景に百合の花束を手にした昭和の少女雑誌を思わせる少女。その上半身をやや斜め横から描いた口絵の水彩画の少女を三島は非常に気に入り、「蕗谷虹児氏の少女像」という文章をこの限定版の巻末に寄せている。

蕗谷虹児氏の作品は幼ないころから親しんで来たものであるが、今度私の二十歳のときの作品「岬にての物語」を出版するに当り、氏の画風ほど、この小説にふさはしいものはないと思はれたので、お願ひをして快諾を得た。殊に口絵の百合の花束の少女像は、今や老境にをられるこの画家が、心の中深く秘めた美の幻を具現してあますところがない。その少女のもつはかない美しさ、憂愁、時代遅れの気品、うつろひやすい清純、そしてどこかに漂ふかすかな「この世への拒絶」、「人間への拒絶」ほど、「岬にての物語」の女性像としてふさはしいものはないばかりでなく、おそらく蕗谷氏の遠い少年の日の原体験に基づいてゐるにちがひないこの美のわがままな映像が、あたかも一人の画家が生涯忘れることのなかつた清らかさの記念として、私に深い感動を与へたのである。

遠い青春の記憶から切り取ってきたかのような一枚の絵が訴えかけるものは、ビアズリーや大蘇芳年に代表される〈官能〉と〈悪〉と〈美〉が渾然と一体になった世界とは何と隔たりがあることか。だが、まさに、この絵に描かれた少女こそ、三島が「岬にての物語」に登場する少女に託した〈美〉を具現化しているのである。薔薇色の布地の下で高くふくらんだ胸に、咲きこぼれる百合の花々を抱き、ほんのり薔薇色に染まった頬、軽く開いた形のよい小さな唇に微風《びふう》のような淫蕩《いんとう》さを漂わせている少女。その甘さと裏腹に、まっすぐに伸びた清々《すがすが》しい細い首、繊細なカーブを描く気品溢《あふ》れる眉の下から、凛《りん》とした眼差しでこの世を超えた遥か遥か彼方を見つめる少女の面影は三島自身の過ぎし青春時代の甘く切ない、どこか懐かしい恋人の面影を宿している。彼女は彼らの前で花開くことを拒み、固く気高い蕾のまま永遠に時を止めたのだ。だからこそ、その清らかな美しさはひとつの少女像として画家の中にもこの小説家の中にも生き続けているのだろう。

それにしても、こうして見てみると、岬めぐりや館への侵入、美しい同伴者たちとの散歩など、「私」の恣意的な行動はすべて「私」の〈美〉、〈純潔〉、〈悲劇的なもの〉へと惹かれる傾向によって引き起こされる。そして、「私」が魅入られる〈美〉や〈純潔〉や〈悲劇〉を具象化するものこそ、「私」がひと目見た時に、「遠い未来に私を訪れる花嫁はさういふ人でなければならない」と心に描いてきた夏の名残の薔薇の如きこの少女なのである。

純潔な死への憧憬

やがて、岬の先端にたどりつくと、「私」は巌床にひざまづき、再び遠い奈落の底にある海を断崖から臨もうとする。その時、危険を察知した少女が走り寄って来て「私」の体を支えるが、遠い静謐《せいひつ》な海の底に目を移した刹那、彼女の動悸が激しくなり、その激しさは「揺籃《ゆりかご》の如く私を揺ぶり、不吉な予感で私を充たした」のである。彼女はこの一瞬、断崖の遥か彼方に広がる青色の中に向かって飛翔する自分の姿を見たのだ。それはもう間もなく現実に起こることだと少女にはわかっていたから……。自分の死の瞬間を思い描く少女の動揺は波動のように「私」に伝わり、「不吉な予感」としてキャッチされたのだ。

「隠れんぼ」で鬼になった「私」が百を数えていると、断崖のその先の空間の方角から「悲鳴に似た微かな短い叫び」が耳に入る。それは「荘厳な美しい声」であり、「人の発する声にしてはあまりに純一で曇りなく」「何か高貴な鳥の呼び声」としか思えない声であった。この「荘厳な美しい声」によって、私たち読者は「私」が数を数えている間、ふたりが岬の断崖から身投げをしたのだろうと推測する。やがて、「私」は、この「海の色を思はせるやうな一瞬の遥かな物声は、尊貴比ぶる方なき笑ひ声」、すなわち「神々が笑ひたまうた御声」なのではないかと思い至るのである。

この短い物語の中で「私」が岬の先端に立つ場面は、実は三度ある。最初はひとりで眺めて死の夢想から醒め、次は少女とともに、彼女の激しい鼓動から死の予感を受ける。そして、三度目に「私」が岬の断崖に立った時のことは次のように描写されている。

私は思はず目を下へやつた。すると体全体がぐらぐらし、足がとめどもなく慄へた。その深淵へその奈落の美しい海へ、いきなり磁力に似た力が私を引き寄せるやうであつた。私は努めて後ずさりすると身を伏せ胸のときめきを抑へながら深淵の底をのぞき込んだ。再び覗いたそこに私は何を見たか。何も見なかつたと云つた方がよい。私はたゞさつきと同じものを見たのだから。そこには明るい松のながめと巌と小さな入江があり白い躍動して止まぬ濤《なみ》とがあつた。それは同じ無音《ぶいん》の光景であつた。私の目にはたゞ不思議なほど沈静な渚がみえたのだ。私はふと神の笑ひに似たものの意味を考へた。

再び、「私」は海から発せられる強烈な死の吸引力に思わず引きずり込まれそうになる。つい先刻投身したふたりを受け入れたはずの海は、まるで何事も起こらなかったかのように、いつもの静謐な青を湛えているだけであった。

この光景はある詩の一節を思い起こさせる。

また見つかった、
――何が、――永遠が、
海と溶け合う太陽が。（小林秀雄訳）

象徴派詩人アルチュール・ランボー（Arthur Rimbaud, 1854–1891）の詩集『地獄の季節』（一八七三年）からの一節である。三島はこの頃すでにランボーを読んでいた。小林秀雄訳と中原中也訳のランボーの詩集の他に書簡集も所持しており、十六歳の時の清水文雄宛ての書簡にもランボーを愛読していると書いている。ランボーのこの詩を通して、自然の永遠性の前で人の一生がいかにはかないものか、「私」はこの心中劇の中にそれを垣間見ている。だが、それと同時に、「私」はひとつの確固たる「真実」を悟るのである。「岬にての物語」は汽車が東京の市街に到着した時、「私」が次のように確信する場面で終わる。

私は父が、この夏水泳どころか浮身さへ覚えて来なかつたことで、私を叱りはせぬかと考へて恐怖にかられた。しかし最早私には動かすことのできない不思議な満足があつた。水泳は覚えずにかへつて来てしまつたものの、人間が容易に人に伝へ得ないあの一つの真実、後年私がそれを求めてさすらひ、おそらくそれとひきかへでなら、命さへ惜しまぬであらう一つの真実を、私は覚えて来たからである。

作中では美しく若いふたりがなぜ死を選んだのか、そこに至るまでの経緯や事情は一切説明されていない。ただ若いふたりが死を覚悟する背景には、死を以て守り抜きたいほどの何か大切なものがあり、その覚悟には何か侵しがたい、お互いに対する信頼や愛といった、夾雑物《きょうざつぶつ》の入る余地のない揺るぎのないものがあったことは確実である。〈生き永らえていけば失われる愛〉――その愛を純粋なまま守り続けるためにふたりは死を選んだのであり、「私」はいわば絶対的な〈純潔〉のための殉教をこの心中に見出しているのである。

「岬にての物語」は夢想好きな「私」が岬を巡っている間に見た夢物語とも思える。中世のフランスの教訓寓意詩『薔薇物語』で〈庭〉に入った青年が出会う擬人化された様々な抽象概念のように、岬に入ってから「私」が目にする童話風の朽ちた洋館、壊れたオルガン、自分が夢に見ていた将来の花嫁そのままの美しい清らかな女性、そして同じく美しい彼女の恋人、ふたりの情死、青い海、それらはすべて擬人化された概念に換言できる。つまり、現《うつつ》か夢か判然としない人物や行為に込められた抽象概念――美、純潔な死、悲劇性、死への憧憬、虚無――こうしたものこそ「私」の求める美意識そのままであり、「私」はこの岬での経験を通して現実世界に自分が夢想する〈美〉が存在することを確信したと言える。

しかし、この美しい物語を書いた時、三島はその輝かしい人生において最も暗いところにいたのである。

四、心中の美学――『盗賊』

最初の長編小説――『盗賊』

昭和二十一年三月上旬に三島は「岬にての物語」と一緒に当時日本橋白木屋の二階にあった鎌倉文庫に、ある原稿を持参した。鎌倉文庫は川端康成や久米正雄ら鎌倉文士が戦時中に開いた貸本屋から発展し、文芸雑誌『人間』を刊行する出版社となっていた。三島の短編「煙草」は川端の推薦でこの雑誌に発表された。この時三島が持参した原稿とは、この若き小説家にとって初めての長編小説『盗賊』の第一章であった。

『盗賊』は、フランスの小説家レイモン・ラディゲ（Raymond Radiguet, 1903–1923）の恋愛心理小説『ドルジェル伯の舞踏会』（一九二四年）に匹敵するものを書こうという野心から生まれた。早熟の天才ラディゲは、十五歳でその詩をジャン・コクトー（Jean Cocteau, 1889–1963）に高く評価された。その後小説に転じ、処女作『肉体の悪魔』（一九二三年）を書き、二作目の『ドルジェル伯の舞踏会』執筆中に腸チフスを患い、出版を待たずに二十歳の若さで息をひきとった。コクトーはこの小説家の早過ぎる死に大きな衝撃を受け、以後十年もの間、阿片に溺れた。

ワイルドの『サロメ』に見られるような〈悪〉と〈美〉の結合の世界とは異なるラディゲの作品は、三島に新たな芸術の理想の形を提示する。優雅で細密な筆致で登場人物たちの微妙な心理をたどり、社交界の頽廃的空気をも描出する『ドルジェル伯の舞踏会』を十六歳頃から堀口大學訳で繰り返し読み、後年「少年時代の私の聖書」と称するほど心酔していたのである。

『ドルジェル伯の舞踏会』に憧れて

『ドルジェル伯の舞踏会』は、貞淑で純粋な伯爵夫人マオ・ドルジェルと彼女に恋するフランソワ・ド・セリューズ、そしてマオの夫であるアンヌ・ドルジェル伯の三角関係を描いた恋愛心理小説である。フランソワに対する自分の恋情に気がつかないふりをするマオ、自分の感情を隠して夫婦の良き友人として振る舞い、そうすることでマオのそばにいられる——ただそのことに幸福感を覚える一途なフランソワ、ふたりの純愛に気がつきながら、ないもののように振る舞うドルジェル伯。表面では波風を立てないように平静を保とうとそれぞれの登場人物が必死に仮面をかぶって舞踏会の刹那《せつな》を楽しんでいる——その仮面からそこはかと香り立つような頽廃や官能が、硬質で緻密な銀細工に散りばめられた小さな宝石のように煌めいている。

この作品を意識した三島はパリの社交界を東京の華族の社交界に移し、時々ドルジェル伯夫妻が訪れるフランソワの実家のあるシャンピニー＝シュル＝マルヌというパリ郊外の自然の美しい町を、志賀高原と思しきS高原や軽井沢に置き換えている。

全六章から成る『盗賊』の内容は、第一章の「物語の発端」では藤村子爵の一粒種《ひとつぶだね》で学習院の大学院の国文科で有職故実《ゆうそくこじつ》を研究している二十三歳の明秀が、母親とともに避暑に訪れていた高原のホテルで、母の同窓生とその娘美子に出会う場面から始まる。その美しさを武器に奔放な恋愛の逸楽《いつらく》に興じ、いつもその種の問題を起こしている美子は退屈しのぎに初心《うぶ》な明秀を誘惑し、肉体関係を持つ。このことが藤村夫人の知れるところとなり、夫人はふたりを結婚させることでこの不祥事に収拾をつけようとする。ところが美子には明秀と結婚する気などなく、この話は流れる。破談になった理由が判然としない明秀は、ふたりが結ばれなかったのには何か別の理由があるのだと考え、母に隠れて美子と会い、その後も美子に翻弄され続けるが、あまりにも隷属的な明秀に退屈した美子は会うことすらやめてしまう。そんな折、美子は明秀の学習院の二年先輩の三宅という男と恋に落ち、共通の知り合いである明秀と三人で会うことになる。明秀のように魅力のない男に一時でも身を任せたことが三宅に知れることを恥じた美子は、明秀との間には何もなかったことを印象づけるような振る舞いをする。明秀はそれに手を貸し、自分の道化的役割を忠実に演じるが、実は美子の態度に深い痛手《いたで》を負う。第二章「決心とその不思議な効果」では、父の代理で本家のある京都に赴いた明秀が帰りに立ち寄った神戸で死を決意する。帰京すると、京都で出会った山内男爵が旧交を温めるために藤村家を訪れていた。

第三章「出会」では、山内男爵から娘の清子を松下侯爵の主催するクラブに一緒に連れて行ってくれるように頼まれる。実は、清子も佐伯という美貌の青年に純潔を捧げた挙句に捨てられ、死を決心していた。第四章「周到な共謀　上」で明秀と清子は共謀者となる。秘密を共有するふたりは傍目からは恋仲に見え、第五章「周到な

共謀　下」ではふたりの間に縁談が持ち上がる。山内男爵は実は藤村夫人のかつての恋人であり、ふたりの愛の再燃を疑う藤村子爵と男爵を愛し始めていた夫人の間で心理的な軋轢《あつれき》が生じるが、子爵の薦めもあり、明秀は清子に結婚を申し込むことになる。最後の章「実行――短き大団円」では、明秀と清子が結婚式の当日の夜に命を断つ。ふたりの行為に戸惑った人々はこの情死を幸福の絶頂の中での心中と捉え、納得する。藤村家と山内家が哀悼に暮れたその年のクリスマス、明秀と清子の死を誘因した美子と佐伯が出会う。恋愛に関しては互角の経歴を持ち、相手に不足のないふたりであるが、お互いの顔に怖ろしい荒廃を見出し、真に美なるものや永遠に若きものが自分たちから根こそぎ盗み取られていることを認識し、恐怖で慄《おのの》く場面でこの小説は終わる。

三島は「「盗賊」創作ノート」にラディゲと自分との相違を「ラディゲはノルマルな心理の展開そのものゝ中にロマンを見るロマンティストだ。僕は現実に絶対にありえないロマンチックな心理をあくまでリアルに具現しようとするレアリストだ」、「ラディゲが作品の主題とした倫理はカソリシズムの歴史的伝統であると共にフランス近代文学のテクニックの一種だ」とし、「僕は日本の歴史的文学的伝統の命ずる処に従ひ、倫理的契機を無視する。倫理は日本文学史に於ては小さな役割を演じて来たに過ぎない」と書いている。

ラディゲの小説でも『盗賊』でも、恋をするフランソワと明秀という主人公の心理が軸になっている点、社交界が舞台となっている点は同じであるが、『ドルジェル伯の舞踏会』で扱われている三角関係は文学において普遍的なテーマであり、日常的にも起こり得る問題である。また、三島が指摘している通り、このラディゲの作品では人妻のマオに負担をかけまいと本心を隠そうと努めるフランソワの純愛や、フランソワに惹かれる自分に戸惑う貞淑な妻マオの葛藤といった不倫の恋から生じる罪の意識といった倫理の問題がふたりの心理に大きな影を落としている。その微妙な心理の動きそのものが『ドルジェル伯の舞踏会』のテーマである。

これに対して『盗賊』では、失恋を契機に浮き彫りになる明秀の資質や、同じ失恋の痛手を共有するふたりが結婚初夜に心中するという、まさに人の意表を突く、ノーマルからは程遠い非現実的な発想がどういう経緯をたどって行動に移されるのか、その過程から浮かび上がってくる思想こそがテーマであり、そこに焦点が当てられている。その意味で『盗賊』はラディゲの小説とは大きく異なるのである。

不完全な処女作

この現実離れした、ある種人工的な匂いのする恋愛物語は、発表当時ほとんど取り上げられることはなく、その後も失敗作として捉える批評家もおり、作家自身も自作の難点を重々承知していた。三島は創作を開始して半年ほど経った昭和二十一年七月六日付の川端康成宛の書簡で、第三章まで書き上げていた『盗賊』について「拙作「盗賊」、どう考へてみましても下らなさが身にしみ、こんな莫迦《ばか》げた作品を存在させるのも罪悪のやうな気がしまして、未完の原稿を、なか〳〵引張り出せない戸棚の奥の奥へ押し込めました」などと川端に報告し、執筆過程で川端を悩ませたことを詫びて『盗賊』執筆は「半年間の熱病」だったとまで記し、この小説の完成を中絶している。

それでも、難産の末、『盗賊』は日の目を見ることになる。昭和二十三年十一月に川端康成の手に成る序文を付し、ようやく真光社という小さな出版社より単行本として出版の運びとなった。書き始めてから三年近い月日が流れての出版である。三島は単行本を出して間もない頃に書いた「四つの処女作」の中でこの作品を「特に気負つて処女作と呼ぶもの」とし、次のように続けている。

この作品は、私の書いたものの内で最も不完全なもので、永遠に完成を見る見込がないものだと思ふ。賽《さい》の河原のやうな小説である。手を入れればいくらでも入れる余地がある。しかし下手に入れれば全部が崩れてしまふ。かういふ凡《すべ》てに危険な状態を処女作の状態だと私は考へて、これこそ「処女作」と呼びたいのである。

『盗賊』には小説の手法も含めて三島の存在の秘密そのものが盛り込まれ過ぎている――しかし、『盗賊』は、作者が思う以上に三島にとって決定的な宿命の作品であった。

炙《あぶ》り出される悲劇の本能

作者の回想をたどると、第五章、第六章は起稿から二年が経過してから書かれ、第一章から第三章までは起稿から半年ほどの間に何度か改稿され、第四章も未定稿ではあるがこの期間に書き上げられている。まず注目したいのは、最初に雑誌に発表された第二章である。この章で明秀は死を決意するが、その契機となったのは神戸に宿泊した夜、ホテルの窓の外で起こった「椿事《ちんじ》」である。車に轢《ひ》かれて死者が出たのである。読書をしていた明秀は外で「異様な物音」を聞いた。その後、「急に動きを止めた工場機械がひろげるあの無機質の凄まじい静けさがあとに残され」、窓辺に近づいた明秀は道路の中央に動かない黒い潰《つい》えた塊とひしめき合う群衆を見た。それでも、何が起こったのかわからず町の空を見上げると、その下方は「ネオン・サインのために紅く凶兆めいて汚されて」いて、その空の上部では「星は淡淡と閑《しづ》かな高空《たかぞら》に懸つて」いた。〈凶ごと〉が発生した異様な音とそれを予感させる毒々しく光る不吉な紅色、そしてこれらとは対照的なしんと静まり返った夜の静寂、何も起こらなかったかのように輝く空の星の清澄《せいちょう》さ。

この不吉なイメージは、『十五歳詩集』の「凶ごと」や短編小説「酸模」の赤い夕焼けに重なりはしないだろうか。その後に部屋に立ち込める「無機質の凄まじい静けさ」は、三島の終戦の記憶や「岬にての物語」で恋人たちを呑み込んでもなお沈静を保つ奈落の青い海を思い起こさせる。

警官が死人の顔を懐中電灯で照らした時、明秀には三階の部屋からは、見えるはずもない死人の顔を「ありありと、そのほつれ毛を貝殻のやうな瞼を血だらけの口もとを、目近《まぢか》にあるもののやうに詳《つぶ》さに」見たのである。その夜、明秀は神経が昂ぶってなかなか寝つけない。

誰がこのやうな一夜を熟睡することができよう。宵の椿事《ちんじ》から彼は偶然だけを拾はうと努めてゐた。いやなことは皆偶然のせゐにするかうした姑息な手段が、事件そのものを却《かへ》つて浮彫りにしてみせる。轢死者《れきししや》の幻は、幾十の数へきれぬ同じ顔を闇のなかに浮かべるのだつた。

これは〈悪〉が近づいてくる時、その滅びの感覚に官能を覚える「凶ごと」の少年と同種のものである。また、「人間を異常にさせる夜の濃すぎる密度をもった空気」に当てられ眠れない明秀の状態は、『黒蜥蜴』で犯罪が起こる夜の緊密感に体を熱くほてらせ、眠れない〈黒蜥蜴〉を思い起こさせる。美子への恋に破れた明秀はその恋が死への願望へと変貌したことを知ったのだ。

秩序を覆す純粋さ

第三章では、明秀と同じく死を決意した清子との出会いが描かれている。美子と三宅が結婚したことを知った明秀は自殺を実行しようと思い立つが、死ぬ前に美子との逢瀬《おうせ》を望む自分を制するように、清子に別れを告げに出かける。その帰り際、偶然に清子も明秀と同じく自殺を敢行しようとしていたことが露見する。異稿のひとつでは、清子の死は佐伯によって睡眠薬入りの酒を飲まされて純潔を失ったことが原因となっている。「創作ノート」でもその結果の妊娠を恐れて死を決意するという設定になっているが、最終稿では死を誘発する具体的な原因には触れていない。清子が死を決断した経緯は次のようなものである。

私は生きてゐるうちはあの人を愛することを止めることはできません。この愛の貴重さがはつきりとわかるだけに、私はもう、生きてゐることの夥《おびただ》しい浪費に耐へられなくなりました。死は倹《つま》しいものです。私は佐伯のために意地悪で吝《けち》ん坊《ぼう》な金持の叔母のやうな存在になりたいのです。死といふ手段にまで依つた私の愛の吝《りん》嗇《しょく》が彼を破滅させる日を待つて死ぬのです。

清子にとって、佐伯なしの〈生〉は浪費である。〈死〉によって清子の愛はその質と量を保つことができ、そうすることで佐伯を破滅へ追いやることができると信じているのだ。

最終稿では、清子が死を選択する理由が三島の最初のプランにあったような処女喪失や妊娠への怖れといった女性特有の羞恥心《しゅうちしん》や誇りの問題ではなく、抽象化された精神的な問題に変えられたため、明秀との相似性はより一層際立つ。明秀も清子も自分たちを捨てた相手との愛を殺さずにむしろ養い育てるために自らの死を選ぶ。常人には理解しがたいが、ふたりは自分たちにとって大切な物を守るために世界の秩序をひっくり返すことも厭わない頑なな〈純潔〉の持ち主なのである。ふたりが恋人ではなく兄妹のように見えるという描写も明秀と清子の類似性の表れと考えられる。

死の企図を告白し合うことを、愛の告白のように幸せな気持ちで聞く清子は「私たちは出会ひました。私たちは前世からその約束をしてゐたのですわ」と、明秀が一緒に心中するために出会った運命の男性だったことに歓喜する。ふたりは、〈死〉を媒介にした「愛よりももつとみだらな宗教的陶酔」によって接近する。

死、幻影、虚無

それにしても、ただ死にたいだけならばそれぞれが好きな場所で好きな時間に勝手に死ねばいいわけだが、なぜふたりは心中を目論《もくろ》むのか。さらに、ふたりが偽装の恋人同志として死なねばならないのはなぜなのだろう。第三章「出会」の最後で、明秀との心中に思いを馳せる清子の言葉にその謎を解く鍵がある。

世間の人たちは、私達に、幸福な初恋人、幸福のあまり共に死んだとしか思はれない恋人同志の幻影を見出すでせう。しかしこの誤まつた幻影も、私達の懐《いだ》く幻影同様に空しく、それ故に久遠《くをん》であり、究極に於て私達のそれと一つ物であるとは云へないでせうか

明秀と清子が心中すれば幸福な恋人同志の幻影を人々に与えることになり、それは人を欺くことになる。だが、そもそも幻影というもの自体が意味のない空虚なものであり、〈虚無〉という領域においては贋物の恋人同志の幻影も明秀たちも同じく〈無〉なのだ。その空しさは永遠不滅だ。ふたりは幸福な恋人同志の仮面の下で永遠の〈虚無〉を生き続けるのだ。引用の清子の台詞は、昭和二十一年四月の原稿では明秀が発する設定になっている。つまり、この「幻影」に関する文章は誰の台詞かが問題なのではなく、心中に対するふたりの共通理念として三島がどうしても書いておきたいものだったのだろう。三島自身も語っているように、この第三章の最後から作品は動き出すのであり、第一章と第二章はテーマの導入に過ぎない。次の第四章こそ三島が描こうとした観念的主題が最も色濃く描出されている章なのである。

情死を決意してから〈死〉はふたりの味方についた。神戸での不吉な事件を「死の予行演習」として思い返す明秀は、あの夜思い浮かべた無惨に引き裂かれた轢死者の顔は「巧妙な修正と彫金の技術を経て、あの陰翳《いんえい》に鏤《ちりば》

り出された複雑さと厚みを持つた緋の薔薇の面ざし」に変わっていることに気がつく。醜悪な死が緋色の薔薇へと転身を遂げたのだ。また、清子が自死に用いる予定だった「優雅な凶器」、女性用の華奢な銀色の短刀を目にした明秀は次に「柔らかに白い清子の咽喉元《のどもと》」を見て慄く。「白い咽喉＋銀の短刀＝それが＝血潮と死」という算術により、明秀は彼女の白い喉に怜悧《れいり》な光を放つ細く鋭い銀の刃が食い込み、血潮が吹き出すその情景の美しさを想像したのである。明秀の中で〈死〉は〈美〉へと変換されていく。これもひとつの幻影と言ってよいだろう。さらに、明秀と清子が向かい合って見るものも、実は幻影なのである。一緒にいる時、清子と明秀は通常の恋人たちが愛を語り、愛を確かめ合う代わりに、愛の来歴とその面影を繰り返し語り、涙を流した。そうすると、「忽ち明秀の目には清子が、清子の目からは明秀が消える」のである。だが、言葉を媒介にしても美子や佐伯の影像が十分に伝わらないことがわかってくると、ふたりは「黙示の裡《うち》にそれぞれの影像を相手の心へ伝へる訓練」をし、佐伯と美子の幻影をふたりの共有物にするようになる。

清子と明秀とが一つ部屋にゐる時、清子は佐伯氏と、明秀は美子嬢と、向ひ合つてゐるやうな幻覚を屢々《しばしば》おこした。時にはまた、明秀は佐伯氏と、清子は美子嬢と、語り合つてゐるやうな気がした。佐伯氏のつれなさも、美子嬢の気まぐれも、どこかへ忘れ去られて来たかのやうだつた。

清子は一月から、明秀は二月から愛する人と会っていない。ふたりは心の中で幻を育て、引用のようにお互いの中にその幻影を見出だす術を習得する。死を美しいものと捉えるようになるのも、この頃である。だが、やがてふたりはこの影像さえ必要としなくなる。

時は夏を迎えていた。明秀は軽井沢に避暑のために滞在していた山内男爵一家を訪ね、清子と共にピクニックに出かける。その夏の午後の時間は「天上の一瞬が無垢なまゝに下りてきたやうな刻々」だった。一年前のS高原での美子との記憶は「肉体の匂ひ」を蘇らせる。だが、ここ軽井沢で清子と共に真夏の太陽の下で明秀が感じるのは「ふしぎな剛《かた》い純潔、魂の乱れのない高鳴り」なのである。この〈純潔〉は、三島その人の実人生にとって或る生々しい恋の痛苦の記憶に直結している。

自殺する二人が盗み去ったもの

『盗賊』はもちろんラディゲを意識して書かれた。だが、実はそれ以前に三島が愛していたワイルドの影響が見られることにもっと注目してもよいだろう。まず、第一章の冒頭に掲げられたエピグラフ「真剣な恋《グランド・パッション》といふものは何もすることのない人間の特権なんだ」は、『ドリアン・グレイの肖像』（一八九〇年）の第四章で年上のダンディで逆説を弄するヘンリー卿が主人公ドリアンに発する言葉である。初めての恋愛を最大のロマンスとしてやや興奮気味に語る美青年ドリアンにヘンリー卿がそれは最初のロマンスであり、君はこれから多くの浮名《うきな》を流すだろうとたしなめる時の台詞だ。その後に続けてヘンリー卿は「それ［真剣な恋《グランド・パッション》］は一国の有閑階級のただひとつの効用なのだ」と言っている。つまり、エピグラフに掲げられたこのヘンリー卿の言葉によって、明秀も含め、清子や美子といった無為《むい》徒食《としょく》の特権階級の人々にこそ大いなる情熱が許されるのだということが暗示されている。

ワイルドの『ドリアン・グレイの肖像』の影響は、三島作品においては長編小説『禁色』（第一部　昭和二十六年、第二部　昭和二十八年）や短編小説「孔雀」（昭和四十年）などに色濃く表れている。このイギリスの世紀末を代表する小説の内容をおさらいしてみよう。美青年ドリアンが画家のバジルの肖像画のモデルを務めている間に、この青年の美貌に目をとめたヘンリー卿に唆され、自らの美を意識し始め、老いに恐怖心を抱くようになる。ドリアンは肖像画に自分の老いや罪をすべて肩代わりさせ、生身の自分が肖像画の若さと美を保ち続けたいと背徳的な願いを口にする。この願いが叶い、ドリアンは放蕩と逸楽三昧の堕落の限りを尽くす。肖像画がドリアンの罪を負い醜く荒廃し、十八年の歳月が過ぎ去っても彼自身は青年時代と変わらぬ美貌を誇示するのである。だが、肖像画が自らの良心の鏡だと考えたドリアンは、自らの良心を抹殺しようと肖像画にナイフを突き立てる。その夜、醜悪な老人の刺殺体がみつかる。使用人たちは死体のはめている指輪ではじめてそれが主人のドリアンだということを知る。その部屋の壁にかかった肖像画には在りし日のドリアンの美しい姿があった。

『盗賊』の最終章、第六章「実行――短き大団円」は、偶然に出会った佐伯と美子がお互いの荒廃ぶりに怖れをなす場面で終わる。ここに『ドリアン・グレイの肖像』の影響が見られることは明らかである。第一章の冒頭でエピグラフとして用いた『ドリアン・グレイの肖像』を最終章の一番終わりに持ってきて円環を描くという演出がいかにも三島らしく心憎い。

「「盗賊」創作ノート」と「「盗賊」創作ノート2」に見られる短き大団円についての記述を見ると、この最終章の構想は早い段階から想定されていた。つまり、物語は共に美貌を誇った佐伯と美子がその美を失うという結末に向かって書かれていたとも言える。『ドリアン・グレイの肖像』のドリアンはその美貌を武器に多くの男女を籠絡《ろうらく》し、彼との情事の果てに死に追いやられた者さえいることが作中にほのめかされている。いわばドリアンは恋の勝利者であり、その意味で美子と佐伯と同種の人間である。『盗賊』のラストで恋の覇者《はしゃ》たる美子と佐伯が互いの中に見つける「何か人には知られない怖ろしい荒廃」は、『ドリアン・グレイの肖像』でドリアンの罪を人知れず肩代わりした肖像画に刻まれた「何か胸の悪くなるような嫌でたまらなくなるもの」、「サテュロス《色情狂》の顔」と同じである。

ワイルドの小説では、亡くなったドリアンの皺だらけのおぞましい顔は肖像画に永遠にとどめられた若き日のドリアンの無垢の美と対比されるが、三島の作品でこの肖像画の役割を果たすのが〈純潔〉の象徴たる明秀と清子なのである。美子と佐伯はお互いの顔を見てある「怖ろしい発見」をする。

今こそ二人は、真に美なるもの、永遠に若きものが、二人の中から誰か巧みな盗賊によつて根こそぎ盗み去られてゐるのを知つた。

こうして「盗み」という観点からこの小説を見ると、昭和二十一年の起稿の時からこの作品の完成を見守ってきた川端康成が『盗賊』の「序」に寄せた言葉は正鵠を射ている。

三島君はこの最初の長篇小説で、戀人が結婚のその日に心中するといふ心理に陥り、その作品を「盗賊」と名づけた。自殺する二人が盗み去つたものはなんであるか。すべて架空であり、あるひはすべて眞實であらう。

情死を通してふたりが盗み去ったもの（＝手に入れたもの）は、ふたりが自身の記憶の中に取り込んだ美子と佐伯の永遠の若さと美であると同時に、明秀と清子のお互いの心でもある。ふたりは心を失くすことで〈虚無〉の境地に達する。〈虚無〉の世界は物事が腐食することのない、真空の世界に似ている。日常や俗世間の毒に触れて心が穢される心配がないからだ。明秀と清子は〈死〉によって心のない〈虚無〉の世界を完成させ、永遠に穢れることのない〈純潔〉を手に入れる。美子と佐伯の荒廃ぶりはこの〈純潔〉の勝利に対する陰画なのである。『盗賊』には〈悲劇の本能〉、〈虚無〉、〈死〉といった三島文学に一貫して流れるテーマが表出しているが、実はそれらは〈純潔〉と表裏一体の関係にあり、三島の求める純粋美に不可欠なものである。川端は同じ「序」の中で三島の学習院時代の習作にはすでに「後に新しい作家の三島君があり過ぎて驚いた」と書いている。十三歳で書いた「酸模」の中では生き永らえるために捨て去らねばならなかった〈純潔〉が、「岬にての物語」では心中してまでも守り抜きたいものとして、この『盗賊』では自殺する主人公たちが命を懸けて盗み去ったものとして燦然《さんぜん》と輝いている。『盗賊』は架空の物語である。だが、三島がふたりの心中を通して描こうとしたものは確かに妖しいまでの真実の光を放っている。

第二章　赤い華——滅亡への疾走

さればこそ、朕はかの者、イエスス・クリストゥスと同じ齢《よわい》をもってアンティクリストゥス第一番として死ぬのに先立ち、この世界の都を炎上させることをもって、死と復活の祝火としたのだ。その火付けの下手人をイエスス・クリストゥスの徒としたのも、けっして濡れ衣などではない。朕こそはアンティクリストゥス第一番という名の第二のイエスス・クリストゥスにほかならないのだから。

高橋睦郎「家族ゲーム——または みなごろしネロ」
※引用中の「朕」とはローマ皇帝ネロのことである。

一、反《アンチ》キリスト者の誕生——『仮面の告白』、「サーカス」

初めから喪われていた接吻

「もう帰ろうか」その声に頷いてゆっくりと立ち上がり、彼女はレインコートについた葉を払っている。青年は背後から彼女をそっと抱き、その瞬間を待っているうぶ毛の生えた乾いた唇に自分の唇を押しつけてみる。だが、彼女は自分から唇を開くことも、背中に手を回すこともせず、ただ硬直して震えている。雨の滴に濡れたレインコートに包まれた体は、人形のように強ばってわなわなと震え、まるで飛び立とうとする大きな鳥を翼ごと抱えているかのようである。あの日、彼女はレインコートさえ脱ごうとしなかった。まるでそれが下着でもあるかのように……。あの時のゴワゴワとした手触りと少女の鼓動がつい今しがたのことのように彼の指先に生々しく蘇った。

それは六月の軽井沢であった。先ほどまで降っていた雨のせいで、白樺林の木々の葉は肩を触れるだけでその表面に透明の光を湛《たた》えていた露を容赦なくレインコートの肩に浴びせた。避暑地とはいえ、戦時中の平日の昼下がりである。散歩をしている人の姿はほとんど見当たらない。草地に出ると、ふたりはやっと歩くのをやめ、青年は自分のレインコートを脱ぎ、倒れた木の上に広げた。続いて少女がその隣に腰かけた。やがて、促されて立ち上がった少女の唇を青年が奪ったのである。それは「人生で最初の美しい接吻をしてみたい」という一心から三島がとった行動であった。だが、そのロマンティックな夢は無惨にも破られたのである。

昭和十九年、三島は学習院時代の級友の家を訪れていた。その年の七月に東京帝国大学に合格した三島は夏休みに志賀高原へ三泊四日の旅に出たが、その時も一緒に出かけたこのバッハ好きの友人は、彼にとって精神的なことを話せる稀有《けう》な友人であった。この級友の穏やかな性格は友人の育った家の雰囲気そのままであった。

西洋風の窓に揺れるレースのカーテン越しに柔らかな日差しが射し込み、テーブルに出されたティーカップの琥珀色の液体に金色の光を落としている。友人の三人の妹の中で一番年上の十七歳の少女はこれまでも時々紅茶を運んできたが、やけに丁寧な挨拶を、まるで暗記した言葉でも発するかのように言い終わると、顔を赤らめて慌てて部屋を出て行くのが常であった。その恥じらいの態度は厳格な家庭に育ったゆえの警戒心やいかめしさとはほど遠いものであった。ミッション系の女学校に通い、敬虔なキリスト教徒の家庭で育てられた彼女にとっては、男性に対して殊更《ことさら》に女性をひけらかすことをせず慎ましい態度をとることが礼儀なのであり、それは三島にとってむしろ好ましいものであった。お化粧気のない稚《おさ》ない丸顔の唇の上に濃く生えたうぶ毛が、いかにもこの少女にとって異性が遠い存在であったことを物語っているが、戦時中にもかかわらずモンペではなく靴下をはいた伸びやかな美しい足。外務省に勤める父親の外国土産と思われる赤い革のジャンパーの下の胸のふくらみからは色づき始めた女性の魅力がほのかに漂っていた。

初等科から同じ学び舎《や》で机を並べてきたこの級友と彼は異なった大学に進んだため、ふたりはそれぞれの大学の話題や最近読んだ本、自分たちの創作活動、そして戦況についてとめどもなく話をした。その折、隣室からピアノの音が流れてきた。時々つっかえながら、おそらく応接間の三島の存在を意識して流れてくるピアノの音色。そこには親しみのこもった懐かしいぬくもり、処女《おとめ》の恥じらいとときめきが感じられ、その不完全さゆえに思わずその弾き手の秘密を知ってしまったような親近感と罪悪感のようなものを三島に抱かせた。そのピアノの音はこの先、彼の心のどこかで時々響き渡ることになる運命の調べであった……。

それからどのくらいの数の手紙が三島とこの少女との間を行き来したことだろう。彼女の一家の疎開先であった軽井沢に向かう汽車の車窓の向こうには六月の雨に濡れそぼつ田園風景が目に入ってはまた遠去かっていく。敗北に向かって突き進む戦争は全日本国民の破滅によって早晩《そうばん》終結する。この目の前の景色ももう二度と見ることはないのだ。この世の終わり、この世の滅亡、それを待つ気持ちの底には甘美な陶酔感があった。汽車に揺られながら、その甘い死の幻想の中にたゆたっている時、若き三島は確かに幸福感に包まれていたのである。

戦争とサーカス

この四か月ほど前に三島が書き始めたのが「サーカス」（昭和二十三年）という短編である。三島自ら昭和四十一年五月にＮＨＫＦＭで朗読し、同じ年に凝った装幀で知られるプレス・ビブリオマーヌから限定版も刊行しているほどの偏愛ぶりを示した小品である。この作品は昭和二十年二月から昭和二十二年十一月までのほぼ三年の間に何度も書き直され、異稿もいくつか存在する。

決定稿の内容は、あるサーカス団に雇われている少年と少女が天幕《テント》の陰で逢い引きをしている。その現場を押さえた団長はふたりに懲罰として死と隣り合わせの危険な演技――クレイタ号という荒馬を御《ぎょ》する王子に扮した少年が綱渡りの途中で足を踏み外して落下してくる少女を馬上で抱きとめる――を課す。来る日も来る日も繰り返される若いふたりの命がけのパフォーマンスに観客は熱狂する。そんなある日、少年と少女は駆け落ちしようと試みるが、連れ戻される。再び舞台に出演すると、その日に限って荒馬はいつになく暴れ、少年は振り落とされ、頸骨《けいこつ》を折って死ぬ。この突然の椿事にサーカス小屋は騒然となる。その狂乱の中、少女はひとり綱を渡り終え、やがて片足を空中に向かって差し出し、そのままもう片方の足を揃えて差し出すと花束が落下するように床に叩きつけられる。その夜、馬に興奮剤を打ち、少年の靴の裏に油を塗った男は団長から多額の報酬を受け取った。団長はピエロや女猛獣遣いたちが後に続く弔いの列が通り過ぎる時、縞馬に引かれた王子と綱渡りの少女の粗末な柩《ひつぎ》の上に黒い細いリボンで結わいたすみれの花束を放るのであった。

この作品でクローズアップされているのは若いふたりを死へ追いやるサーカスの団長である。彼は曲芸団長になる前は大興安嶺に派遣された探偵の手下であったが、女スパイの家に足を踏み入れた三人の若い探偵は地雷の爆発によって爆死し、自分だけ生き残って帰国したという経歴の持ち主である。「やさしい心根を持つゆゑに、人の冷たい仕打ちにも誠実であらうとする。誠実は練磨された」と紹介される彼は、若いふたりを「こよなく心に愛してゐた」が、折檻《せっかん》の手をゆるめることはなかった。なぜなら、「その折檻がはげしければはげしいほど彼等の生き方には、サーカスの人らしい危機と其日暮しと自暴自棄の見事な陰翳がそなはるであらうと思われた」からである。だからこそ、王子と綱渡りの少女が出奔した際、団長の心は悲しみで打ちひしがれたのである。

心ひそかに彼がねがつた光景、――いつかあの綱渡りの綱が切れ、少女は床に顚落《てんらく》し、とらへそこねた少年は落馬してクレイタ号の蹄《ひづめ》にかけられる有様――、団長の至大な愛がゑがいてゐた幻想は叶へられなかつた。

団長の愛はふたりに曲芸中の事故死という、観客の心を凍りつかせ、戦慄させるような痛ましくも美しい最期を用意してやることだったのだ。この愛情深い曲芸団長にとって若い男女の脱走者は「日向の犬のやうな怠惰な幸福にあこがれた」裏切り者にほかならない。ふたりを愛するがゆえ、彼は椿事を計画し、手下を使って実行に移した。だが、その瞬間に団長にとってのサーカスも終わりを告げるのである。

若いふたりの生命を賭した曲芸は危険と破滅に憧れる観客たちによって成り立っている。サーカスの場内を支配する緊迫した熱気はふたりの死によって沸点に達し、急速に冷めていく。破滅への願いが現実になった途端、サーカスはその存在意義を失ってしまったのだ。原稿用紙十七枚ほどの短い童話風の作品ながら、ここには戦時中に三島が抱いていた死への憧れと日常生活の幸福に対する嫌悪が色濃く表れている。三島は昭和二十一年に刊行予定で結局実現されなかった短編集のために書いた「跋に代へて」という文章の中で、この作品を次のように自ら解説している。

「サーカス」――昭和廿年二月。私の頭には当然来る筈の夜間空襲の幻があつたのであらう。それは詰らない種明しにすぎぬだらうか。しかし確実な予感が、しばしば物語の律調に作者が意識しない動悸を伝へてくることがある。そのころ末世といふ古い思想が、動物的な温味《ぬくみ》を帯びて私の心に甦つてゐた。

サーカスとは、三島にとってある意味では戦争と同義であった。いつか訪れる死を観念的に待ちながら、二十歳の三島は自分の美的感覚が赴くままの作品を自由に書き、その中に思いきり身を委ねて生きていた。戦時中に書き始められた「サーカス」でも、「岬にての物語」でも若い男女の死が美しく描かれている。現実の世界で手紙のやりとりを通じて結ばれつつあった級友の妹は、戦争で若くして死ぬという三島の〈滅亡〉への陶酔の中では、自作の小説の中の死にゆく〈少女〉に重ねられていたのである。

戦時下の生命力

だが、死の幻想に憑かれた目で車窓の景色を眺めながら数時間を汽車に揺られてやって来た三島を驚かせたのは、軽井沢の級友宅で営まれている戦時中とは思えないような普通の家庭生活であった。未来への確信——戦局がどうなろうと自分たちは今のままで生きていくだろう——がしっかりと根を張っている女ばかりのその家では屈託のない会話だけが取り交わされ、穏やかな微笑の絶えない明るく朗らかな空気が漂っていた。食糧や着る物こそ乏しかったが、この女所帯に戦争の暗い影が立ち入る隙はなかったのである。

当時外務省の分室のあったホテルで徴用逃れの勤めをしていた彼女は、三島からの手紙だけを楽しみに暮らしており、その唯一の楽しみのためにいま彼女は頬を生き生きと薔薇色に輝かせ、彼が当時軍需工場で目にするような疲弊してすり減った少女たちとまるで異なって潑剌としていた。戦時中にあって若さが漲《みなぎ》る彼女はまさに〈生命力〉の化身であった。惨澹たる破滅を夢見る青年が〈死〉であるとしたら、まるで昼と夜ほどの違いである。彼が少女との手紙を暗い戦争の中のたったひとつの彩り、最後のロマンスと思って悲劇に浸っていたのに対し、彼女は彼から届く手紙を未来への序曲のように考え、幸福感に浸っていたのである。

この大きく隔たった生活感情は〈ふたりの将来〉についての捉え方にも大きな齟齬をきたした。この軽井沢での接吻の後、級友から妹との結婚を打診する手紙が三島に届く。しかし、三島は少女との結婚を求める返事を遂に出すことはなかった。それから二か月近くが経ち、日本は終戦の日を迎えるのである。

〈悲劇性〉を求める心

軽井沢での喪失の接吻から、三年近い月日が流れた昭和二十三年の九月、大蔵省を辞して職業作家としての第一歩を踏み出すことになった三島が取り組んだのが、初の書下ろし長編小説『仮面の告白』（昭和二十四年）である。

この小説は、初版刊行に先立って書かれた「作者の言葉」によれば、「私の『ヰタ・セクスアリス』であり、能ふかぎり正確さを期した性的自伝」である。物語の前半は、悲劇的なもの、豪奢なもの、殺される若い男性に美を感じる性的倒錯者の「私」の幼少期から思春期までの性にまつわる告白となっている。後半は園子という女性が登場し、男女の愛に戸惑う「私」の心理が描かれている。学生時代の友人の妹である園子との恋は発展するが、一向に女性に性欲を感じない「私」は彼女との縁談を断る。その後間もなく園子は別の男性と結婚する。「私」は偶然の出会いを契機に園子と再び会うようになるが、男女の仲の発展を無意識に望む彼女をよそに、「私」の視線は同じ場所に居合わせた筋骨逞しい与太者に注がれ、その男の腹が血で染まる姿を想像するのである。

『仮面の告白』で幼少期における性的自伝が披瀝される前半で「私」の最初の官能の対象となったのは、糞尿汲み取り人であったことが明かされる。その理由を「私」は次のように告白している。

彼の職業に対して、私は何か鋭い悲哀、身を撚るやうな悲哀への憧れのやうなものを感じたのである。きはめて感覚的な意味での「悲劇的なもの」を、私は彼の職業から感じた。彼の職業から、或る「身を挺してゐる」と謂つた感じ、或る投げやりな感じ、或る危険に対する親近の感じ、虚無と活力とのめざましい混合と謂つた感じ、さういふものが溢れ出て五歳の私に迫り私をとりこにした。

「私」は同じような「悲劇的なもの」を「花電車の運転手」、「地下鉄の切符売り」に感じるようになる。兵士の「汗」の匂いも、死と背中合わせの悲劇的な彼らの運命を想起させ、「私」を酔わせる。

　つまり、高級官僚の家庭で育てられた「私」は、自分に縁のないような穢れた職業、どこか薄幸な匂いのする死の予感を孕んだ職業に強い憧れを持つが、その職業からは自分が疎外されている――それこそが「私」にとっての〈悲劇〉なのである。それと同時に、自分とは異質なその悲劇そのものになりたいという欲求が生じる。ただ、その悲劇の主人公は男性でなければならなかった。このことは、「私」が幼児の頃に大のお気に入りだった馬にまたがる騎士の絵がジャンヌ・ダルクという名の女の男装した姿と知るや、その絵を見捨てるというエピソードから語られる。

　また、「私」は女奇術師の松旭斎天勝やクレオパトラといった蠱惑《こわく》的な大淫婦に扮装することを好んだ。だが、両者には糞尿汲み取り人や兵士から醸される〈悲劇性〉は見られない。なぜなら、この場合の「私」の扮装欲は、扮装そのものと扮装によって女になり変わることに対する欲求にとどまっており、「私」はこれらの女たちに官能の魅力を感じているわけではないからである。「私」にとって〈悲劇性〉と官能は緊密に結びついているのである。

　女の化粧を施し、女装をして様々な男に男娼として買われ、思うさまに淫らな行為で苛まれ、奴隷の若い男の妻となり、彼の前にひれ伏し、淫蕩をなじられ殴打されるという恥辱に言いようのない歓喜を味わった悪名高い性的倒錯の暴君ヘリオガバルス、『ローマ帝国衰亡史』の作者エドワード・ギボンによれば、ローマ帝国最悪の皇帝に「私」は後年類似性を見出すのである。

　やがて字が読めるようになった「私」を魅したのは、童話の中の「死の運命にある王子たち」、「殺される若者たち」（傍点引用者）であった。自分が戦死したり、殺されたりする場面を空想することに喜びを感じる「私」は、自分を含めた〈若い男の死〉を執拗に追い求め、「死と夜と血潮へ向かう心」は密室の中で豊かな葉を茂らせ、大きな赤い蕾となった。

死と夜と血潮へ向かう心

第二章では、思春期に入って身体的な欲望を覚え始めた「私」の性の歴史が記されている。「死と夜と血潮へ向かう心」がその妖しい花びらを開き始めたのである。この肉食の植物の最初の餌食となったのは、十七世紀前半期に活躍したイタリアの画家グイド・レーニ（Guido Reni, 1575–1642）の絵画「聖セバスチャンの殉教」（ジェノヴァ、パラッツォ・ロッソ所蔵）である。この絵に描かれた、木から吊るされ、半裸の上半身に二本の矢を受けている美青年は、三世紀のローマでは異教であったキリスト教を布教した罪で、木に吊るされ、身体に夥しい数の矢を受けたが、死に至らず、その後撲殺された殉教者である。

聖セバスチャンの殉教を描いた数ある絵の中でもレーニのこの作品は、殉教図でありながら、その逞しく鍛え抜かれた肉体は白く滑らかで青春の香気を漂わせており、その少女と見紛う優しい顔には受難による苦痛の色はなく、ふくよかな唇に赤い果実のようなみずみずしさを湛えたまま、大きな潤んだような瞳を天に向けている。むしろ異教的な官能美さえ漂わせているこのレーニの聖セバスチャンは、欧米では世紀末から同性愛の守護神として崇められ、多くのゲイにとって性愛の対象となってきた。十三歳の「私」も例外ではなかった。

その絵を見た刹那、私の全存在は、或る異教的な歓喜に押しゆるがされた。私の血液は奔騰し、私の器官は憤怒の色をたたへた。この巨大な・張り裂けるばかりになつた私の一部は、今までになく激しく私の行使を待つて、私の無知をなじり・憤ろしく息づいてゐた。私の手はしらずしらず、誰にも教へられぬ動きをはじめた。

私の内部から暗い輝かしいものの足早に攻め昇つて来る気配が感じられた。と思ふ間《ま》に、それはめくるめく酩酊を伴つて迸《ほとばし》つた。……

この小説では、後年「私」が作ったという「聖セバスチャン《散文詩》」が作中に挿入されている。三島自身も、昭和四十一年にイタリアのファシスト党の先駆的政治運動家として知られる詩人で作家のガブリエーレ・ダンヌンツィオ（Gabriele D'Annunzio, 1863–1938）がフランスで出版した五幕物の神秘劇『聖セバスチャンの殉教』（一九一一年）を池田弘太郎と共訳している。また、その二年後の昭和四十三年には、篠山紀信により撮影された三島自らが聖セバスチャンに扮した写真が、フランス文学者で翻訳家の澁澤龍彦責任編集のエロティシズムと残酷の綜合研究誌『血と薔薇』の創刊号の巻頭ページを飾っている。「私」の最初の肉欲の対象となったこの聖人の殉教図は、作者三島自身にとっても〈血〉と〈死〉、〈美〉と〈エロス〉の究極の象徴であった。

こうした「私」の欲望は、対象への嫉妬、対象そのものに自分が転化し、自己を愛することで相手を愛するという複雑なメカニズムを持つに至る。「私」は、近江という落第生に片恋をするようになるが、体育の時間に懸垂のお手本を務めたこの逞しい肉体を持った不遜な青年の腋に黒く生い茂った毛に激しい嫉妬を覚える。嫉妬心はあまりにも苛烈で彼への愛をも妬き尽くしてしまうほどであったが、時を経て夏の青い空の下、「私」は自らの腋に生え始めた毛に疼いて自瀆することで彼への愛を改めて確信するのである。

中等科四年生、十六歳になった「私」は自瀆過多による貧血を繰り返す。その理由は次のように語られている。

生れながらの血の不足が、私に流血を夢見る衝動を植ゑつけたのだつた。ところがその衝動が私の体から更に血を喪はせ、かくて私に血を希《ねが》はせるにいたつた。この身を削る夢想の生活は、私の想像力を鍛へ、練磨した。ド・サァドの作品については未だ知らない私であったが、私は私なりに、「クオ・ワディス」のコロッセウムの描写の感銘から、私の殺人劇場の構想を立てた。そこではただ慰みのために、若い羅馬《ローマ》力士が生命を提供するのであった。死は血に溢れ、しかも儀式張ったものでなければならなかった。私はあらゆる形式の死刑と刑具に興味を寄せた。

やがて三島は、「ド・サァド」（マルキ・ド・サド）の作品に出会い、戯曲『サド侯爵夫人』（昭和四十年）を書くにいたるが、少年期においてすでに「私」の〈血〉は〈死〉と結びつかなくてはならなかった。「私」の頭脳の中の「殺人劇場」には、毎日夥しい数の青年たちが後ろ手につながれて送り込まれ、衣服を剝ぎ取られ、その肉体を傷つけられ、血を流し、痛みに苛《さいな》まれながら、殺されていくのである。「私」は水泳部の同級生を晩餐の卓上の大皿に載せ、その厚い胸板にフォークを突き立て、その血しぶきを顔に浴びながら、ナイフでその胸を削ぎ落とす。こうしたあられもない血の饗宴の妄想に憑かれた十六歳の「私」は、貧血になるまで身をくねらせて自らを穢す行為に没頭するのである。

ワイルドへの共鳴

ここでこれまで見てきた「私」の嗜好にもう一歩踏み込んだ解釈を加えるために、『仮面の告白』の前半部に二度、名前が挙がっているオスカー・ワイルドに注目してみたい。ワイルドは、『黒蜥蜴』にも「酸模」にも『盗賊』にも影を落としていたが、実は三島の出世作である『仮面の告白』にもさりげなくその姿を現しているのである。

ワイルドの名前が最初に出てくるのは、幼少期、馬にまたがって死すべき運命へと向かう騎士ジャンヌ・ダルクがオルレアンの処女だと知った途端興味を失った場面においてである。

「女なの」

私は打ちひしがれた気持だつた。彼だと信じてゐたものが彼女なのであつた。この美しい騎士が男でなくて女だとあつては、何にならう。（現在も私には女の男装への根強い・説明しがたい嫌悪がある。）それはとりわけ彼の死に対して私が抱いた甘い幻想への、残酷な復讐、人生で私が最初に出逢つた最初の「現実からの復讐」に似てゐた。美しい騎士の死の讃美を、後年、私はオスカア・ワイルドの次のやうな詩句に見出した。

蘆《あし》と藺《ゐ》の中に殺害《ころ》され横はる、
騎士はうつくし。……

引用は「王女の愁ひ」という詩の一節である。この詩はワイルドが一八八一年、二十五歳の時に出版した処女詩集『詩集』に収められている。劇作家として知られるワイルドだが、三島と同様、最初は詩人としてその文学活動をスタートさせたのだ。作中で用いられているワイルドの詩の翻訳は、後年三島が『サロメ』を演出する際に台本として使用した訳本と同様に、日夏耿之介によるものであった。

「私」は、このワイルドの詩の中に幼少期にジャンヌ・ダルクから受けた大きな裏切りを補うに十分な耽美的な要素を見出すのである。だが、引用の一節だけではなく、「王女の愁ひ」というこの詩全体が死と血に美を見出す世紀末的な物憂い美意識に包まれていることにもっと注目すべきだろう。少し長いが引用する。

「王女の愁ひ」

――ブリタニイイ――

靜かなる水中に七つの星、
空《そら》の上にも七つの星、
王女の罪は七つ、
その靈魂《たま》ふかくよこたはれる。

紅薔薇《ベニバラ》はあしもとに、
（薔薇《バラ》紅《あか》くその純金の髪毛《かみ》のなかに）、
ああ、その胸とその帶とのあふところ、
紅《あか》き薔薇《ばら》ぞ秘《ひ》められたる。

蘆《あし》と藺《ゐ》の中に殺害《ころ》され横はる、
騎士はうつくし。
死したる人を喰らはんと喜びつどふ、
魚族《いろくづ》の瘠《や》せしを見よや。

臥《ふ》しまろぶ待童うるはし。

（黄金《きん》の衣《きぬ》、よきえものなり）
空なる大鴉《からす》の黒きを見よ、
ああ夜のごとく黒し黒し。

死して硬《かた》き人々何をかなす？
（王女が手の上に血汐あり）、
なにゆゑに百合《ゆり》に紅《くれなゐ》の斑點《てん》ありや？
（川の沙《いさご》には血汐あり）。

南《みんなみ》と東《ひんがし》より　駒騎りきたる二人あり、
北と西とより二人あり。
王女には休息《やすらひ》を、
黒き大鴉《からす》に、好《よ》き饗應《うけ》をとて。

げにげに王女《ひめ》を戀する一人あり、
（紅しああ凝《こご》る血の汚點は紅し！）
やゝくらき水松《いちゐ》材の下に墓を掘りけり
（一の墓穴《はか》、四人《よたり》にふさはし。）

静かなる空に月なく、
黒き水になにものなし。
王女が靈魂《たま》の罪は七つ、
かのひとが靈魂《たま》の罪ひとつ。

（日夏耿之介訳）

この詩は自分を愛する男たちを殺す王女の歌であり、彼女に殺された若者たちの死骸は麗しく、流した血は緋色の薔薇の如く美しく描写されている。王女はフランスの象徴派詩人ステファヌ・マラルメ（Stéphane Mallarmé, 1842–1898）がその詩「エロディアード」（一八六六年）の中で描いたサロメ像の如くその蕾を固く閉じて決して男を受け入れない。王女は自分を求める男たちを破滅させ、若い男たちの犠牲によってその氷のように冷ややかな純潔を保持する。彼らの血飛沫を受けた白百合は王女の純潔を象徴している。このワイルドの詩には〈殺された騎士の美〉はもとより、漆黒の夜、若い男たちの死、血と薔薇、そして純潔など、三島が渇望する多くの要素が盛り込まれており、三島とワイルドの官能の赴くところの驚くべき共通性を示している。

同じく『詩集』に収められている一篇に「キイツの墓」という有名な作品がある。ここにも同様のモチーフが見られるが、注目したい点は、ワイルドがイギリスのロマン派詩人ジョン・キーツ（John Keats, 1795–1821）の美と夭折を聖セバスチャンにたとえて詠っている点である。

生《せい》も愛《あい》もうら若き頃を、生《いのち》より奪はれて、
ここに殉教のいと青春《わか》きものよこたはる。

聖《セント》セバスチャンのごとく美しく、世をはやうして殺されたる。（日夏耿之介訳）

ワイルドもレーニの「聖セバスチャンの殉教」を非常に愛好しており、引用からはその愛好の方向が聖人の殉教というキリスト教的な解釈には向かっておらず、むしろ青春の只中に生命を奪われたその香《かぐわ》しい肉体と美貌を賛美するというギリシア的なエロスに向かっていることが伝わってくる。若々しい肉を鋭い矢で射抜かれて恍惚とした表情を浮かべるこの殉教者に対するワイルドの感性に三島が共鳴したであろうことは想像に難くない。

ワイルドの「漁夫とその魂」

童話を読むようになった「私」が理由もなく愛するのは殺される若者たちであったが、そうした童話の中にもやはりワイルドの作品が含まれている。

しかし私はまだわからなかつた。（中略）なぜ数多くのワイルドの童話のなかで、「漁夫とその魂」の、人魚を抱き緊めたまま浜辺に打ち上げられる若い漁夫の亡骸だけが私を魅するのかを。

幼少時に三島はワイルドの童話を好んで読んでいる。ワイルドの童話は二冊出版されているが、『幸福な王子とその他の物語』の五篇中、人間の女が主人公の作品は皆無である。第一章で述べたように、「酸模」にその影響が見られる「わがままな大男」も大男と小さな男の子が主人公である。表題にもなっている有名な「幸福な王子」は銅像の王子と燕の恋物語である。燕は燕尾服からの連想から、また原文での代名詞が「彼」（“He”）となっていることから雄だということがわかる。ワイルドは多くの童話で〈男〉を主人公にしている。

三島が好んだ「漁夫とその魂」は、網にかかった人魚のあまりの美しさに魅了され、〈魂〉を捨てるという条件で異種婚によって人魚と結ばれる漁師の物語である。漁師は〈魂〉の誘惑に負けて一度は人魚を裏切るのだが、彼女への愛の大きさに気がつき赦しを乞い、彼女が死ぬと自らも死を選ぶ。司祭はふたりの亡骸を罪人として葬るが、やがてふたりの愛の尊さを理解するという内容である。

この童話が収められている『柘榴の家』（一八九一年）は全篇に陰鬱さと頽廃味が立ち込めているためか出版当初は「大人のための童話集」とも呼ばれた。その中でもこの「漁夫とその魂」は非常に官能的な作品であり、「私」のような子供には訴えかけるものが多いことは容易に理解できる。だが、この作品は愛と性を自由に謳歌するという古代ギリシア世界に見られる異教的なエロスと、厳格なキリスト教との対峙を描いた物語でもあり、むしろこの二項対立に少年の三島は魅かれたのではないだろうか。

漁師が捨て去る〈魂〉を人魚たちは持ち合わせていない。だからこそ、一緒に海底で暮らすために漁師に〈魂〉を捨てさせる。この〈魂〉が象徴するものこそ漁師の中に根を下ろしているキリスト教的な倫理観であり、彼が快楽に生きるためには邪魔なものであり、異教的なエロスを象徴する人魚にとっては脅威でもある。

人魚とは、心がとろけるような甘く魅惑的な歌声で船乗りたちを惑わせ、難破させるギリシア神話のセイレーンのことである。このことから人魚は快楽や肉欲を暗示し、キリスト教では人間を肉欲の罪に誘い、堕落させる異教的な淫らなものの象徴とされてきた。だからこそ、童話の中で漁師の相談を受けた司祭は、人魚たちと交わることはキリスト教的な教えに背くことであると諭すのである。こうした経緯を考えると、司祭の忠言に耳を貸さず、〈魂〉を捨て人魚と官能の世界に生きることを選んだ漁師はキリスト教を捨てたのも同然なのである。

また、捨てられた〈魂〉は、海中で人魚と愛欲の日々を過ごす漁師のもとに年に一度やって来ては漁師が地上に戻るように様々な誘惑を仕掛けるが、漁師の人魚に対する愛は深く、〈魂〉は漁師を地上に取り戻すことはできない。だが、「顔をベールで隠して素足で踊る女」の話を聞いた漁師はその誘惑に抗しきれなくなる。人魚には足がない。人魚の尾は真珠や銀で飾り立てられ視覚的には美しいが、人間の女とのような肉体的結合から得られる真の充足感を漁師に与えることはできないのである。さらに、人間との交わりにおいては可能になる生殖は、人工的な美と貞操帯の如き尾を持つ人魚との愛の営みから期待することはできない。子孫繁栄や未来に希望を繋ぐキリスト教的な観点に立って見ると、人魚は不毛で刹那的なエロスの象徴であり、肉体的快楽のみで結びつく性関係を禁じるキリスト教的な教えからすればまさに異端なのである。

漁師は〈魂〉が語る白い鳩のように動く女の足を見たさに陸に上がる。ところが、〈魂〉は一向に彼を魅惑的な足の持ち主である踊り子のところに連れて行こうとしない。それどころか、あちこち連れまわした挙句、悪事を働くよう唆《そそのか》すのだ。長い間、持ち主が不在だった〈魂〉は荒廃し堕落していたのである。入江に戻り人魚に赦しを乞う漁師に〈魂〉はもう一度漁師の心に棲みたいと訴えるが、人魚への愛に溢れている漁師の心に入ることはできない。ふと、漁師はそんな〈魂〉が気の毒になり、「力を貸してやりたい」と同情を示す。すると、その途端人魚は息絶えるのであった。漁師の愛したその美しい亡骸は漁師の足元に波とともに打ち上げられる。漁師は波打ち際で人魚をかき抱く。そして、その冷たい唇に唇を重ねた瞬間に漁師の心臓は破れてしまうのである。

司祭は人魚を異端の生物とみなし、その人魚を抱いて溺死した漁師を神に背いた者として扱い、ふたりに祝福を一切与えず、その遺骸を晒し台の片隅に埋めて墓標などは一切立てないよう命じた。三年が過ぎ、祭礼の日に司祭は〈神の怒り〉について話そうとするが、その唇からこぼれるのは〈愛の神〉を讃える言葉であった。キリスト教の教えに反したふたりが埋められた場所からは異様に美しい珍しい花が咲き出で、祭壇に飾られたその花の美しさが司祭の心を乱し、その芳香がこの頑迷な男を酔わせたからである。その結果、司祭は異教の生き物を祝福し、人々は喜びと驚きで胸が一杯になる。しかし、晒し台の片隅にその花が咲くことは二度となく、人魚たちはその入江から離れていったのである。

ワイルドの作品において批判的に描かれているキリスト教世界と、それに相反する愛欲の美しい世界との対比は、筋骨逞しい漁師がその硬い腕に艶めかしい人魚の身体を抱きしめたまま浜辺に打ち上げられている姿――そこに濃厚に漂う官能と異教の香りによって説明し尽くされている。やっと字が読めるようになった『仮面の告白』の少年は、この作品に流れる背徳的で肉感的な愛の世界と海を背景に屍《しかばね》となった漁師の姿に、エロスと死の結合をはっきりと見たのではないだろうか。

ワイルドの「漁夫とその魂」に三島が抱いた共感は、晒し台のある不毛地帯に咲き出でた美しい花に象徴される異教的なもの、アブノーマルなものに惹かれる三島の資質を示すと同時に、さらに重要なことは、三島の中に誕生したキリスト教への反逆性を表していると思われる。ここから次第に三島由紀夫の中の反《アンチ》キリスト者が生まれ始めたのである。作品の中にちらちらと顔を覗かせるワイルドをたどっていくと、『仮面の告白』の前半部には悲劇性、同性愛、扮装欲、血、死、夜、古代ギリシア風のエロスに惹かれる「私」の気質と相容れぬものとしての〈キリスト教〉が隠れていることが明らかになり、後半部との対比がより鮮明になるのである。

生の恢復術としての創作

『仮面の告白』を書き始める以前のことを、三島は「終末感からの出発――昭和二十年の自画像」の中で次のように振り返っている。

その［終戦の］後の数年の、私の生活の荒涼たる空白感は、今思ひ出しても、ゾッとせずにはゐられない。年齢的にも最も潑剌としてゐた筈の、昭和二十一年から二・三年の間といふもの、私は最も死の近くにゐた。

『仮面の告白』は昭和二十四年七月に河出書房から刊行されるが、その翌月付の『図書新聞』の中で、この記念すべき作品のことを三島は「へど」、「排泄作用」と呼んでいる。このことは、三島が「作者の言葉」の中で、「この作品を書く前に私が送つていた生活は死骸の生活だつた。この告白を書くことによつて私の死が完成する。その瞬間に生が恢復し出した」と語った言葉と呼応している。これらの言葉から『仮面の告白』執筆時の三島が自分を蝕み滅ぼしかねないほどの苦悩を文字にして吐き出すことで精神的危機状況から脱したことが伝わってくる。これほどまでに三島を追いつめたものは何だったのか。

おそらくそれは、園子のモデルとなった女性との恋の破綻であった。この女性は永井邦子という実在の女性であり、評論家の村松剛が三島の生涯およびその創作活動に非常に大きな影響を与えた人物として注目したM・K嬢（彼女の旧姓は三谷である）のことである。

『仮面の告白』を書く際にまず三島の頭に浮かんだのは、軽井沢の白樺林を抜けた高原で接吻した際の雨滴に濡れたゴワゴワした女のレインコートの手触りと、彼女の胸の高鳴りであった。

邦子は、三島の学習院時代の級友で『級友三島由紀夫』の著者である三谷信（『仮面の告白』の中の草野のモデル）の妹である。三島は三谷家に出入りするうちに邦子と知り合い、文通によって親交を深めたが、三島の逡巡により交際が発展せず、彼女は別の男性と結婚した。この体験が『仮面の告白』の「私」と園子に投影されていることは言うまでもない。三島は彼女が他家に嫁いだことについて、「終末感からの出発——昭和二十年の自画像」の中で「妹の死と、この女性の結婚と、二つの事件が、私の以後の文学的情熱を推進する力になつたやうに思はれる」と述懐している。三島の母倭文重によれば、邦子の結婚の知らせを受けた日に三島は落胆のあまりその生涯で類を見ない泥酔状態に陥ったという。

このように、『仮面の告白』を執筆する前の「死骸の生活」とは、まさしく邦子を失ったことによって引き起こされたものである。この作品の隠された創作動機は邦子の結婚にあり、彼女への未練を断ち切るために書かれた部分がある。彼女の存在がなければ、この作品は、とりわけ後半部は書かれなかったと言っても過言ではないだろう。

園子のモデル三谷邦子

これほどまでに三島を苦悩させ、『仮面の告白』を書く原動力となった三谷邦子とは一体どのような女性だったのだろうか。

三島は三谷家を「敬虔なキリスト教徒の家庭」と評している。それを裏づけるものとして、まず邦子の父方の三谷家が、法哲学者で無教会派のクリスチャンの三谷隆正(一八八九〜一九四四)を輩出している家柄であるということが挙げられる。邦子の伯父(邦子の父隆信の兄)にあたる隆正は、「日本のヒルティ」と呼ばれ、その人物の高潔さ、純粋なるキリスト教信仰に加え、優れた知性、温厚な人柄などから「一高の良心」と称される名物教授であった。隆正は内村鑑三、新渡戸稲造といった恩師に恵まれ、特に内村との出会いによって独自の信仰を形成していった。三島も隆正に尊敬の念を抱いていた。たとえば、昭和十九年十一月十日付の三谷信宛て書簡では隆正が「静謐《せいひつ》な勇気」の持ち主であると書き、昭和二十年五月七日付の手紙においては隆正の著書『幸福論』(昭和十九年)の文章の清冽さを褒めた後、「人徳、人格の階梯《かいてい》に至つては、たゞ伯父上様を仰ぎみるのみです」と綴っている。

級友であり、邦子の兄である三谷信も、このキリスト教的な環境抜きでは語ることができない。三島は信から託された散文詩集のために書いた跋の中で、信の詩に見られる「浄らかな観照」を「敬虔なキリスト教徒の家庭に育った三谷の、柔軟な正確度を示してゐる」と分析し、彼の芸術は「単なるヂレッタント流の作物ではない、別の透明さに支へられてゐる」と評している。これらの評からは、信の清浄な人柄とともに、キリスト教的な家庭環境が彼の人柄を形成する上で少なからぬ影響力を持っていることを三島が看破していたことが窺える。

また、信と邦子の父親三谷隆信（一八九二〜一九八五）は、東京帝国大学卒業後、内務省に入省し、後に外務省に転じ、戦中はフランス大使を務め、戦後は侍従長として宮内庁に勤めたという経歴の持ち主である。クリスチャンとしては一高入学後、内村鑑三の門に通い、同期であった矢内原忠雄とはキリスト教信仰を通じて一生涯友情を温めた人物として知られる。人柄については、外務省時代の後輩によると様々なタイプの外交官の中で「最も神の摂理に適った生活を送られた方」であり、毎朝二時間ギリシア語で聖書を勉強しており、自分に厳しく、仕事には理性と英知をもって臨み、人に対しては「全く付き合いやすい、あたたかい方で、接する人の心を穏やかにされる方」であったという。『仮面の告白』では園子の父親は死亡による不在という設定になっているが、三島が邦子と交際していた時期と隆信がフランスに駐在していた時期とが重なるためこのような設定にしたと推測できる。だが、実際には信仰に裏打ちされた人格者である父隆信の醸し出す空気は三谷家に大きな影響を与えていたものと考えられる。

さらに、三谷家におけるキリスト教を語る上で欠かせないのが、隆信と隆正の異母姉で後に女子学院の校長を務めることとなる三谷民子（一八七三〜一九四五）の存在である。民子は女子学院在学中にクリスチャンになり、家族に信仰を広め、三谷家における信仰の支柱のごとき存在であった。邦子も伯母民子が校長を務めていた頃の女子学院に学んだ。民子について邦子は、女子学院同窓会発行の『三谷民子――生涯・想い出・遺墨』の中で「父達、兄弟姉妹は、信仰を基として大変に仲の良い兄弟姉妹であった」と振り返り、民子は「この一番大切な信仰を、弟妹たちに植えつけ導いた」、「父達にとって絶対の存在であった」と書いている。生涯独身で通し、子どものなかった民子は、邦子本人の言葉を用いれば、「〈目に入れても、痛くない〉という諺通りの可愛がりようで姪甥を可愛がってくれた」という。

邦子はこうした信仰を通じて結びついた曇りのない清らかな家庭の空気に包まれて育ったのである。また、女子学院において民子は形式的な勉強や料理裁縫よりも、信仰による正直な心を育み、心から人を愛し、人を敬することを大切にするという教育方針を貫いた。こうした愛の信仰は隆正や隆信を通じて内村鑑三の聖書による徹底した福音の信仰に触れることでさらに深まっていき、その教えは多くの学生に浸透していったと思われる。邦子は、学生時代の思い出として毎朝の礼拝について先ほどの女子学院同窓会発行の本の中で次のように書いている。

大きく揺れ動く戦争の時代にあっても、毎朝チャペルでの礼拝の一時は、なにより心の安らかな、充実した一刻であった。このチャペルの思い出だけとっても、戦争の激しい時代に女学校生活を送らなければならなかった私としては、女子学院の生徒として五年間学べたことの有り難さを心から感謝すると同時に、私の青春時代に、最も大きな宝物を与えていただいたと思っている。

三島は、人生で最初に愛したこの女性に確かに接吻をした。しかし、三島自身の中に育ちつつあった異教的な反《アンチ》キリスト者の怪物は、その接吻を初めから喪失としてしか感じさせなかったのである。

前半部と後半部の相違

同性愛とサディスティックな性的趣味を吐露した前半部と、園子への愛を中心に描かれる後半部との相違は、評論家の神西清の「大理石と木をつぎ合はしたやうな工合」に見えるという指摘を持ち出すまでもなく、テーマそのものにおいても、前半の絢爛で巧緻な文章で紡がれた理知的分析と後半の叙述的描写という手法の点においても、読む者に違和感を与えずにはおかない。三島自身も神西の正鵠を射た指摘に脱帽し、締め切りを守るために後半が不出来になったと語っている。

だが、それだけでこの差異の説明がつくだろうか。前半の幼少期から思春期にかけての自己の性向に対する分析は時が経って物事を客観的に見ることができるようになった上での執筆である。それに比して、後半部の「私」と園子との出会いと別れ、その後の再会は、三島と邦子との実人生に合致することが、三島の友人知己、本人の証言から、またこの時期に作家がつけていた「会計日記」や「盗賊　創作ノート」などの記述から明らかであり、執筆中の三島にとっては失った恋とその苦痛はまだ自身の中で清算しきれていない感情だった。このことは、初めて出会った時に園子が弾いていたピアノの音が「私」の心の中に「それから五年後の今日までつづいた」という作中の一節にも表れている。前半と後半の差異は、後半の内容が作者にとっては生々しい現実の感情ゆえに客観的に扱うことができなかったのが原因と考えられる。さらに、その感情の内奥には作家自身も知らぬうちにうごめき出した〈神〉への反逆者がいたのではないだろうか。

罪に先立つ悔恨

キリスト教的な感化を受けて育った邦子を投影した園子と、倒錯願望を内に秘めた「私」は、光と影のように対照的に描かれている。実在の邦子に見られるキリスト教的な要素を園子に当てはめて『仮面の告白』を改めて読むと、前半部から後半部に移行する際の不自然さの理由が解明される。たとえば、「私」の家は、「三階建の・燻《くす》んだ暗い感じのする・何か錯綜した容子の居丈高な家」、「古風な家庭」であるのに対し、園子の家庭は、「清教徒風な」家庭、「明るい開放的な家庭」である。さらに、幼少期の「私」がほとんどの時間を過ごしたのは、「しじゆう閉《た》て切つた・病気と老いの匂ひにむせかへる祖母の病室」であるのに対し、園子の家庭は姉妹たちがいつも賑やかに騒いでいる「この世の幸福のいちばん鮮やかな確かな映像」として「私」の目に映る。園子という女性はそれまで「私」が慣れ親しんだ世界とは別世界の住人なのである。

それだけではない。園子はそれまで「私」が知るすべもなかった〈美〉の感覚をもたらすのである。階段を降りてくる園子をみつめていた「私」の心は次のように変化する。

> 生れてこのかた私は女性にこれほど心をうごかす美しさをおぼえたことがなかつた。私の胸は高鳴り、私は潔《きよ》らかな気持になつた。

殺される王子たちや聖セバスチャンの殉教図といった美しい男性が肉体的苦痛を味わっている姿に官能的な〈美〉を見出してきた「私」は、思春期になっても女性に魅力を感じることはなかった。その「私」が園子に〈美〉を感じているのである。それもその美しさはサディスティックな欲望を起こさせるものではなく、それまで経験することのなかった清心な気持ちをもたらすのであった。しかし、その新たな美意識を感得すると同時に「私」は深い悲しみの淵に追いやられる。

> 私の直感が園子の中にだけは別のものを認めさせるのだつた。それは私が園子に値ひしないといふ深い虔ましい感情であり、それでゐて卑屈な劣等感ではないのだつた。一瞬毎に私へ近づいてくる園子を見てゐたとき、居たたまれない悲しみに私は襲はれた。かつてない感情だつた。私の存在の根底が押しゆるがされるやうな悲

しみである。（傍点引用者）

「私」は引用にある「悲しみ」の原因を「罪に先立つ悔恨」として意識する。「罪に先立つ悔恨」については、処女性の象徴である園子を攻撃的なエロスに晒すことを禁じる「私」の罪の意識として捉えたり、背理の世界を希求するがゆえ園子の愛を拒否しなければならなかった「私」の意識として受け取るなど、純潔な園子を愛することへの罪悪感という読みがなされてきた。しかし、園子の純潔に、敬虔なクリスチャンの家庭で健全に育った邦子の生い立ちというコンテクストを置いてみると、それまで「私」が耽溺してきた倒錯的な世界と園子との対比がより鮮明になる。

「罪に先立つ悔恨」とは、クリスチャンの家庭で育ったという家庭環境も含め、園子があまりにも「私」にとって異質な存在であるという事実を直感的に感じ取ったために湧き起こったものである。彼女の清らかで生き生きとした美しさは、その後も「私」の心を捉えて離さない。彼女の「稚なげな丸顔は、お化粧を知らない無垢な魂の似顔のやう」であり、彼女の「生真面目な」瞳は「泉のやうに感情の流露をいつも歌つてゐる深い瞬かない宿命的な瞳」である。「つつましい微笑」を浮かべる彼女は「成熟した女の淫蕩とはことかはり、微風のやうに人を酔はせ」、「処女にだけ似つかはしい種類の淫蕩さ」で「私」を魅了する。若く健やかな園子の存在は、「私」にとって「生それ自身でもある」。これらはそれまで「私」が感じていた暗い欲望と相容れないものである。だからこそ、「私」は園子に美を認めたその瞬間に、彼女との別れを予感し、この喪失感が罪悪感へ、さらには悔恨となることを予知し、「私の存在の根底が押しゆるがされるやうな悲しみ」に圧倒されたのである。

純潔の象徴として

だが、恋の破綻はすぐには訪れなかった。交際が始まろうとした矢先に園子が軽井沢に疎開したからである。数えきれないほどの手紙のやりとりによってふたりの気持ちは盛り上がり、遠距離恋愛のお蔭で精神的欲求と肉体的欲求の齟齬に直面する機会は巡ってこなかった。つまり、「私」は、肉体はそれまでの常軌を逸したサディスティックな想像に欲情するという矛盾を抱えたまま、精神的には園子を愛することができたのである。その上、戦争が激化し、明日の命さえわからない状況によって園子との恋愛にはどこか現実味が欠けていたことが、「私」を安心させていた。

ところが、ふたりが結婚を意識してから、「私」に苦悩が生じるようになる。園子の疎開先を訪ねた「私」が園子とはじめて接吻を交わした後、「私」は婉曲的にプロポーズの言葉を催促する園子を煙に巻いて、帰京を急ぐ。次の引用はその際に交わされたふたりの会話である。


「またきつとおいでになるわね」

彼女はらくらくと信じ切つた調子で言つた。それは何か、私に対する信頼といふよりも、私をのりこえて・もつと深いものに対する信頼に根ざしてゐるやうにきかれた。園子の肩は慄《ふる》へてゐなかつた。レエスの胸がすこし居丈高に息づいてゐた。

「うん、多分ね。僕が生きてゐたら」

（中略）

——園子がしづかな口調で言ひ出した。

「大丈夫よ。あなたはお怪我ひとつなさりはしないわ。あたくし毎晩神《エス》さまにお祈りしてゐることよ。あたくしのお祈り、今までだつてとても利いたのよ」

「信心深いんだね。そのせゐか、君つて、とても安心してゐるやうに見えるんだ。こはいくらゐだ」

「どうして?」

彼女は黒い聡明な瞳をあげた。露ほどの疑惑もないこの無垢な問ひかけの視線に出会ふと、私の心は乱れ、答を失つた。私は安心の中に眠つてゐるやうに見える彼女をゆすぶり起したい衝動にかられてゐたのだが、却つて園子の瞳が、私の内に眠つてゐるものをゆすぶり起すのだつた。


ややもすれば、女性特有の愚鈍さか自己欺瞞として男性の神経を苛立たせかねないこの種の台詞がかえって「私」の心を乱す威力を持つのは、園子の「私」への信頼が、神に対する信頼に根差したものであったからではないだろうか。ここで唐突に園子の信仰について描写されるあたりが、読み手にとっては奇異に思われ、緻密な前半部と異なって粗雑な印象を与えるのかもしれない。だが、『仮面の告白』の後半部にしばしば見られるこうした箇所は、クリスチャンであった邦子のイメージが三島の脳裡にあったため、自然に描出されてしまった部分ではないだろうか。毎晩イエスに祈りを捧げ、その恩恵を受けることを信じ、神に感謝することで心の安定を得て毎日を過ごす彼女は人を疑うことを知らない。まして、「私」の心に渦巻く血なまぐさく暗い情欲の世界など知る由もない。「私」は園子に魅了されながらも、異質なものとして彼女を遠去けざるを得なかったのではないか。

次に引用する『決定版　三島由紀夫全集』の第二十六巻に載せられたB五判の大学ノートの断片三ページほどの「わが愛する人々への果し状」と題する文章に吐露された作者自身の苦しみは、「私」が抱えていた苦悩と符合する。

私たちはそこまではどうやら仲好く歩いてくるのだつた。女は礼儀として門の前で立ち止るのだつた。女は当然私が門の中へ誘ふだらうと思ふのだつた。ところがそこで私は「おやすみ」をいひ、自分一人入つて門をしめて了ふのだつた。しかしかふいう性格さへもあの止めがたい善意から発せぬものとなぜ云へよう。私は心からかの女を門内へ入れたいと思つてゐ乍《なが》ら、自分の家の中の汚なさを人にみせるのは罪悪だとしか思へぬのだつた。

引用の文章は執筆年月日は不明であるが、邦子との別れの数か月後に書かれたと推定されている。ここには自己の暗部を曝け出せば相手に拒絶されることを察知していた三島の心理が表出している。同じことは、結婚後の邦子との偶然の出会いを記した昭和二十一年九月十六日付のノートの「純潔な作品が書かれる動機には純潔さへの人一倍つよい憧れと欲求があるものであり、この異常な純潔への憧れは、自己の並はづれた汚濁ゆゑに発することが稀でない筈だ」という一節にも見られる。これらの言葉には、悪に魅了される自らの嗜好と相反するがゆえに憧れずにはいられないキリスト教への信仰に裏打ちされた純潔を、キリスト教の反逆者としての自らの嗜好ゆえに拒まなくてはならないという三島の心理的葛藤を見出すことができる。『仮面の告白』における「自分がその純粋な魂を抱きしめる資格のない人間」であると感じ、園子を拒絶した「私」の心情は、まさにこうした葛藤から生じたものなのではないか。

性倒錯者の真の姿

これまで見てきたように、『仮面の告白』の園子には邦子の無垢、清らかさといった要素がところどころに刻印されている。縁談を断った後も、「私」が園子に抱くキリスト教的な透明な秩序と正常さと清潔さのイメージが崩されることはない。むしろ不在のまま「私」とは対極の〈純潔〉の象徴として「私」の心の中に生き続けるのである。その後「私」は園子と偶然の再会を果たし、肉体的に結ばれぬまま一年の間二、三か月おきのペースで昼間の一、二時間会うという関係を続けるのである。あられもないサディスティックな欲望に身を任せながら、「私」の心は「私の正常さへの愛、霊的なものへの愛、永遠なものへの愛の化身」である園子に属しており、彼女との逢瀬は「微妙な緊張と清潔な均整」を「私」の生活のすみずみにもたらすのであった。しかし、判を押したように同じで進展のない、この清潔な逢い引きさえ変質を免れない。園子がふたりの関係の〈未来〉を持ち出したからである。

「今のままで行つたらどうなるとお思ひになる？　何かぬきさしならないところへ追ひこまれるとお思ひにならない？」

「僕は君を尊敬してゐるんだし、誰に対しても疚《や》ましくないと思つてゐるよ。友達同志が逢つてどうしていけないの？」

「今まではさうだつたわ。それは仰言るとほりだことよ。あなたは御立派だつたと思つてゐてよ。でも先のことはわからないわ。何一つ恥かしいことをしてゐないのに、あたくしどうかすると怖い夢を見るの。そんな時、あたくし神さまが未来の罪を罰していらつしやるやうな気がするの」

この「未来」といふ言葉の確実な響きが「私」を戦慄させた。今この瞬間ではなく、〈未来〉に目を向ける園子に「私」は打ちのめされるのである。しかも彼女は〈未来〉の自分を神の力によって守ろうとしている。それはまさに誘惑や堕落には目を向けないようにし、信仰によって正しい道を歩もうとする園子の〈生命力〉の表れなのである。この信仰の力は「私」を圧倒した。またもや「私」は拒絶されたのである。レストランから出てふたりで踊り場に行き、そのあまりの暑さから外気を吸いに中庭に移ってきた「私」の目は、灼けるような日差しの照りつける日向の席を占める一団に注がれ、やがてその中のひとりの若い男に釘づけになる。腕に牡丹の刺青を見せ、夏の光線に輝く半裸の肩をさらす精悍な男である。「私」はこの若者を見て「血」と「死」の幻想に取り憑かれる。彼の腹が匕首《あいくち》で裂かれ、その腹巻が血しぶきで濡れる光景を想像し、昂ぶるのである。その時、園子が哀切な声で別れの時刻が五分後に迫っていることを告げる。

この瞬間、私のなかで何かが残酷な力で二つに引裂かれた。雷が落ちて生木が引裂かれるやうに。私が今まで精魂こめて積み重ねて来た建築物がいたましく崩れ落ちる音を私は聴いた。私といふ存在が何か一種のおそろしい「不在」に入れかはる刹那を見たやうな気がした。

園子の声を聞いた瞬間、なぜ「私」はこれほど激しい衝撃を受けたのか。この衝撃はキリスト教的なものに永遠に相容れることはないという体感によってもたらされたものではなかったか。「私」は常に園子に求められていると同時に、拒まれているのだ。あの軽井沢での接吻は実は始まる前から喪われていたのだ。それは異性愛とか同性愛という問題ではない。救いの手に身を委ねて〈生〉に向かって行くのか、自らの気質に従って〈死〉に向かって行くのか――その二者択一の問題なのだ。

暗黒の〈死〉を選ばずにはいられない自分――その異端の性質をはっきりと自覚した「私」は、禍々しい欲望に満ちた世界に束の間でも清浄な一条の光を放ってくれた園子からついに訣別したのである。〈生〉に向かって拓かれているキリスト教的な世界への扉はいま、この刹那に完全に閉ざされた。何かが落雷によって引き裂かれる崩壊の感覚は、「私」が自己欺瞞の殻を破って〈反逆者という怪物〉として生まれ変わった、まさにその瞬間に起こったのである。

ふたりを包む喧騒と熱気に無意識に反応した園子は「私」の絶望に追い打ちをかけるかのように「私」に性的体験の有無を尋ねる。女性に欲望を感じないため娼婦さえ抱くことのできなかった「私」は経験があるそぶりをするが、園子はさらにその相手の女性の名を問いただそうとする。その問いを遮る「私」の声に露骨な哀願の調子を聞いて、彼女は黙る。沈黙のまま五分間が経過した。

私は立上るとき、もう一度日向の椅子のはうをぬすみ見た。一団は踊りに行つたとみえ、空つぽの椅子が照りつく日差のなかに置かれ、卓の上にこぼれてゐる何かの飲物が、ぎらぎらと凄まじい反射をあげた。

このラストシーンは、「岬にての物語」で若い男女を呑み込んでもなおかつ静謐さを湛える夏の青い海や、敗戦の日の絶対の青空に通じるものである。〈反《アンチ》キリスト者〉の烙印を自らに押した「私」は、情欲の血を燃え立たせる逞しい若者の姿の代わりに「空つぽの椅子」とこぼれた飲物の「ぎらぎらと凄まじい反射」をそこに見出すのである。「私」の目に映るものは、もはや性倒錯が見せる〈血〉と〈死〉の幻想ではなく、〈虚無〉の世界なのである。

性倒錯に仮託された「私」の正体は、救済としての宗教に同化することのできない「私」の〈気質〉そのものなのであり、それはワイルドの「漁夫とその魂」の人魚に接吻して亡くなる漁師が漂わせている異教的なものでもある。「生の恢復術」と自らが謳った『仮面の告白』は、その実は〈生〉を取り戻すことで〈滅亡〉への疾走を始める三島由紀夫の逆説的自叙伝なのである。

二、滅亡の胎動期――「路程」、「東の博士たち」、「館」、「中世に於ける一殺人常習者の遺せる哲学的日記の抜萃」

『サロメ』と聖書

クリスチャンである邦子との別離は三島の人生の転機となったが、そもそも彼が最初にキリスト教に接したのはいつだったのだろう。

それは、ワイルドの『サロメ』との運命的な出会いの時ではなかったかと思われる。「悪は野放しにされ、官能と美は解放され」た「正に大人の本」に「雷に搏《う》たれたやう」な衝撃を受けた十三歳の三島が、同じような作品を書こうと思い立つのに時間はかからなかった。『サロメ』は新約聖書の「マタイによる福音書」(第十四章一節から十二節)、「マルコによる福音書」(第六章十四節から二十九節)などに見られるバプテスマ(洗礼者)のヨハネ(『サロメ』ではヨカナーンとなっている)殺害のエピソードを基にした作品である。『サロメ』を模倣しようと考えた時、まず少年がとった行動は聖書を紐解き、題材になりそうなエピソードを渉猟することだったと思われる。

『定本三島由紀夫書誌』の蔵書目録によると、三島が所持していた聖書は三冊である。ひとつは明治三十二年に聖書館より発行された『引照　新約全書』である。残りの二冊は日本聖書協会の『聖書』、聖書協会連盟の『旧新約聖書』である。両方とも発行年月日の記入や奥付がなく、蔵書からどの聖書を参照していたかを割り出すのは難しいが、ちょうど『サロメ』と出会ったこの時期に三島が聖書を読んでいたことは確かである。三島の中等科時代の詩には聖書から題材を採った作品が多く見られるからである。

「暁鐘聖歌」と『サロメ』

たとえば、『輔仁会雑誌』昭和十三年七月十五日号に発表された散文詩「暁鐘聖歌」のエピグラフでは、「ルカによる福音書」の第四章一節から十三節までを英文で引用している。と言っても、第一節と第二節の途中までを引用し、途中を省略し、第十三節は全て引用するという形で三行にわたる英文が綴られている。この部分は「悪魔の誘惑」、「荒野の誘惑」として知られるエピソードで、イエスが悪魔から次々と誘惑を仕掛けられるが、悉くはねのけ、ついに悪魔はイエスのもとを離れるという内容である。

「暁鐘聖歌」ではこの有名な説話が細かい描写を加えられ、悪魔の視点から物語風に描かれている。沐浴《もくよく》を終えたイエスに向かって小石をパンに変えるように唆す時、悪魔はその醜怪な姿を美しく艶めかしい巫女に変え、媚びをつくる。巫女が空腹で痩せ衰えたイエスに話しかける言葉は、サロメが荒野をさまよい歩いた果てに古井戸に幽閉されていたヨカナーン（ヨハネ）に話しかける時の表現と酷似している。「すふいいんくすの弄《もてあそ》ぶ蠟人形のやうだ。すふいんくすの弄ぶ青白い蠟人形のやうだ」という畳みかけるような繰り返しの表現はワイルドが『サロメ』で多用している表現方法である。また、「あなたの皮膚《はだへ》は美しいがあまりにも冷え込んでゐる」という表現には、苛酷な修行から滲み出るイエスの肉体的疲労と精神的清浄さが表れている。こうした台詞を書いている時、三島の念頭にあったのはワイルドの『サロメ』の中でサロメがヨカナーンを初めて目にした時に発した、「それにあの男の痩せてゐること！　まるで象牙細工のほつそりした像のやうだ。銀の像のやうだ。……あの男の肌は象牙のやうに冷いに違ひない」という台詞だったのではないだろうか。

さらに、悪魔は巫女に化けておきながら、自分に一向興味を示さないイエスに向かって自らを「山の隅《くま》に住んでゐる紫色の瞳を持つた女郎蜘蛛《ぢよらうぐも》」だと自らの正体を明かすのだが、女郎蜘蛛はまさに獲物である男を蜘蛛の巣におびき寄せ食い尽くすファム・ファタルのイメージと重なり、自分を拒絶したヨカナーンの首を刎ねさせ、わが物にするサロメを彷彿とさせる。

このように三島はこの小品の中で聖書のエピソードを作品化したが、文芸評論家の奥野健男がイエスよりも悪魔の方がはるかに生き生きと描かれていると指摘した通り、少年三島の興味が〈悪〉に傾いていたことは明らかである。『サロメ』の影響から聖書の頁を繰った少年が、聖書を題材にした作品に通常こちらが期待するような道徳的な要素やキリスト教の理念を描くことに興味を示さないのは当たり前である。絢爛と輝く宝石を身につけ、妖艶な姿態でイエスを堕落させようと目論む黒い悪魔を描くことこそが少年三島の目的だったのである。

純道徳的な耶蘇劇「路程」の真の主題

聖書を題材にした戯曲には「路程」、「基督降誕記」、「東の博士たち」があり、「路程」は「受胎告知」、「基督降誕記」と「東の博士たち」はキリスト降誕に着想を得た内容となっている。この中で「路程」と「東の博士たち」では「暁鐘聖歌」に見られた〈悪〉への傾向がより顕著になって表れていることは注目に値する。

生前未発表だった「路程」は平成十三年秋に発見された。その際、十四歳で執筆した戯曲として紹介されたが、『輔仁会雑誌』昭和十四年三月一日号に掲載された「東の博士たち」の前に書かれたと推定できる。学習院の恩師清水文雄宛てにこれまで創作した作品を見せるにあたって書いた昭和十六年九月十七日付の手紙の中で「「東の博士たち」はサロメの模倣ですが、これの母胎となつた純道徳的な童話劇風の耶蘇劇「路程」があり……」という記述があるからである。未発表かつ執筆年不明の戯曲の習作は他にもいくつかあるが、「路程」が三島の最も早い時期に書かれた戯曲のひとつであることに間違いはない。

「路程」では全四幕のうち第一幕と第二幕は〈悪〉の場面で、第三幕と第四幕はキリスト教的な世界が描かれている。第一幕には悪魔たちのいる谷間で神の到来を予言する天使に従わず、谷間で不安に苛まれる魔王が登場する。第二幕では天使に従うことを拒否する悪辣な王の城内が舞台となり、王女は父王が母を殺害したことを知り、天使に従うことを決心する。第三幕では大天使がマリアに受胎を告知する。第四幕ではマリアとヨセフが大天使のお告げを受けて旅立ち、他の者たちも後に続いて幕となる。主題となるのは当然後半部の道徳的な部分であるが、分量的には三分の一しかない。マリアの描写は画一的で新鮮味がなく、大天使の登場する場面も少年の筆とは思えないほど厳かではあるが、個性がなく前半の〈悪〉と比較すると印象が希薄であることは否めない。

だが、これは本人の力量の問題ではなく、明らかに三島が描きたいことが前半に集中していたためであろう。第一幕では妖巫たちが赤い色をした〈月〉の様子を見てこれから訪れる禍に思いをめぐらす。この部分は『サロメ』の冒頭でサロメの処女の美しさを冷たい月に重ね合わせて褒めるエロディアスの侍童と若きシリア人との会話を思い起こさせる。

〈月〉は世紀末文学には不可欠のものである。〈幸福〉よりも〈快楽〉を、〈道徳〉よりも〈美〉を、〈自然〉よりも〈人工〉を、〈昼〉よりも〈夜〉を好む世紀末文学においては〈青空と太陽〉よりも〈漆黒の闇と月〉がふさわしい。

『サロメ』においても〈月〉は重要な役割を果たす。無垢なサロメがヨカナーンに対して情欲を抱き、淫蕩の血を滾らせるにつれ、清浄だった〈月〉も酔いどれ女のような様相を帯びる。つまり、〈月〉はサロメの象徴なのである。そもそも冒頭の「あの月はいかにも變な様子をしてゐます。墓穴《はかあな》の中から出て来た女のやうだ。あれは死人《しびと》を探し求めてでもゐるやうだ」という侍童の台詞が、その後に起こるヨカナーンの斬首、サロメの死という悲劇を予感させるのである。

少年の三島は『サロメ』の〈月〉の背後に広がる世界に「大人の本」の香りを嗅ぎつけたのであり、『サロメ』

の名脇役である〈月〉の効果を正確に読み取った上で自作に取り入れようとしたのである。つまり、『サロメ』の〈月〉に託された〈滅亡〉の予感こそが〈凶ごと〉を待ちわびる少年三島の心を電流のように慄かせ、がっちりと鷲摑みにしたのである。三島が『サロメ』に表れる〈滅亡〉を自作で描こうとしたのは当然の成り行きである。「路程」に登場する悪魔たちにとって、神の到来は明らかに禍であり、自分たちの滅亡を意味するからである。〈月〉だけではなく、「蝙蝠《かうもり》の目があんまり紅すぎるし」、「ゐもりの腹があんまり赤すぎる」といった気味の悪い生物の異変は、受胎告知が悪の側にとって不吉な〈凶ごと〉の到来であることを示している。下僕たちが天使とともに去り、ひとり取り残され、衰滅を目前にした魔王の心はこれから起こる不幸と恐怖で埋め尽くされ、孤独で体が死人のように冷たくなる。この不安の徴候は第二幕で天使の到来を目撃してからさかんに「気分がすぐれない」と言い、憂鬱に見舞われる魔王にも共通している。

「路程」の前半の〈悪〉の場面では、登場人物の台詞もさることながら、表現においても畳みかけるような比喩表現の羅列、宝石や中近東独特の動植物や衣服の描写など『サロメ』との類似点は枚挙にいとまがなく、この作品の虜になった少年がそこに漂っている倒錯的な官能世界をわが物にしようと筆を揮った痕跡が見て取れる。だが、三島が最も心惹かれたのは、主人公のサロメでも邪悪な母親のエロディアスでも預言者ヨカナーンでもなく、後年、『サロメ』演出の座談会の席で「性格的に一番良く書けています」と評したエロドであり、エロドの支配する滅亡を目前に控えた憂鬱と官能に満ちた頽廃的な世界であった。三島が「路程」を発表しなかったのは、〈道徳的な劇〉と銘打ったにもかかわらず、実際に書き進めてみると、テーマに反し、〈悪〉の側に重点を置き過ぎてバランスが取れなくなったためではないかと思われる。その失敗を糧にしたのか「路程」を母胎にして書かれた「東の博士たち」では〈悪〉が作品の主題となっている。

「東の博士たち」のエロド

これまで見てきた例も含め、三島が昭和十四年頃に掲載した作品の多くが聖書を題材にしている。戯曲「東の博士たち」はその最も成功した例だろう。「マタイによる福音書」第二章のエピソードから想を得て、キリスト生誕を扱っている点は「路程」と同様である。『サロメ』の影響は「路程」よりもさらに明確に表れている。まず主人公が『サロメ』に登場するユダヤの分封の王エロド・アンティパスにあたる〈ガリラヤ分封の国守〉エロドであり、サロメを思わせる〈舞姫〉、斬首刑吏ナーマンを思わせる〈黒人エモス〉、豫言者ヨカナーンにあたる〈予言者エレミイ〉など類似する登場人物が続く。舞台設定の指示が冒頭に書かれるなど体裁もよく似ている。

表現においても「暁鐘聖歌」、「路程」と同様に東方の生物や宝石の描写などがところどころに見られ、比喩表現が用いられるなど『サロメ』の影響が見られる。特にエロドの台詞には多くの類似点がある。その中でも注目したいのは、実の兄を地下牢に閉じ込めた挙句に殺害したエロドが死人の蘇りをひどく怖れている場面である。実は、三島にとってこのエロドの恐怖心こそが「東の博士たち」の主題なのである。ワイルドの描いたエロドの不安定な心理状態が三島の作品ではクローズアップされ、神の誕生によって自らの地位が危うくなるという衰滅の予感に乱れる心や怯えを表すエロドの台詞には『サロメ』を意識したものが多いと考えられる。両作品においてエロドは不安に目を向けず、わざと楽し気にふるまい、周囲の者たちを納得させようと努める。『サロメ』のエロドは「わしは今夜は愉快だ。非常に愉快だ。これほど愉快だつたことはこれまでに一度もない」と自分が愉快であることを殊更に強調しようとする。三島の「東の博士たち」においてもエロドは「遠慮なくやつて呉れい。儂は大いに気分が秀れてをる」と自分の気分が良いことを訴える。三島は『サロメ』を支配する暗い予兆がエロドの不安定な心理に影を投げかけていることを見逃さず、自作に利用したのである。

三島は、かつてエロドが殺害した預言者エレミイの〈崇高な声〉によって王の不安を煽っている。〈崇高な声〉

はワイルドの作品におけるヨカナーンの役割を果たし、王の実兄殺しを諌め、王がイエスによって裁かれることを預言する。まさに〈悪〉は崩壊寸前である。

三島は、「東の博士たち」を発表して二十一年後の昭和三十五年に『サロメ』の演出を手がけた。その時の上演プログラムに書いた「わが夢のサロメ」と題する短い文章の中で、このワイルドの戯曲に関するヴィジョンを次のように綴っている。

私の演出では、近東地方の夏の夕ぐれの、やりきれない倦怠《アンニユイ》と憂鬱《スプリーン》が舞台を支配するやうにと考へてゐる。そして宮廷のテラスに漂ふ末期的不安には、世界不安の雛型《ひながた》がはめこまれてゐる。ヘロデ［エロド］は宿命の虜《とりこ》である。だからヘロデは宿命をおそれる。サロメは宿命自体である。彼女は何ものをもおそれずに行動し、自分の宿命を欲求する……。

ここで示されている演出方法には、三島の『サロメ』観が如実に表れている。三島の興味の中心は、危機に瀕した権力者の内面世界であった。エロドの心を蹂躙した恐怖は、『サロメ』ではヨカナーンの斬首とサロメの処刑、三島の「東の博士たち」では嬰児殺しというさらなる悪へと彼を駆り立て、血塗られた災厄を生む原動力となる。〈凶ごと〉を待つ少年の体内に漲る〈悪〉への渇望は、『サロメ』の表現上の技術や中近東の風俗、世紀末的な憂鬱をそのまま移植し、快楽追求による悲劇を、純化された〈悪〉の物語に還元し、三島独自の世界を構築させたのである。

「路程」においても「東の博士たち」においても三島が描こうとしたのは、キリスト降誕のエピソードそのものではなく、救世主の出現に怯える〈悪〉の側から見た世界崩壊の前の末期的な頽廃世界であった。「路程」では、〈悪〉

の使徒たちが神から顔を背け、天使に従って皆が去ってしまった後、悪魔と魔王は谷間で身を寄せ合って〈悪〉の復活を待ち望み、「東の博士たち」ではエロドが嬰児殺しを心に決める。彼らはそれぞれの方法で神の手から逃れようとする。

三島はエッセイ「わが魅せられたるもの」の中で、自分を文学に駆り立てたものは、「自分の日常生活を脅かしたり、どつかからじつとねらつてゐてメチャクチャにしてしまふやうなものへの怖れ」と分析している。〈悪〉の衝動を持つ少年にとって文学は、現実世界では実行に移せない〈悪〉を作中人物に実践させる場、すなわち〈悪〉の代替物であった。「東の博士たち」の最後の場面には、凶変を待ち焦がれる少年三島の心象風景が投影され、幕となる。

エロド　（不安げに）わるい予感だ、……夜は更けてゆく。

（エロド突然、おびえた様子にて、階をかけ下りる）

（蠟燭の灯は消え暗黒となり）

少年の頽廃的な世界では、ワイルドがクライマックスとして描いたサロメの処刑の場面はなく、不安な予感だけを残して虚無の闇が訪れるのである。実は、キリスト教的な主題を掲げてはいるが、「東の博士たち」の真の主題はキリスト教的なものに反する滅亡を目前にした〈悪〉の感覚にあった。かくして少年期の三島はすでにキリスト教への反逆性を孕んでいたのである。

少年皇帝ヘリオガバルス

この頃、三島はエロドと同じように滅びを前に大きな華を咲かせた人物のことを知った。ジャン・コクトーの『わが青春記』(一九三五年)の第十一章にコクトーが友人たちと仮装して芸術座の舞踏会に赴いた時のエピソードがある。その時コクトーが扮したのが、かの悪名高きローマ皇帝ヘリオバガルス——赤い巻き毛を垂らし怪しげな僧帽をかぶり、真珠が刺繡された長い裾をひき、爪を染め、足の指に指輪をはめた姿——であった。場にそぐわない悪趣味の扮装によってコクトーたちは注目を浴び、笑いものにされ、いたたまれなくなったコクトーは涙を流し、友人に髪の縮れを伸ばしてもらい、白粉を落してもらって家に送り届けられる。

三島がレイモン・ラディゲに憧れていたことはよく知られているが、ラディゲに出会う以前に三島が愛読していたフランスの作家にこのジャン・コクトーがいる。澁澤龍彦は、三島におけるコクトーの重要性を指摘し、彼が少年皇帝ヘリオガバルスを知ったのはコクトーのこの回想録を通じてではないかと推測している。三島は『サロメ』に接した頃とほぼ同時期かそれ以前にコクトーの『わが青春記』を堀口大學の翻訳で読んでいたと考えられる。たしかに『定本三島由紀夫書誌』によれば、三島が所持していた『わが青春期』が第一書房から重版発行されたのは昭和十二年六月なので、三島が購入したのは十二、三歳の頃であっただろう。以前にも触れたように、三島が雷に打たれたような衝撃を受けた『サロメ』の文庫本は昭和十三年五月に重版されている。それぞれを読んだ正確な時期は刊行年だけでは明らかにならないが、外国文学に広く触れていた思春期の初め頃であったことは間違いないだろう。本人が、幼年期と少年期の読書こそ作家の母胎となると明言していることから、こうした作品が、作家としての三島の核を形成していったことは強調してもし過ぎることはない。

然るに、コクトーの扮した珍奇な衣装の主は少年三島にさぞかし強烈な印象を与えたことであろう。贅を尽くした放埒に身を投じた女装癖のあるこの少年皇帝の横顔《プロフィール》はギボンの『ローマ帝国衰亡史』などによって三島の知るところとなる。『仮面の告白』では、「私」とヘリオバガルスは「扮装欲」――ここでは「扮装欲」は女装をして下賤な男たちに凌辱されることを好む性的倒錯を意味するわけだが――における類似性にとどまっている。だが、『仮面の告白』刊行後十年近くを経てもその感興が少しも醒めることはなかった、いや、三島は夜空に眩惑的な輝きを残して一瞬のうちに消えていく大輪の花火のように束の間ローマ頽唐期に現れ、十八年の人生を駆け抜けていったこの皇帝をこよなく愛していたのである。このことは、三島の強い勧めによって「デカダン少年皇帝――三世紀ローマ」（初出作品名「狂帝ヘリオガバルスあるいはデカダンスの一考察」昭和三十四年）というエッセイを書いた澁澤が証明している。三島は昭和三十七年に『週刊読書人』に寄せた「現代偏奇館――澁澤龍彥「犬狼都市」「神聖受胎」」という短い文章の中で、澁澤の先のエッセイを「史上最高のデカダンスをその身に体現した少年皇帝のエスキース」と呼び、非常に高く評価している。

ヘリオガバルスという名は通称名、いわば綽名であり、皇帝が信仰した神「エル・ガバル」の名にちなんで自らを神格化するためにそう呼ばせたのである。ヘリオガバルスは正式な名をヴァリウス・アウィトゥス・バッシアヌス（二〇三―二二二年）と言い、ローマ帝国の第二十三代目皇帝である。十四歳で即位してから四年後の十八歳という若さで、残虐と破廉恥な性的倒錯の快楽に塗り込められた豪奢な生涯の幕を閉じた。彼はその短い人生の中で五度結婚しているが、その中にはウェヌスの神殿の聖なる処女を穢すという禁忌を破る結婚、自らが奴隷の妻になるという同性婚が含まれる。この婚歴を見ただけでも、彼の性格の異常さの一端が窺い知れるだろう。

天幕の上に大量の薔薇の花を用意し、宴の最中に天幕を張った紐を切る。すると、宴席には薔薇が雪崩のように降り注ぎ客人たちは窒息死した。真昼の気だるい午後のことである。ワイルドと同時代のイギリスのヴィクトリア時代の画家ローレンス・アルマ＝タデマ（Lawrence Alma-Tadema, 1836–1912）の絵画「ヘリオガバルスの薔薇」（一八八八年、個人蔵）でも知られるこの逸話は残酷ながらも、なんと桁外れに贅沢で優雅な殺戮であろうか。このアルマ＝タデマの絵の中で地中海の真っ青な空の下で夥しいピンク色の花びらに埋もれている人々は何か物憂い午睡の最中にいきなり薔薇の襲撃を受け、その濃厚な甘い香りに酔い知れているようである。ヘリオガバルスはその光景を取り巻きたちと笑って鑑賞していたというが、たしかにこの絵でも周囲の人々は大勢の客人の死を目のあたりにして驚いた風もなく少し顔を上げて戯れに微笑んでいるだけなのである。彼らの無感動と真昼のあまりの明るさが、客を襲った突然の惨劇をひとつの美し過ぎる逸楽に変えてしまう。ここに少年皇帝のデカダンスの体現者たる所以が見られる。

陽物信仰の皇帝として

ヘリオガバルスの名を聞くと、どうしてもその常軌を逸した破廉恥極まりない逸話の数々に目が向きがちである。ましてや三島との関連性となると、性倒錯やデカダンスという点に共通項を見出したくなる。それはそうなのだが、実は三島がヘリオガバルスについて最も関心を抱いていたのはこの皇帝が執着した陽物信仰（男根の崇拝）だったと思われる。現在のシリアとアラブ共和国にあたるエメス出身のこの若き獣は、この地の神エル・ガバルを信仰し、底が円形の玉葱型の大きな黒い隕石をエメスからローマに運び込み、これを偶像崇拝した。皇帝は一神教風の神を信奉しつつも、ローマの神々の像を神殿に配置し、この太陽神に侍らせ、その神威を引き下げ、図らずもローマ帝国におけるキリスト教支配の土台を作った。三島も『仮面の告白』の中でヘリオガバルスのことを「あの羅馬古神の破壊者」と呼んでおり、ヘリオガバルスの信仰とデカダンスの陰に潜む異教の滅亡の兆しを鋭く読み取っていたと思われる。

エル・ガバルという神と一体化して絶対者として愛されたいというひとつの単純素朴な願いは、対象に転化して自己を愛するという『仮面の告白』の「私」と同じ原理を踏襲している。この皇帝が男根にこだわり、密偵を放ち、巨根の男性を捕えて来ては自分の寝床に連れ込み、その巨大な男根に辱めを受けることを悦びとしたのも、性倒錯の快楽だけではなく陽物信仰の法悦の快楽であり、巨大な男根（＝神）と一体化するという自己同化、自己神格化の側面があったのだと思われる。ヘリオガバルスのエロティシズムはこの信仰の力を加えることでより過激なエクスタシーを得られるという神秘的なものだったのではないか。

神への生贄は生きた雄牛の腹を切り裂き、その温かい臓物を手でえぐり出し、捧げる血の儀式である。この貪婪な神は人間の子供を好み、皇帝はサディスティックな本領を発揮して生贄の家族の苦しみを大きくするためにわざと良家の美しい子供を選び、その肉を生きたまま切り取って捧げたという。血と熱気にむせ返るような野蛮な祭りのために神殿はこれ以上ないほどのまばゆい金銀宝石で飾り立てられ、その眩惑的な輝きとふるまわれる大量の芳醇な酒の力によって祭りは最高潮に盛り上がり、参加した民衆は熱狂した。この原始的で破壊的な血を嗜好する神への絶対的な信仰は、血を渇望する三島を当然ながら魅了した。

だが、それだけではない。この血みどろの乱痴気騒ぎ以上に三島を魅したのは、この少年皇帝の滅亡ではなかっただろうか。放縦な皇帝の乱行は軍の不満を募らせ、彼を皇帝の地位に就かせるのに一役買った祖母にもうひとりの孫の擁立を密かに考えさせるのに十分であった。十九歳の誕生日を目前に控えていた皇帝は軍の反乱に遭い、その首は刎ねられ、切り刻まれた肉体は同じように刻まれた母親の胴体とともに馬上に載せられ、市中を引き回されたその挙句、首もろともテヴェレ川に捨てられた。

この性倒錯に取り憑かれた少年の滅亡の物語はここで終わるが、彼の死がローマ神たちの駆逐と重なり合った時、両者を焼き尽くす巨大な滅びの炎はメラメラと没落の最後の煌めきを放っていたであろう。これは凶変である。その生き方が暴力的で豪奢で刹那的であればあるほど業火の炎は大きく熱く破壊の力を増し、あの戦争の空襲の大火に焼かれることを夢見ていた少年時代の疼くような懐かしいエロティックな感覚と同じ滅びの陶酔感を三島にもたらしたのである。そして、その後に広がる虚無感。これは「岬にての物語」の心中後の静謐な海、『仮面の告白』のラストシーンにおける半裸の男の不在の椅子だけが残された光景を思い起こさせずにはおかない。

血の饗宴と孤独の夜

夜が深まり、静寂さが広がる。ところどころに設置された外灯がこの町を暗闇の支配から救っていた。通りには人影もなく、眼を光らせた野良猫が一匹走り去った。獣特有の鋭い足音だけが聞こえる。当時はまだ緑があり、田園の面影さえ残っていた渋谷の住宅街。その一角にある家の二階の窓には今夜も明かりが灯っている。

家の中の廊下に立って耳を澄ませば、静けさの中でその勉強部屋の襖の向こうからさらさらとペンを走らせる音が聞こえてくる。そう、十四歳の三島は憑かれたように机に向かってペンを走らせていた。溢れ出てくる言葉を文字にして原稿用紙のマスを埋めていく。次の原稿用紙に変えるのがもどかしいほど、次から次へと言葉は頭の中を奔流し、その手が止まることはなかった。

一気呵成に書き上げた原稿を前に安堵の溜息を洩らした時、夜はしらじらと明けていた。父の就寝後に母がこっそり運んで来てくれた土瓶いっぱいのお茶を湯呑みに注ぐと、もうすっかりぬるくなっている。お茶に添えられた菓子を頬張り、原稿を読み返す。先ほどまで熱に浮かされたようになっていたのは、紙に綴っている架空の世界があたかも現前しているかのように生々しく感じられたせいであろうか。古代ローマの皇帝ヘリオガバルスやネロの如き残虐な〈殿さま〉と化し、噴き出した血しぶきで真っ赤に染まった天井や阿鼻叫喚の悶絶地獄に陶然となっていたその痕跡が目の前の原稿用紙にはっきりと見られる。血の饗宴の描写に力が入り過ぎていることは一目瞭然だ。抑え切れない熱情と欲望の刻印された原稿はそれ以上書き進められることもなく、ましてや発表されることもなく押入れの奥にしまいこまれた。

暴君の乱行と滅亡の物語――「館」

十三、四歳の頃の作品「暁鐘聖歌」、「基督降誕記」、「路程」、「東の博士たち」に見られる『サロメ』の影響をたどると、最初は表現上の模倣にとどまっていたのが、次第に自身の嗜好に合わせて変化していったことはすでにこの節の前半で見てきた通りである。三島はあのイギリスの世紀末を象徴する戯曲に包含されている数々の主題から〈悪〉や〈終末感〉といった要素を選別していったのだ。この後、さらにその主題は限定的なものになっていく。「ワイルドから谷崎潤一郎へ、どうしてつながつて行つたか、そのへんは記憶にない」とエッセイ「わが魅せられたるもの」の中で三島は書いているが、それは十四歳の後半であったと考えられる。昭和十四年十一月に発行された『輔仁会雑誌』に掲載された未完の短編小説「館　第一回」は谷崎が昭和六年に発表した『盲目物語』に見られる平仮名を多用した説話体を用いて描かれているからである。

「館　第一回」は、その残酷な性格から〈ねろ〉の異名を持つ公爵に十二、三歳から小姓として側近く仕えた老人が人に乞われてこの〈殿さま〉の所業を語るという設定である。酷《むご》い刑を言い渡し、下賤な者がそれを実行するのを目にするだけでは飽き足らなくなった公爵は「わしはおのれのこの手で、とぎすましたするどい刃を握《にぎ》り相手に近付、わしの手がなまあたゝかい血潮でぬれそぼるのを見たいのだ」と自分の欲望を小姓に打ち明ける。ついに、公爵はこの欲求を満たすため、盗みをはたらいた者を処刑するという古い掟を復活させる。血なまぐさい拷問道具を並べた館の一室で刑は行われた。その日以来、拷問によって〈快楽〉を得る日々を過ごす公爵は民の反感を買い、評判は落ち、一揆が企てられる。やがて公爵の料理番の女が謀反を起こそうとしていることが判明し、公爵によって斬られる。実はこの醜い女は公爵によって追われた前領主の娘であり、その血筋に過剰なまでの矜持を持っていた。館の中で公爵に追い回された彼女が死に場所に選んだのは、玉座であり、彼女はこの館の王として殺されたのである。小姓がこの女の最期に「うつろな矜持の歴史のをはりがいかに華やかにかざられたか」を感じ、彼女のことを「なんとしあはせな女であらう」と考えるところでこの物語の「第一回」は終わる。

小姓は公爵の血に狂った快楽を「熱病」のようだと批判し、その行いが人の道に反していると恐怖さえ感じる。だが、残虐な光景を目にした時、「すさまじい歓喜」が「ながいあひだとざゝれてゐたとびらをやぶつて、ほとばしり出て来るやうな、ゐてもたつてもゐられないきぶん」になる自分に気がつくのである。つまり、小姓も血みどろの生き地獄に人が悶える姿に快楽を覚えずにはいられない性《さが》の持ち主だったのである。

小姓にもともと備わっていたこうした〈悪〉への嗜好は公爵〈ねろ〉の冷酷無比な行いによって引き出された。復活された古い法律の下、最初の犠牲者となった窃盗癖のある女の処刑の日、小姓は公爵の命令によって柱に縛りつけられ、責め苦の一部始終を見せられる。

年少時分《としわか》には、ほんの少しのこともこゝろのおくにふかくしのびよつてそこにねざし、大きく葉をはつて、青い花を咲かせ、すべての「悪い」いえ、おのれのこゝろがうけいれぬすべての悪をば、ことごとくおひはらはうといたすもので御座居升。

（中略）……ところが、緑の葉にしつとりと頭をたれてゐた、重い蕾《つぼみ》がぱつと花ひらいたのでございまする。おのれの快楽のためにあはれな窃盗狂《ぬすみぐるひ》の貴女の手をひいて行かれたとのさまをはいけんいたしましたとき、その夜はぱつと開いたのでございます。このとき世の中はいかばかり、きたなく、暗くおそろしく、けがれたところに見えましたものか！

引用からは〈館〉での陰惨な経験を通じて自らの残忍な性質を開花させられ、常人とは違う形で大人の世界に足を踏み入れてしまった小姓の嘆きが伝わってくる。この小姓の訴えは、『サロメ』という〈文学〉によって〈悪〉への嗜好を自覚し、はからずも大人の世界に分け入ってしまった少年三島自身の心の叫びではなかったろうか。小姓の嘆きは大人の世界へ入ることを無垢の喪失と捉えた小説「酸模」を思い起こさせる。また、こうした悲嘆は〈悪〉と汚辱にまみれた内面世界を抱えた自己とキリスト者で純潔な邦子との相克に苦悩する青年期の三島の姿を予感させるのだ。

キリスト教への懐疑

これまで見てきた『サロメ』を模倣した作品群とは異なり、「館」は聖書から題材を採っていない。だが、ここでもやはりキリスト教の要素は取り入れられている。実は、この残忍な公爵の美しい妻が敬虔なキリスト教徒なのである。奥方は「ぺるしやの方《ほう》のさるやんごとないおんかたの愛息女《まなむすめ》」、つまり、現在のイラン辺りの王家の出自であると思われるが、「真珠のくびかざりの、はしにしろがねの十字のしるしがつきましたの」を胸にかけている。

ある日、小姓は奥方が公爵に快楽追求は罪であると諫めている場面を目撃する。公爵は奥方こそ宗教を快楽にしていると反論するが、これに対して奥方は宗教が快楽などになるはずはなく、「神さまは全能でいらっしやいます」と言い返す。公爵は奥方のこの言葉に強く反応し、次のように神を否定する。

――全能といふことは、善も悪も恣《ほしいまま》にするといふことか。神は全能の名を藉《か》りたこのうへもなくずるい悪魔だ。偽善者だ。――ところで神といふものは今は世の中にゐないのぢや。どこにも居らんのだ。そこで神をつくつて偽善を吹きこんだのは、それを作つた偽善者の人間だつたのだ。

この言葉を受けて奥方は「あなたは罰をうけられますよ。神さまのおんたなごゝろはどこまでゞも及びますわ」と明言する。ここには明らかに〈悪魔〉と〈神〉の対立が投影されている。しかし、それまでの聖書を題材にした作品とは異なり、「館」においては〈悪魔〉の方が完全に優位に立っている。それは小姓が公爵に同意し、奥方の信じるキリスト教に懐疑的な目を向けていることから明らかである。

その後は愛も美も忘れ、聖書と十字架だけを頼みとする人になってしまった奥方は「おほいな十字架の、基督《キリスト》の像を受けましたの」に向かって祈禱をし、「救ひの手もあたへねば、懲罰のつるぎもとらず」、「一段高いところに坐られて、殿さまの罰をうけなさるところを見てゐるようとお思ひなされた」のである。小姓の目には、奥方が坐ろうとするその台座は「架空の台」、「人のすわることのできない雲のやうなもの」に映り、「さだめ」と「けらく」を叫ぶ公爵に共感を覚える。とりわけ「宿命《さだめ》」が一番根強いものだと小姓にも思えたのである。イエス像の前で奥方の唱える祈禱の言葉はよく聞こえなかったが、小姓の体には鳥肌が立ち、その背筋は寒くなるのであった。

この諍《いさか》いの話を聞いた者の中には、公爵を悪魔呼ばわりし、奥方に同情する者もいた。小姓は公爵に共感を覚える時、自分が「醜いけもの」になったような心持ちになるのだが、だからと言って奥方のような清い考えに賛同することもできない。素直な気持ちを失った自分を寂しく感じる一方で、小姓には奥方の言葉の全てが「偽善に自己満足に」聞こえるのである。

続く「第二回」で奥方の側に仕えるようになった小姓は、金銀と宝石で装幀された聖書やマリアの生涯を織った曼荼羅や数多《あまた》の小さな聖人像を入れた黄金の厨子などが置かれた部屋で宗教問答をするうち、奥方を支配しているのが自己満足の優越感であることを見抜き、死が彼女の内に何もなかったことを知らしめるだろうという結論に達する。

小姓は悟ったのである。短く小さい歴史の時の移ろいの中で今生きている我々の歴史はいつかこの世より消え失せる。その時、人は「おのれが支へなしに、空《くう》に立つてゐたこと」を知る。知ったが最後、地に堕ちるほかはなくなる。その得体の知れぬ〈地〉に堕ちることへの恐怖から人が無我夢中で摑むもの。自分の生が人類の歴史から抹殺される底知れぬ虚しさ——そこから救ってくれると思わせるもの。それこそが宗教なのだと。だが、結局のところ、〈死〉によって一切が空虚だという真実が証明されるのみだということを。

神からの罰を予言され、口角に泡を溜め、奥方に「だまれ！」と叫んだ公爵は一揆や神の罰という災厄の到来に怯えてはいる。だが、三島が模倣しようとした『サロメ』のエロドとは明らかに異なる。その相違は、『サロメ』のエロドが自らに禍がふりかかるかもしれないという恐怖心とまだ見ぬ神に対する畏怖の念からヨカナーン殺害に躊躇する場面や、ヨカナーンの斬られた首に接吻するサロメの脇目もふらぬ放蕩ぶりを「人に知られてゐない或る神に對する罪惡」（『サロメ』日夏耿之介訳）とし、サロメを処刑させるラストシーンのエロドには少なからぬ宗教性が見られる点にある。三島の初期の模倣作「路程」や「東の博士たち」でも、魔王やエロドは神の到来を怖れる。だが、「館」の公爵は奥方のキリスト教を否定し、ただ自分の暴君ぶりが民衆の憎悪を掻き立て明日八つ裂きにされるかもしれない恐怖と、それを夢想する時の戦慄とがサディスティックな行いに拍車をかけるという凄まじいまでの残虐で絢爛な快楽への渇望に支配されているのである。

悪の勝利

続編である「館　第二回」は、未完で終わっており、三島の生前には発表されなかった。「第一回」では抑制のきいていた公爵の倒錯ぶりはここでは歯止めがかからないものになっている。公爵は大臣が一揆を企てていることを見抜いた上で、その恐怖をも〈快楽〉に変えてしまおうとする。

わしにとつてはすべてが快楽《けらく》ぢや。……おそらく滅亡も快楽であらう。あがくまい。あせるまい。なすがままにまかせることぢやて。いかな禍事《まがごと》が来ようとてなべてを快楽にかへてわしのものにするのぢや。人間の世のなかに美しうないものはひとつとてない。

やがて一揆の萌芽は根絶したという大臣の虚言から、見せかけの平和が都に訪れる。公爵は騙されたふりをして酒池肉林を繰り返す。この乱痴気騒ぎに身を委ねる公爵の姿は、ヘリオガバルスが快楽と贅の限りを尽くして滅亡へと突き進んでいった姿と重なる。

饗宴では、詩人たちが琴を奏でつつ、東西南北の血なまぐさい残酷物語を美しい声で吟じるのである。また、絵描きが集う館の空き部屋の壁面は、「この世にもつともみだらなもの、もつとも残《むご》たらしいもの、もつとも恥づべきもの、恐ろしいもの、醜いもの」を写し取った絵で埋め尽くされている。

「館　第二回」の手稿を調べると、原稿用紙三十八枚分のうち後半部の六枚近くが残虐な物語や絵の細部にわたる説明に割かれている。手稿には修正の跡がほとんど見当たらず、まるで筆が勝手に動いて取り憑かれたように書かれたのではないかという印象を受ける。絵描きたちの手による陰惨な地獄絵を目にした小姓の感想は、まさに作者である三島の憑き物がついたような陶酔状態を代弁している。

悪のうつくしさとはかやうなものを言ふのでござりませうか、地獄を知つてゐるものがこれをゑがいたのではございますまいか。してみると地獄といふものが残たらしければむごたらしいほど、醜ければみにくいほど、かう、いきづまるやうな美しさ、おのれがその渦のなかにまきこまれまいとし乍らまことは血の海底《うみぞこ》におぼれてゐる……といつた美しさ……があるのではございませんでせうか。

天井も床も赤一色に塗られた部屋で小姓は「こゝでふきでる血しほのながれを見たら、それはまあなんといふ歓喜《くわんき》であらうか」と想像する。この時、〈凶ごと〉の訪れを待ちわびる三島と小姓は二重写しになる。十四歳の少年は宗教への畏怖に動揺させられることなく作品の中で、〈悪〉と固く手を結んだ〈美〉の世界の構築を実践したのである。

「第二回」が未完で未発表のまま放置されたのは、この倒錯的な美学の露出を抑えることができなかったことが原因ではないだろうか。それほどまでにこの時期の三島は〈悪〉に魅了されていたのであり、その〈悪〉は芸術と分かちがたくなっていたのである。三島の文学の出発点には暗闇で大きな蕾を開いた〈悪〉があった。三島は先に引用した「わが魅せられたるもの」の中で〈悪〉と〈宗教〉の問題について次のように語っている。

もし悪魔的なものへの関心が美的なものとそんなに簡単に結びついてしまはなかつたならば、私はあるひはもつと宗教的な人間になつてゐたかもしれないのである。

これは〈悪〉と拮抗する宗教の威力を理解しながらも、それらを知る前に〈悪〉と〈美〉の結合の方に惹かれた自分の性《さが》に対する明晰な自己分析である。

『花ざかりの森』出版の頃

昭和十九年初冬、上野の池之端のとある中華料理店でささやかな会が催された。奥の広い座敷部屋のほのかな灯の中でひとりの青年とその母親らしき夫人とがふたりで、集まった人たちひとりひとりに頭を下げお酌をして回っている。青年は、大学に入学して間もないため、角帽は帝大のものであるが、制服は学習院のものを着ていた。集まった顔ぶれの中でこの青年が一番若かった。少し照れている得意気な青年を、年嵩の大人たちはにこやかに褒めたり、励ましたりしている。本格的なこの中華料理店では戦時中にもかかわらず、クラゲや皮蛋《ピータン》といった珍しい食材が卓を彩っていた。食べ盛りの青年は並んだご馳走を夢中で口に運んだ。この日は彼の処女出版の祝賀会であった。昭和十六年九月から十二月まで文芸誌『文芸文化』に連載された小説「花ざかりの森」が三年の時を経て七丈書店より単行本として出版されたのだ。

『文芸文化』への連載の労をとった学習院の恩師清水文雄をはじめこの文芸誌の同人たち、装幀を手がけてくれた学習院の先輩で『赤絵』の同人徳川義恭《よしやす》、出版のため奔走してくれた富士正晴などが招待された。この祝賀会は、何と文学に終始一貫反対の態度を示していた父親の梓が、息子が世話になった先輩、先生方にお礼をしなくてはという一心で戦中ゆえどこへ行っても料理らしい料理の出ない時代に店主である旧友に頼み込んでこの店を手配してくれたのである。

この作品を執筆中に書簡を頻繁に交わし、毛筆でこの本の出版の目途の立ったことを知らせた学習院の先輩で『赤絵』の同人であった東文彦《あずまふみひこ》（大正九年～昭和十八年）はすでにこの世の人ではなかった。『文芸文化』を取り仕切り、三島に多くの助言を与えてくれた蓮田《はずだ》善明《ぜんめい》（一九〇四～四五年）も出征中で参加できず、この九か月後に戦地で上官を射殺後、自らも命を断った。いつ戦火に焼かれてもおかしくないこの瞬間に本を出版できたという喜びを噛みしめ、自分を世に出してくれた人々の祝福を受けたこの温かく和やかなひと時を三島は晩年になっても忘れることはなかった。会場となった上野の中華料理店雨月荘は翌年の東京大空襲で焼失したが、昭和四十三年一月、上野のれん会発行の雑誌『うえの』に三島が寄稿した「花ざかりの森のころ」という文章にその時の思い出が次のように記されている。

灯火管制のきびしい冬の夜、奥まつた雨月荘の一室で、灯下に先輩知友にはげまされた一夕の思ひ出があまり美しいから、私にはその後、あらゆる出版記念会はこれに比べればニセモノだと思はれ、私のために催ほしてくれるといふ会を一切固辞して、今日に及んでゐるくらゐである。

『花ざかりの森』は処女作であるばかりでなく、学外の文芸誌に掲載された初めての三島作品であり、〈三島由紀夫〉というペンネームを初めて使用した作品でもある。その上、こうした忘れ難い人生初の出版祝賀会も催されたという意味でも、三島にとって記念すべき作品である。また、その雅《みやび》の世界が後年の『豊饒の海』第一巻の『春の雪』にも通じることなどから、三島文学を研究する際にも大切な作品であることは否めない。

それにもかかわらず、三島自身におけるこの作品への評価は決して高いものではない。先の「花ざかりの森のころ」には「今読むと、この本〔『花ざかりの森』〕は、少年らしからぬ隠遁趣味の強いもので、むしろ自分では、この本以後の戦時中の作品「中世」や「中世に於ける一殺人常習者の遺せる哲学的日記の抜萃」のはうがよほど好きである」と書いている。

晩年の三島は、三島の処女作として世に知られる「花ざかりの森」よりも昭和十九年八月に『文芸文化』の最終号に「夜の車」というタイトルで掲載された散文詩風に殺人哲学を書いた短編「中世に於ける一殺人常習者の遺せる哲学的日記の抜萃」の方に自分の本質が描かれていると語っている。

殺人者は造物主の裏——「中世に於ける一殺人常習者の遺せる哲学的日記の抜萃」

「中世に於ける一殺人常習者の遺せる哲学的日記の抜萃」には、□月□日と日記風に殺害した相手とその時の状況、そこから導かれた哲学が書き記されている。彼の手にかかったのは将軍、北の方、乞食百二十六人、能若衆、遊女、肺病人らであり、途中、散歩についての哲学や旧友の海賊との間で交わされる会話が挿入されている。

この小説を執筆中の昭和十八年から十九年頃にかけて三島は当時の多くの東大生と同様にニーチェ（Friedrich Wilhelm Nietzsche, 1844–1900）を愛読していた。昭和四十一年一月にニーチェの『ツァラトゥストラ』の新訳が出版された時、出版元の中央公論社の企画で「ニーチェと現代」というテーマで翻訳者の手塚富雄と対談もしている。その中でこの小品「中世に於ける一殺人常習者の遺せる哲学的日記の抜萃」がニーチェの影響を受けて書かれたこと、この時期に『ツァラトゥストラ』やニーチェ全般を非常に好きでよく読んだことに触れている。〈神の死〉が宣告され、それに代わる超人的個性を考えた時、おそらく三島の脳裡に思い浮かんだのが殺人者だったのであろう。また、ここで注目したいのはこの作品にもワイルドの影響が見て取れる点である。実在した稀代の毒殺者で審美批評家、二流の詩人で画家でもあったトマス・グリフィス・ウェインライト（Thomas Griffiths Wainewright, 1794–1847）に関してワイルドは短い評伝「ペン、鉛筆と毒薬」（一八八九年）を書いている。この作品はワイルドの芸術論集『意向集』（一八九一年）に収められている。つまり、評伝というスタイルを採っているが、実は「ペン、鉛筆と毒薬」は芸術論なのである。ワイルドは、ウェインライトの生涯を通して殺人と芸術の関係を論じている。この点が日記という手法から哲学的芸術論を展開している「中世に於ける一殺人常習者の遺せる哲学的日記の抜萃」と共通しており、非常に興味深い。

ワイルドは足首が太かったという理由で多額の保険金をかけた義妹を毒殺したウェインライトの逸話を美的感覚が殺人の動機となるということの証明に用い、美的感覚の優位性を主張している。また、ウェインライトの描く絵が後年変化を遂げたことは犯罪が彼の芸術に強烈な個性を与えた証左であるとし、個性の伸展に価値を見出している。

個性の強化を促す上で犯罪が役に立ったというワイルドの考え方を、不道徳性、罪、犯罪のあからさまな賞揚であるとして批判する者もいた。だが、ニーチェは、「あらゆる現象の背後には［非道徳な芸術家としての神］が存在する」と語る。それは「善においても悪においても、まったく変わらない自分のたのしみを認め、そこに自分の自主性を自覚しようとする神」である。ゆえに、倫理観に阻害されず、真の自己に到達するための手段が芸術ということになる。ワイルドも「芸術を通じて、芸術を通じてのみ、我々は自己の完成を表現することが可能なのだ」と言っている。さらに、ウェインライトがディケンズをはじめ当時の小説家を刺激し、作品の中に生きていることを指摘し、創作にとって示唆的であることは事実よりも重要であるとしてこの芸術論を締めくくっている。

ワイルドの『意向集』は高等科時代に友人の快気祝いに贈ったというほどの三島のお気に入りの本であった。三島は、この芸術論に収められた四つの芸術論の中でも有名な「嘘の衰退」（一八八九年）や「芸術家としての批評家」（一八九〇年）は生涯にわたって自作の中で引用し続けたが、「ペン、鉛筆と毒薬」も例外ではなかった。三島はこのウェインライトの評伝について昭和二十五年に『改造文藝』に発表された「オスカア・ワイルド論」の中でかなり詳しく論じている。三島によれば、ワイルドはローマの頽唐期の暴君がある女が自宅で皇帝の画像の前で裸になったという理由で処刑にしたような政治的権力の気まぐれの代替物として美の判断力がただちに犯罪のエネルギーに転身する神話を欲したのだとしている。そして、ウェインライトの生涯はワイルドの創作にも示唆を与え、殺人と芸術を無理にでも結びつけることで「創造の秘密」を見たのではないかとしている。

ワイルドもニーチェと同じ世紀末に生き、宗教に代わって人心統合の役割を担うものとして美に優位性を持たせ、人間の個性を強化することを主張した。混沌とした不安定な精神状況にあって人間を根底から揺さぶり、〈生〉を自覚させる戦慄が美に求められた。ワイルドはウェインライトの芸術的人生にこの戦慄を見出したのではなかったのだろうか。

おそらく三島はこうしたヨーロッパの思潮を理解した上でこの作品を書いたのだろう。北の方を殺害した日、殺人者は次のような日記をしたためている。

殺人といふことが私の成長なのである。殺すことが私の発見なのである。忘れられてゐた生に近づく手だて。私は夢みる、大きな混沌のなかで殺人はどんなに美しいか。殺人者は造物主の裏。その偉大は共通、その歓喜と憂鬱は共通である。

引用にある「殺人者は造物主の裏」という言葉はボードレールの裏口から神に近づくという思想に似ている。人の命を奪う殺人者と人に命を授ける造物主＝神との役割は命を自在にする力を持っているという表裏の意味で、共通するのである。ここでの殺人はニーチェやワイルドのコンテクストで考えれば芸術家を指すことは明らかである。明日をも知れぬ戦時下に生きる青年が同じく戦乱の世であった中世を舞台に芸術家を殺人者に置き換え、自らの芸術的哲学を殺人者の日記に投影したのである。「路程」や「東の博士たち」では神の誕生に怯えていた〈悪〉、「館」では神と拮抗して戦いに勝った〈悪〉は、この作品では争いもなく裏口から神と同等の位置に立つに至ったのである。これは晩年の〈絶対者〉の追求という大きな流れにつながっていくものなのである。

戦時下に生きた青年の寓喩物語

三島は自選短編集を編むにあたり、四十三歳の時に書いた「『花ざかりの森・憂国』解説」において、若い頃には詩と短編を書いていたが、後年には詩が戯曲へと、短編が長編へと流れ入ったとしている。さらに、若き日の作品群にも純粋に短編らしさを持って完結している作品と「長編への移行を重苦しく内に秘め、もっぱらその調練のために書かれた作品もある」としている。そして、後者の長編への移行を包含した短編小説の代表が「中世に於ける一殺人常習者の遺せる哲学的日記の抜萃」であるとして次のように続けている。

この短かい散文詩風の作品にあらはれた殺人哲学、殺人者（芸術家）と航海者（行動家）との対比、などの主題には、後年の私の幾多の長編小説の主題の萌芽が、ことごとく含まれてゐると云つても過言ではない。しかもそこには、昭和十八年といふ戦争の只中に生き、傾きかけた大日本帝国の崩壊の予感の中にゐた一少年の、暗澹として又きらびやかな精神世界の寓喩がびつしりと書き込まれてゐる。

常に戦争の暗い影に追われ、死と隣り合わせの精神世界は世紀末の憂鬱に似ていた。「殺人者の魂にこそ赫奕《かくやく》たる落日はふさはしいのだ。落日がもつ憂鬱は極度に収斂《しうれん》された情熱から発するところの瘴気《しやうき》である。美そのものをさへそれは殺害《あや》め得るのである」という、この哲学的日記の中で語られる殺人者の発想は、ボードレールの「現代生活の画家」（一八六三年）の中のダンディズムについての一節を想起させる。

ダンディズムとは一個の落日である。傾く太陽さながら、壮麗で熱を欠き、憂愁に満ちている。

ダンディというと、服装ばかり気にする軟弱な男性像を思い浮かべるかもしれないが、服装の洗練ばかりがダンディたる者の証ではない。むしろ、ダンディとは「間断なく崇高であろうと志すべきだ。彼は鏡の前で生活し、眠らなければならない」というボードレールの有名な言葉が示す通り、ネクタイの結び方ひとつにも妥協を許さず、着こなしのために苛酷な体型維持を自らに課し、さらにそれらを寸分違わず毎日実行するという苦行僧にも似た自らの美意識に従って自己を規制するストイシズムの象徴なのである。

「王になるよりブランメルになりたい」と同世代の貴族の子弟たちに言わしめたダンディの始祖ボー・ブランメル（George Bryan Brummell, 1778–1840）は平民の出であった。そんな彼が羨望の眼差しを向けられたのは、身だしなみのよさは言うまでもなく、他人を見下す冷ややかな態度、物事に動じない冷静無比な態度によって相対する人を威圧したからである。三島が昭和二十七年に発表した紀行文『アポロの杯』の中で「ボオドレエルは不感不動を以てダンディーの定義をした」と書いている通り、こうしたブランメルの冷ややかな態度はダンディーであるための絶対条件となった。鋭い美意識に裏打ちされたお洒落と尊大な態度の相乗効果で彼は偶然に出会った皇太子の目にとまり、異例の出世を果たした。だが、ブランメルは階級差を無視した尊大な態度によって皇太子の不興を買うようになり、勝ち目のない賭博に大金をつぎ込むようになる。国外退去せざるをえなくなったブランメルは、紆余曲折の末、養老院で惨めな最期を迎える。破滅を予感しながらも尊大な態度を崩さなかったブランメルの生き方は「一個の落日」の如く没落を前に崇高な閃きを放ち、崩壊の予感の中で倦怠と頽落に耽る世紀末という時代にあってひとつの神話と化したのである。

三島も「大日本帝国の崩壊の予感」の中で殺人（＝悪と美の結びつき、芸術）への情熱を崇高さに変える神話を夢見ていたのかもしれない。この憂鬱な落日は「酸模」の無邪気な幼年期から無垢を捨て大人の世界に入った時秋彦が見た赤く燃える落日にも重なる。三島にとっては戦乱が打ち続いた中世もまた滅亡の象徴であった。

昭和二十年二月に文芸誌『文芸世紀』に発表した短編「中世」は、いつ赤紙がきてもおかしくない時世に「「最後の」小説」と考えて書かれたもので、三島によれば、「終末感の美学の作品化」である。この作品の中で三島は、足利義政の化身である大きな亀を〈中世〉の象徴とし次のように描写している。

沈澱し、堆積し、悼み、顫《ふる》へ、しらじらと白昼の焰のごとくもえ、愛し、夢想し、嘆きに爛《ただ》れ、打ちひしがれ、物言はぬその魂。中世の体現者。中世といふ巨きな重たい磊落《らいらく》たる果実の、蝕《むしば》まれた核。

このように見てくると、中世も、キリスト教の誕生も、ローマ頽唐期も、世紀末も、戦中も、〈滅亡〉を目前にしているという意味において、三島にとって同じであったことがわかる。この〈滅亡〉の感覚は、「中世に於ける一殺人常習者の遺せる哲学的日記の抜萃」では最初の犠牲者足利鳥芳を殺めた後に殺人常習者が記した「殺されることによつてしか殺人者は完成されぬ」という一節に集約されるようになる。先に述べた通り、「中世に於ける一殺人常習者の遺せる哲学的日記の抜萃」には『サロメ』の影響によって書き始められた一連の聖書に題材を採った作品に見られた〈悪〉と神の対峙や〈神〉への勝利はもはや描かれず、殺人者と神が同位置に立ち、ここに善悪を超えた独特の美学が確立されたと言える。外因的要素ではなく、滅亡を自己の内に孕むようになったのである。この時点で、三島はキリスト教を拒む宿命を背負ったと言えるだろう。三島はキリスト教信者であった邦子と真に同化できないと直感し、『仮面の告白』を書かなくてはならない運命にあったのである。そして、このことは、美との心中を希求する心情、最終的には芸術家自身の滅亡を暗示することになり、三島の代表作である『金閣寺』や晩年の短編小説「孔雀」などの主題へと発展していくことになる。

三、偽装された〈生〉──『アポロの杯』、「詩を書く少年」、「海と夕焼」、『金閣寺』

感受性を乱費するための旅

真昼の太陽は容赦なく降り注いでいる。徹夜仕事を終え、冷たい霧雨そぼ降る十二月の横浜港を出発し、海の上の人となったのは聖夜のことであった。それからは時化《しけ》続きで、晴天を見たのは航海に出て四日目のことであった。日がな一日デッキ・チェアーで何もせずに過ごす怠惰に慣れ始めた自分に嫌悪を感じながらも、生まれて初めて太陽との戯れに身を任せ、その激しい光線が自らの肌をじりじりと灼いていくのを感じることに二十六歳の三島は肉体の充足を味わわずにはいられなかった。四方にはただ青い海だけが広がっている。日本がまだ占領下にあり洋行が難しかった昭和二十六年十二月二十八日、朝日新聞特別通信員としてこれから約五か月間かけて北米、南米、ヨーロッパを周る旅に胸を躍らせる三島を乗せて、アメリカの客船プレジデント・ウィルソン号は最初の寄港地ハワイに向けて太平洋を横断中であった。

彼の頭に、作家として筆一本で生きていくことに決めてから日本を発つ前までの数年間の様々な場面が蘇った。「何としてでも、生きなければならぬ」(『私の遍歴時代』)──これこそは、それまで生きてきた中で最も死の近くにいた精神状態の中で「生の恢復術」として書き始めた『仮面の告白』を完成させ、心の中の怪物をどうにか退治したような気持ちになった二十四歳の三島の中にはっきり芽生えた志向であった。

東京都目黒区緑が丘の自宅の書斎。昭和二十五年八月に渋谷から移り住んだこの家の書斎には、その夜も机に向かう三島の姿があった。学生の頃も勤めている間も、何度こうした夜を過ごしてきたかわからない。原稿と来客に煩わされる慌ただしい日々。銀座の一流クラブに出入りし、上席に案内され、作品の映画化に伴い芸能関係者にも頭を下げられるようにはなっていた。だが、朝になって必ず向から勤務先はもうない。恋人とデートをする週末もない。平凡な青春を謳歌する同年代の友人たちが急に妬ましく思え、静まり返った夜が濃密に身に迫ってくるような圧迫感に押し潰されそうになる。机の上の灰皿を引き寄せ、煙草に火をつける。深く吸い込んで吐き出した煙が天井へと昇っていく。憂鬱な気持ちを押し殺し、とにかくペンを走らせる。

朝方、「お腹が痛いので梅肉エキスを下さい」と苦しそうに腹を抱えて訴えながら目の前に座る息子に倭文重は要領を得たように立ち上がり、茶箪笥の扉を開けた。母親は思う。最近、胃が痛いという訴えが多い。『仮面の告白』は成功を収め、それからも短編をいろいろな雑誌に発表している。前からやってみたいと言っていた自作の芝居だって上演された。最近も『純白の夜』が映画化されることになってエキストラ役で出ると言って喜んでいる様子だったのに……。

いま、洋上で太陽に寄り添いながら、一年前東京の書店を出入りしている人々の顔が突然すべてミイラに見えた日のことが遠い昔の出来事のように感じられるのはなぜだろう。あの瞬間、知識人の顔の醜悪さはまさに鏡に映った自分の姿であった。若年寄のような醜い自分の姿。そうした自分の感じやすさ。これまでも短い旅では癒されてきた。だが、この長い旅では自分を改造することに決めたのだ。この巨大な感受性をこの旅で使い果たして、これ以上自分を苦しませないようにしなくてはならない。快晴の空を映し出した青い海を見ていた三島の脳裡にジイドが書いたワィルドについての回想録の中の一節が突如として浮かんだ。「太陽を崇拝すること、ああ、それは生活を崇拝することであつた」

不吉なイメージを追って――『アポロの杯』

目的通り、この世界一周旅行の間、三島の感受性は遺憾なく使われた。だが、明るい太陽を目指してもその目はともすれば影を追っていた。この旅における彼の感じやすさは、しばしば最初に〈悪〉と〈美〉の結びつきを提示した運命の作家ワイルドを通して表現される。たとえば、十時間寄港したハワイで、三島の心に最も深い印象を残した景色は自分の乗ってきた巨大な船が停泊している様子を町の一角から眺めた風景であった。だが、その光景に見覚えがあることを訝しく思っているうちに、それがプレジデント・ウィルソン号の属する会社の発行したパンフレットに載っていたカラー写真の光景であったことに気がつく。『アポロの杯』で三島は「ワイルドの理論を借りれば、ハワイの風光は、商業美術の発達なしには考へられない筈である」と書いている。この「ワイルドの理論」とは芸術論「嘘の衰退」の中の「芸術が人生を模倣するのではなく、人生が芸術を模倣する」という有名な一節のことを指す。つまり、この場合、広告などで作られたハワイの商業的なイメージ（芸術）によってこのリゾート地（人生＝現実）が形成されていったのであり、三島は自分もその商業芸術に毒されている一員だということを感じざるを得ないのである。

その後、次の寄港地であるサンフランシスコで「ホフマンの物語」という映画を見た時も、ワイルドの作品世界が浮かんでくるのである。その映画の中の第二の挿話「ジュリエッタの物語」を三島に「詩趣横溢《わういつ》してゐる」と言わしめたのは、蒼白い顔をしたシュレミールが「ワイルドの「漁夫と人魚」の鞭《むち》をたづさへて森にあらはれる蒼白の貴人」を、「その奇聳《きしよう》にして憂鬱な黒衣は、宛然《さながら》ビアズレエ画中の人」を彷彿とさせたからである。デッキ・チェアーで日灼けした自分の肌とは対照的な死人のように蒼白な顔と『サロメ』の挿絵さながらの黒い衣装が表す病的な世紀末的雰囲気に惹かれずにはいられないのである。

この後、三島はロサンゼルスを訪れ、ニューヨークに赴く。このコンクリートジャングルに到着した夜に三島が足を運んだのがメトロポリタン歌劇場である。ここで観たものが、三島によれば「私のけん恋の歌劇」であるリヒャルト・シュトラウス（Richard Georg Strauss, 1864–1949）の『サロメ』（一九〇五年）なのである。三島は『アポロの杯』の中で、このオペラの演出方法を詳しく説明している。それを読むと、彼の感覚に訴えるものは、舞台に漂う陰鬱な〈悪〉の効果であったようだ。たとえば、幕が開いた時に見える「不安な雲のたゝずまひに隠見する月」を「オペラの舞台はかうなくては」と感激し、ヨカナーンの斬られた首が井戸から差し出された時、群衆は色を失って倒れ伏し、エロドも顔をそむけるが、エロディアのみが微笑を含んで孔雀の扇を揺らしている場面を「劇的」としている。

こうした不吉な影を無意識に追う傾向は、美術批評家のアメリカ人と連れ立ってニューヨーク近代美術館（MoMA）やメトロポリタン美術館を訪れた時に好んだ絵にも表れている。米国の画家の描いた作品の中で「心を動かしてくれるものに会ひたい」という願いを抱いて美術館に向かった三島であったが、果たして彼の望みを叶えてくれた作品があった。米国のプレシジョニズム（精密派）の画家のひとりチャールズ・デムース（Charles Demuth, 1883–1935）の水彩画である。題名は明記されていないが、おそらく三島が観た三点の絵はその説明から察するにMoMA所蔵の「アクロバット」（一九一九年）と「階段」（一九二〇年）、メトロポリタン美術館所蔵の「金のNo.5」（一九二八年）であろう。

これらの絵がなぜ三島の心に触れたのか、その理由は「いづれも不吉な感じのする絵で、好んで使ふ朱と橙《だいだい》色《いろ》がこの感じを強めてゐる」からである。その中で一番気に入ったものは自転車に乗った男たちの絵（おそらく「アクロバット」）であったが、ここでもやはり「選手のジャケツの色が非常に鮮明で明るくて、それでゐて不吉」だから好ましく思ったのである。ちなみにこの絵の中で男たちの上半身を覆っているものは鮮明な赤である。ふたりのアクロバット選手たちの体をぴったりと覆う赤い服に三島は何を見たのだろうか。

デムースは幼い頃の怪我の影響で足に障害があり、杖なくしては歩けなかった。同性愛者の彼は晩年パートナーを求めに公衆浴場に通ったという。デムースは同性愛者であることを公にしており、そのことはアメリカの芸術協会も認めていた。ＭｏＭＡへは美術批評家も同行していたから、おそらく三島はデムースが同性愛者であるとの説明を受けていたことだろう。日本を発つ前には同性愛を扱った長編小説『禁色』を『群像』に連載していた彼はブランズウィックという銀座の有名なゲイ・バーに通い、そこでの見聞をこの小説の中で使用している。同じ時期にはすでに同性との性行為も経験していたと思われる。

デムースの絵の前に佇む日本から特別に選ばれてニューヨークにやってきた新進気鋭の作家の脳裡には、肩幅の広い立派な体格のあるひとりの青年の姿が一瞬よぎっていたかもしれない。数か月前、揃いの黒い海水パンツを着用して伊豆の海で戯れたその青年との苦いひと夏の経験とともに……。自転車を操る画中の男たちの頑強な肉体に注がれた画家の羨望の眼差しと内面の孤独、そこに流れる不吉な影を、傷口を開いた三島の感性が受けとめ損なうはずはなかったのである。

生の回復術としてのカーニヴァル

ニューヨークを発ち、フロリダで釣りを楽しんだ三島は、翌朝のブラジル行きの飛行機を待つため一晩を中米のプエルト・リコのサン・フアンで過ごした。驟雨が欄干に当たってホテルの室内に飛沫を散らしていたが、三島の胸はこの旅で初めてのときめきに高鳴っていた。そう、明日はブラジルの太陽のもとにいるはずだったからである。

三島がその地に降り立った一月二十七日は、南半球では夏の盛りであった。太陽の国ブラジルはカーニヴァルを前にした人々の興奮に包まれていた。ある晩、三島はポルトガル風の古い恋愛の残り香をそこかしこに発見する。男性が恋する女性のために愛の歌を窓辺で捧げるセレナーデの習慣である。ある女の家では夜遅くまで若者の口説きを聞くためにバルコニーに肘を乗せるクッションが用意されている。また、家の門内に入った彼女と外

吉本隆明論集
初期・中期・後期を論じて

岸田将幸　古谷利裕
阿部嘉昭　金子遊　他

新進気鋭の批評家たちが論じる、新しい世代による書き下ろし吉本論10編。「それぞれにオリジナルな力作論文」（神山睦美氏）

四六判上製　２７００円

最後の思想
三島由紀夫と吉本隆明

富岡幸一郎

二人の優れた文学者が辿り着いた最終の地点をさぐる。「著作に対する周到な読み」（菊田均氏）、「近年まれな力作評論」（高橋順一氏）

四六判上製　２３７６円

子供の領分―遊山譜

正津勉

福井地震の記憶や故郷の昔話、鳥獣虫魚などをうたい、開聞岳からトムラウシ山を辿る。自らを「歩く人」と捉えた山の詩人の最新詩集。

Ａ５判上製　２３７６円

風を踏む
小説『日本アルプス縦断記』

正津勉

一戸直蔵、河東碧梧桐、長谷川如是閑の三人が約百年前、道なき道の北アルプス・針ノ木峠から槍ヶ岳までを探検した記録を小説化。

四六判並製　１５１２円

蒐集道楽
わが絵蒐めの道

窪島誠一郎

村山槐多、関根正二など近現代の画家たちの作品をはじめ、戦没画学生の絵までを蒐集。満身創痍の蒐集来歴を綴ったエッセイ。

四六判上製　２３７６円

夭折画家ノオト
20世紀日本の若き芸術家たち

窪島誠一郎

村山槐多、松本竣介、野田英夫ら12人の画家たちの作品と生涯を著者の青春と重ね合わせて綴るエッセイ集。カラー口絵12ページ付。

Ａ５判並製　３０２４円

■ご注文はお近くの書店、または直接小社へご連絡ください。小社へご注文される場合、送料は小社負担。

辺土歴程

前田速夫

鳥居龍蔵を追って雲南へ　武田家金掘衆の隠れ里・黒川金山へ。歴史・民俗・文学の知見に、現地での考証を踏まえた新機軸のノンフィクション。

四六判上製　２５９２円

日本の歳時伝承

小川直之

春夏秋冬の様々な行事の歴史と意味をあらためて見直し、従来の民俗学の見方を超えて、日本の歴史文化に迫る。『NHK俳句』連載。

四六判上製　２５９２円

『1Q84』批判と現代作家論

黒古一夫

社会現象となった村上春樹の『1Q84』を徹底批判。他に、村上龍、辻井喬、立松和平、野間宏、林京子など作家と時代の関わりを論じる。

四六判上製　２３７６円

野見山暁治　全版画

【普及版】初期から現在まで全版画作品三百五点を一挙掲載。　Ａ４判　７３４４円

【特装版】化粧箱入り／オリジナル銅版画一点サイン入り。　Ａ４判　７万７７６０円

小さな手と手

二十歳になった長野県立こども病院

信濃毎日新聞社 編著

超未熟児の出産や障害を持って生まれた子供の治療など、周産期・小児医療の「最後の砦」であるこども病院を取材した感動のノンフィクション。

四六判並製　１５１２円

寄り添って、寄り添われて

新生児・小児医療の現場から

堺武男

東北で35年、涙もろくも熱意あふれる医療者の心あたたまるレポート。「いのちと向き合うドラマに胸が熱くなりました」（俵万智氏）

四六判並製　１６２０円

側に立つ彼女の恋人が夜更けまで語らっている。家の中の母親の咳払いに気がついた娘が家の中へと消えて行く。そのようなラテンの国特有の情熱的な恋人たちを眺めている時でさえ、三島の心は、次のように、もうその先にある虚しさを見出している。

門の繁みにともつてゐた小さな恋の蠟燭が、さうして消える。このふしぎな蠟燭は明日の晩もともるであらう。あさつての晩も。同じやうにともるであらう。少くとも謝肉祭のあと、娘が若者の不実を知つて泣く日までは……。

三島は後年、世界で一番好きな場所はどこかと聞かれ、ブラジルを挙げている。理由はこのカーニヴァルであった。あの喧騒と狂乱の中に彼は一体何を見たのだろうか。先の恋人たちの行く末を三島が予見したのは、あながち当て推量ではない。このカーニヴァルの熱気に呑まれた恋人たちによって四日間という短期間のうちに、毎年数多くの私生児の種付けが行われることを三島は知っていた。「かれらはクリスマスのころ、あの神聖な私生児の精霊と手をつないで、地上へ生れ落ちてくるのである」と書く三島は、カーニヴァルがカトリックの祭ではないことを知っていた。だが、この祭が宗教行事以上に数百万人の心をひとつにし、その心を熱情の中に投げ入れるひとつの力を持っているとし、この「無目的な生」を数日間貪ることにこそ、完全な〈生〉の秩序と充実の回復が望めると考えたのだ。

そこにはキリスト教的な精神世界の住人には決して入り込めない野蛮で原始的な、しかし人間本来の〈生〉の横溢があるのだ。たとえ、十か月後に星の数ほどの私生児が産声を上げ、薄情な男の裏切りに乙女が涙を流したとしても、それも含めて人間本来の姿なのだろう。カーニヴァルはヘリオガバルスが、ネロが、三島の愛したローマ頽唐期の皇帝たちすべてが興じた乱行に似て、終わりが訪れることをわかっていながら突き進まずにいられない眩惑的な官能の磁力で人を引きつける。私生児とイエスの誕生が同じ時期だと冗談めかしに語る三島の言葉に、キリスト教が与える宗教的な〈生〉の安寧とこのカーニヴァルが引き出す狂暴な野生的な〈生〉の真の姿とのぶつかり合いを、三島がある残虐な興奮を持って見ていたと考えるのは穿った見方だろうか。

ともあれ、われわれ非基督《キリスト》教徒にとつては、謝肉祭の興奮に、馬鹿さはぎだけがあつて、狂信の要素がないことほど、喜ばしいことはない。はからずも私は悲劇「バクガイ」にゑがかれてゐる古代希臘《ギリシャ》のディオニューソス崇拝を想起したが、それは決して宗教的ドグマにもとづく狂信ではなかつたに相違ない。(中略)ディオニューソスが正しいがために、人が狂乱と殺戮《さつりく》に陥つたのではない。希臘人は、人間のあらゆる能力を神に祭つたから、安んじて狂乱に陥り、生の恐怖に安んじて身をゆだね、陶酔のうちに、愛児を八つ裂きにしたのである。

三島にとって、カーニヴァルは古代ギリシアのディオニューソス崇拝と同じものであった。ディオニューソスへの信仰によって人は祭の熱気に陶酔するのではなく、人間としての能力をこの神に捧げ、野生に立ち戻ることで何も考えずに目の前の快楽に溺れることができたというのである。ここに、三島が少年時代から抱いていたキリスト教に対立する別の概念への嗜好を見出すことは容易である。

やがて三島の前には、神人分離以前の、古事記の神話が物語るヤマトタケルの荒ぶる祭政一致的な〈神〉、すなわち白馬に跨る幻の神的〈天皇〉が、あたかもディオニューソスの血と陶酔の信仰のように出現するのである。それは、三島にとって〈悲劇〉の誕生であったが、二十代の彼はまだそのことを何も知る由もなく、ただ眼の前で繰り広げられるカーニヴァルに何かしらの古代の熱を感じているのである。

破滅を包含する美――ギリシアの廃墟

フランス、イギリスを経て三島はいよいよ長年恋焦がれていたギリシアに足を踏み入れた。キリスト教以前の古代ギリシアの神の息遣いが感じられるアテネを機内から見下ろし、空港から都心へと向かうバスの窓から夜間照明に照らし出されたアクロポリスを目にした時の三島の心の高揚はいかばかりであったろう。その時の心境を謳い上げた華麗な文章は、いまも芳醇なワインのように読む者の心を酔わせ、異国への旅情をかき立ててくれるのである。

私は自分の筆が躍るに任せよう。私は今日つひにアクロポリスを見た！　パルテノンを見た！　ゼウスの宮居を見た！　巴里《パリ》で経済的窮境に置かれ、希臘行を断念しかかつて居たころのこと、それらは私の夢にしばしば現はれた。かういふ事情に免じて、しばらくの間、私の筆が躍るのを恕《ゆる》してもらひたい。

だが、かつては神々が住んだこの夥しい光が降り注ぐ地中海の都で彼を魅したのは、またしても〈破滅〉の美だった。古代の神々の棲家《すみか》であった神殿の、今は破壊された姿とその盛衰をただ黙って見守り、当時と変わらぬ青さを湛えた空との鮮やかな対比に心を打たれた三島は、その感動に次のような表現で応えている。

空の絶妙の青さは廃墟にとつて必須のものである。もしパルテノンの円柱のあひだにこの空の代りに北欧のどんよりした空を置いてみれば、効果はおそらく半減するだらう。あまりその効果が著しいので、かうした青空は、廃墟のために予《あらかじ》め用意され、その残酷な青い静謐《せいひつ》は、トルコの軍隊によつて破壊された神殿の運命を、予見してゐたかのやうにさへ思はれる。

〈廃墟〉は〈破滅〉の象徴であり、〈青い空〉は〈永遠〉を象徴している。〈破滅〉と〈永遠〉の対比は、「岬にての物語」の恋人たちの情死と静かな青い海、敗戦と真夏の青い空、『仮面の告白』における恋人との別れと夏の光の反射といった三島作品にリフレインのように現れるイメージと重なり合う。それは、人間と自然の対比、つまり、死すべき運命のものと不滅のものとの対比でもある。その対比が鮮やかであればあるほど、美しければ美しいほど、破壊されてそこに遺《のこ》っているこの古代の神殿の存在価値は増すのである。

もしも神殿が破壊されなかったなら、パルテノン神殿の美は存在しなかった。破滅があって初めて神殿はその古《いにしえ》の壮麗な姿を見る者に想起させ、眼前のその潰《つい》えた姿を現実の神殿がそうであった以上に美しく見せるのである。神々が権勢を揮った時代に神殿の背景にあった空とそっくり同じ青い空が、二千五百年近くの時を経て主《あるじ》を失くし廃墟となった神殿に寄り添うからこそ、その虚しさと悲哀がより一層際立つのである。この国の歴史における未曾有の破壊の跡は、あの日を境に神が不在となった日本の敗戦の日の青空が持つ残酷さと重なるのではないだろうか。

これらの廃墟を前にして三島は、〈破滅〉は芸術家の中で創造の段階から予感されているものだという思いを強くする。

芸術家の懐くイメーヂは、いつも創造にかかはると同時に、破滅にかかはつてゐるのである。芸術家は創造にだけ携はるのではない。破壊にも携はるのだ。

デルフィで三島は、アポロの神殿の巨大な三本の円柱から、紀元前の昔、神殿が壮麗な姿を見せていた頃にその円柱に反響したはずの「犠牲の叫び」を聞き、「新しい白皙《はくせき》の大理石の上に美しく流れたにちがひない」犠牲の血を見るのである。ギリシア彫刻で人間の肉体に用いられた白い大理石は「血潮の色とも青空の色ともよく似合ふ」と感じた三島は、廃墟は「鮮血の色彩の対照」に欠けているため、デルフィに点在する罌粟《けし》畑に咲く「罌《け》粟《し》の真紅《しんく》」で犠牲が流す鮮やかな血の色を想像する。少年時代、「館」の中で興奮状態で描写した血塗られた部屋への憧れ、『仮面の告白』で吐露される主人公の血への渇望がここでも頭をもたげている。心躍らせて亜熱帯の如き激しく夥しい光を浴び、抜けるような青空とさわやかな風に身を包まれながらも、三島の心はなおも不吉なイメージを追わずにはいられないのであった。

アンティノウスの憂鬱

四か月半に及ぶ世界一周旅行の最終章はローマであった。この地で多くの美術館を訪れた三島の心を最も魅了したものは、ヴァチカン美術館の中にあった。それも有名なミケランジェロやラファエロの作品ではなく、三体のアンティノウス像であった。

その類まれな美しさでハドリアヌス帝の目にとまり、皇帝の愛人として寵愛を受けたアンティノウス（一一一―一三〇年）は、二十歳にもならぬうちに皇帝とともにエジプトに赴いた際、ナイル河で謎の死を遂げた実在の人物である。この美青年は、その死をひどく悼んだ皇帝により死後神格化され、多くの像が作成され、キリスト教伝来前の最後の〈神〉として信仰を集めた。三島のこの像に対する心酔ぶりがいかほどであったかは、過密スケジュールの強行軍で美術館を巡り、日本へ帰る直前にこの像に別れを告げるためだけにわざわざヴァチカン美術館に再度足を運んだといふ事実が雄弁に物語っている。

数ある芸術品の中で美術史的にはさほど重要ではないアンティノウスがこれほどまでに三島を魅了したのはなぜか。三島がこの像の中に探し当てたものは、若い命をナイルに散らせたこの絶世の美青年の「不吉な運命を予感しているかのやう」な風情、いわば破滅を内に秘めた美ではなかっただろうか。

一説には厭世自殺ともいはれてゐるその死を思ふと、私には目前の彫刻の、かくも若々しく、かくも完全で、かくも香《かぐ》はしく、かくも健やかな肉体のどこかに、云ひがたい暗い思想がひそむにいたつた径路を、医師のやうな情熱を以て想像せずにはゐられない。ともするとその少年の容貌と肉体が日光のやうに輝かしかつたので、それだけ濃い影が踵《きびす》に沿うて従つただけのことかもしれない。

その〈生〉が華やかで美しく充溢したものであればあるほど、その内に潜んでいた〈死〉への願望は白壁の一点の黒い染みのように目に立ち、その染みゆえに白い壁はその白さをより一層際立たせるのである。非の打ちどころのない薔薇色の青春に翳りをもたらす〈不吉な運命の予感〉は、三島の求める〈美〉そのものであったのではないか。

アンティノウスの像には、必ず青春の憂鬱がひそんでをり、その眉のあひだには必ず不吉の翳《かげ》がある。それはあの物語によつて、われわれがわれわれ自身の感情を移入して、これらを見るためばかりではない。これらの作品が、よしアンティノウスの生前に作られたものであつたとしても、すぐれた芸術家が、どうして対象の運命を予感しなかつた筈があらう。

生前に彫像が作られれば、モデルとなった人間はその彫像の運命を生き、死後に作られれば、その人の生涯はその彫像の上に永遠に生きることになる。「芸術が人生を模倣するのではなく、人生が芸術を模倣する」という三島の好んだワイルドの『嘘の衰退』の中の一節を持ち出すまでもなく、ギリシア人は若さと美を封じ込めた芸術作品の力によって人間を〈運命〉や〈生の縛しめ〉から逃れられないようにした。これは苦悩から解放されたければ〈死〉が必ず解決してくれるというギリシア人の持つ「現世的なニヒリズム」の表れでもあり、彼らは眼前の〈生〉に対する潜在的な苦痛を和らげるためにいわば〈死〉の代替行為として夥しい数の彫像を作り、その〈死〉はすぐまた彫像に刻まれた〈生〉の回復に取って代わるのである。

この〈生〉の繰り返しは、生きることへの不安や怖れ、苦しみといったものから人々を一時的に解放し、〈生〉の明るく快い面へと人々の目を向けさせはする。だが、三島がアンティノウス像に見出したのは、この一見明るく楽観主義的な〈生〉の再生行為の奥底に潜む、人間は決してその〈生〉に幸福を感じることも満足することもできないという空虚感に支配された観念であった。ギリシアの彫刻たちは〈生〉の賛歌を謳っているようで実のところ、われわれを〈死〉へと誘っているのである。

このギリシア的な厭世主義は、キリスト教がもたらした精神性によって蹂躙された。なぜなら、キリスト教はその信仰において、死からの復活を信じ、そこに人間精神の価値を見出すからである。アンティノウスはそのような精神に汚されない、ただ肉体の光輝を表す「基督教の洗礼をうけなかつた希臘の最後の花」であり、「羅馬が頽廃《たいはい》期に向ふ日を予言してゐる希臘的なものの最後の名残」、いわば「失はれた古代希臘の厭世観」の代表としてその香《かぐわ》しい青春の愁いを額に刻み、今日もヴァチカン美術館の一室に佇んでいるのである。ギリシア的なものの残照であるアンティノウスの憂鬱は、その青春の只中の絶美の姿に宿るからこそ、一層われわれの〈生〉に対する懐疑を深める。アンティノウスは〈美〉と〈滅び〉という生涯の主題が彫像の姿をとって眼前に現れたかのような衝撃を三島に与えたのではないか。

この『アポロの杯』というタイトルの意味は、初版本の表紙の見開きに示めれている。アポロの杯は星座の名前である。アポロに水を汲みに行くように命じられた鴉は怠けて遅くなったのを隠すために嘘をつき、その罰として星座にされ、水の入った杯の星座を目の前にしながら一生枯渇に苦しむ。これは戦中に美しく死ぬことのできなかった三島の尽きざる〈美〉と〈滅亡〉への渇望を表しており、この旅でかえってその想いが強くなったことを暗示しているような気がしてならない。

ローマの美しい恋人に「ねがはくはアンティノウスよ、わが作品の形態をして、些《いささ》かでも君の形態の無上の詩に近づかしめんことを」という辞去の囁きを遺して日本に戻った三島は、数年後に発表した『金閣寺』においてこの言葉を実現することになる。アンティノウスは、日本の中世の闇によって作られた「時間の海を渡つてきた美しい船」へと、作家の華麗な文体によって変身するのである。

虚構の生活への船出

昭和二十七年五月十日。三島の乗った飛行機は羽田空港に向かって高度を下げ始めていた。半年近くを異国の地に過ごし、〈感受性の濫費〉という荒療治を自らに課した三島の目に、久しぶりに見る東京の景色はどう映ったのだろう。

『私の遍歴時代』によれば、帰国後の三島は、この外遊を題材にした作品を書きたくないあまり、数か月間は大方の原稿を断り、心の準備をしてから小説『真夏の死』に取りかかった。そして、その作品を書きながら「自分の仕事の一時期が完全にをはつて、次の時期がはじまるのを私は感じてゐた」という。

その「次の時期」の本格的な到来は、ギリシア神話のダフニスとクロエの物語の枠組を伊勢湾の小さな島の漁村の少年少女に当てはめて描いた小説『潮騒』（昭和二十八年）を書き始めた頃であった。

これまでの三島作品に特有だった〈死〉や〈闇〉が意図的に払拭され、「全く私の責任に帰せられない思想と人物とを、ただ言語だけで組み立てよう」（「十八歳と三十四歳の肖像画」）という思惑で書かれた『潮騒』は戦後の小説の全ての売り上げ記録を塗り替える十万六千部を売った。大手映画制作会社も競って映画化の名乗りを上げた。本人に言わせれば「卑俗な成功」を収め、戦後文学の隆盛とともに三島は流行作家の名をほしいままにした。また戯曲集『近代能楽集』（昭和三十一年）も古典的様式美を念頭に置いて創作されたものであり、能楽の有名な謡曲を現代の舞台に移して描き直し、海外で高い評価を得て能という芸能を世界に知らしめた。日本の古典を自分の手を経て海外へ発信するという新たな試みも洋行の経験によって磨かれた国際感覚の所産であったろう。

こうして見ると、この世界一周旅行は三島にとってプラスの印象しか与えない。死と向き合う自己から離れ、それまでずっと避けてきた〈生〉の可能性を信じ、個人的にも社会的にもその眩いまでの陽光の中へと踏み出していった彼の四十五年の生涯の中でも最も明るい一時期といったような……。

しかし、それはブラジルの明るい太陽やカーニヴァルのサンバのリズム、ギリシアの翳りのない青い空と太陽、大理石に彫られた健やかな肉体という仮面に覆われた贋物の明るさだったのではないだろうか。実は、羽田に降り立った三島の足は、ローマで恋人アンティノウスに別れ際に誓った通り、その恋人の不吉な翳を宿した青春の美に近づく作品を描くために、「気にそまぬ演技の領域」、つまり生活の虚構化への第一歩を踏み出したのである。

たとえば、帰国してひと月経った六月のある日、鎌倉に林房雄夫人の通夜に訪れた三島は、同席していた川端康成夫人に川端夫妻の養女政子との結婚話を切り出して断られている。そして、昭和三十三年から翌年まで『新潮』に連載された日記形式のエッセイ『裸体と衣装』の中の昭和三十三年五月九日「杉山家と結納をとり交はす」

と冒頭に書かれた文章には、結婚を決意するに至るまでの三島の心の道程が描かれている。
以前は作家業と結婚生活は矛盾すると考えていたが、考えを改めるようになり、「精神」という、作品を生むために必要な「本源的な不気味な力」を「自分の人生から能《あた》ふかぎり追ひ出し、それを作品の中へだけ追ひ込み、封印し」、自分の生の規範を「ひたすらに流れや行動の発展に忠実であらうとすること」を「生きる努力の焦点」とするようになったとしている。

私は主題の欠けた人生に倣はうと努め、年毎にますます深く、凡庸さを熱愛した。夢遊病者が一つのドアをあけて、その又次のドアを、永遠につづく無数のドアの幻を見るやうに、私は世の人が生れてから死ぬまでにあけるドアを、のこらずあけてみたいといふ欲望にとらはれた。もちろん一方では、制作の不開《あかず》の間《ま》を確保しながら。
　私にとつてはドアの一つ一つは重かつた。今も重い。人が鼻唄まじりにあけるドアを、私はいろいろ考へた末、ゆつくり時間をかけて、多大の努力を以て、じわじわとあけて来たやうな気がしてゐるが、今後もさうだらう。

〈生〉に向かって、いわば〈凡庸さ〉を身につけるためにこの作家が必死に格闘した様子が窺える。五月九日といえば、世界旅行から戻ってちょうど六年間が経過している。この日記によれば結婚を意識し出したのは昭和三十年頃であるから、川端夫妻の養女との結婚を昭和二十七年に口に出したのは、手順を踏まずに開けなければならない〈凡庸さ〉のドアのいくつかを素通りしていきなり〈凡庸さ〉の代表たる〈結婚〉というドアの取っ手に手をかけたということだったのかもしれない。

用意周到な三島は〈結婚〉のドアを開ける前に、それなりのステップを踏むことにしたのではないだろうか。その第一歩が〈恋愛〉である。〈恋愛〉にとって絶対不可欠な「考へないことのエネルギー」、「無意識のエネルギー」が自分に欠落していることを、誰よりも一番わかっていた三島はそのエネルギーに匹敵する強い「意識」の力によってこのエネルギーを補う決意をしたのである。

純粋で一途な恋人

世界旅行に出発する以前からゲイ・バーなど夜の世界にも顔を出していた三島だが、意識的に〈生〉と向き合うようになってからは積極的に女性とつきあった。週刊誌などにも顔写真が載り、世をときめく若き流行作家三島由紀夫に興味を持つ女性が少なからずいたとしても不思議ではない。

たとえば、昭和二十七年七月に軽井沢の上流社会のパーティーで出会った学習院大学の女子学生に電話をし、外でのデートをとりつけた三島は、その最初のデートに花束と香水を持参し、玄関先で待つという、まさに絵に描いたような恋人像を演じて彼女をひどく驚かせた。三島はお洒落な彼女にその時々のデートにふさわしい服装の注文を出し、着物やドレス、普段着の彼女を連れ歩くのを楽しんだ。しかし、観劇などには母親の倭文重が同伴した。それから彼女が卒業するまでの二年間、ふたりは定期的に会っていたが、肉体関係はなかったという。彼女はその原因を三島の「臆病」のためと考えている。果たしてそうだろうか。二十七歳の男性としては物足りないこの女性との奇妙な関係も、三島にとって他愛のないデートを重ね、女性に対して免疫をつくる第一ステップだったとは言えないだろうか。

このころ「昭和二十八年」から、人生上でも、私は「自分の反対物」に自らを化してしまはうといふさかんな欲望を抱くやうになる。(「十八歳と三十四歳の肖像画」)

「自分の反対物」になるための第二ステップは、肉体関係を伴う真剣な恋愛を経験することであった。

時は昭和二十九年の夏。「やあ、先日は、成駒屋の楽屋で……。」三人の若く華やかな、いかにも嫁入り前の屈託のない令嬢たちのひとりに向かって真っすぐに向かってきて立ち止まると、青年は言った。踊りの稽古から帰る途中に談笑しながら、築地川沿いを歩き、萬年橋を曲がってそろそろ歌舞伎座の前に着くというところだった。すぐにほかのふたりの娘たちは何事かを察したかのように同時に一歩退いた。そして遠巻きにふたりのやりとりを興味津々に見つめている。そう、あれは文芸雑誌などで最近ちょくちょく見かける若手の作家三島由紀夫にちがいない。

「ごきげんよう。」その娘が答えると、青年は胸ポケットから取り出した名刺に万年筆で走り書きをすると、それを渡して姿を消した。名刺には「四時半、帝國ホテル、グリルバー」とあった。

翌日の四時十五分、待ち合わせのバーの席で煙草を吸う。これから恋をする男になるのだ。一目惚れをして恋に狂った男に……。なるべく若い娘の好きそうな話題をしよう。きょうは次へのつなぎだから、少し話したら帰ろう。決して詮索をしたり、相手に警戒されるような真似をしてはならない。吸い殻を灰皿に押しつけると、約束の十分前に一風変わった柄の着物に塩瀬の夏帯を締めた彼女が現れた。小柄な日本人形のような顔立ちがきちんと結い上げた髪で水際立って美しく見える。

短い挨拶と世間話。高校を出たばかりの娘にとって自分よりも十も年上の流行作家はずいぶん大人に見えた。その反面、その立ち居振る舞いはどこまでも行儀がよく、繊細で気弱そうな内面が何かの拍子に浮かび上がってくる。それは彼の細い体と青白い肌の色と繊細な指先によく似合っていた。そんな折、ふと娘は考える。この指の感触はどんな感じだろうと……。いつも万年筆ばかりを握っているこの手は世間的な用向きにおいてはどこか不器用そうでもあった。そこがまた可愛らしくもある。

そんなことを考えるともなしに考えていると、彼は娘の着物に視線を向けて「ところで、珍しい着物をお召しですね。それは何の柄ですか。花か何か？」と尋ねた。「ええ。歌右衛門のお兄さんが扇に描いて下さった撫子を出入りの呉服屋に見せて染めさせたんですの。」娘はこともなげに答えた。すると、年上の男は「へえ、すごいんだなあ」と目を丸くして無邪気に感心している。娘はそんな自分にとっては日常茶飯事のことに目を丸くしている彼に一瞬鼻白んだが、自分のような贅沢な女といること自体が得意でたまらないという彼の様子にまんざら悪い気もしなかった。そう、この年上の作家の無邪気で子供のようなところも彼女には好ましく映った。そして、何よりも彼女は自分を見つめる彼の澄み切った瞳の美しさに心を打たれ、再び名刺に走り書きされた次の約束の場所に向かわなくては悪いような気になっていた。

恋する瞳に潜むもの

それからひと月が経っていた。娘は布団の盆に並べてあるコップのひとつに水差しから水を注ぎ、香水を数滴その中にたらし、素早く口をすすいだ。洗面所から出てきた彼の接吻を甘い吐息で受けるためである。この数日間何度かふたりは唇を合わせているが、きょうはいつもより濃厚なものになることはわかっていた。彼の不器用な手が帯に伸びる前に彼女はそっと結び目をゆるめておく。そんな見えない演出に援護されながら十九歳の花嫁修業中の令嬢と二十九歳の人気作家はその夜初めて結ばれた。場所は高級な連れ込み宿として密かに機能していた松濤の旧華族の屋敷の一室。ほの暗い部屋の中でしどけない姿で横たわる彼女を男は細くて貧相な身体には不釣り合いな毛深い胸に抱きしめた。そして、ふと体を離し、彼女の顔を自分の方に向かせると真剣な瞳でその顔を覗き込むように言った。「僕は全身全霊で君に惚れているよ。」

この赤坂の高級料亭〈若林〉（平成五年閉店、現在は賃貸ビルとなり、一階ではゲストハウス・ウェディングのパーティー会場となっている）の長女後藤貞子（旧姓豊田）と三島は、当時彼が心酔し、座付脚本家も務めていた六代目中村歌右衛門の楽屋で偶然に出会った。そして、その後約三年半、昭和三十二年に別れるまでほぼ毎晩、貞子は毎回名刺で指定された場所で三島と落ち合い、逢瀬を重ねるという関係を続けた。

恋愛相談もしていた気のおけない女友達である湯浅あつ子に貞子との関係を秘密にしてくれと言いながら、彼女を夜ごと高級なフランス料理店、料亭、ナイトクラブや劇場など人目につくところへ連れて歩いた三島は若く豪華な恋人を見せびらしながら、自分は〈生きている〉ということを誇示していたのではなかったか。

会う度に言葉を尽くして褒められ、崇め倒されれば、どんなに醒めた女性であっても内心悪い気はしないはずである。だが、実際、この気難しくて贅沢な通人である彼女を三年もの間つなぎとめていたのは、三島の誠実さ、優しさ、几帳面なまでの努力であった。


わたくしが逢っていた頃の公威さんの眼の澄んで、そのきれいなことゝ云ったら、言葉にも尽くせないほどでしたから……。

えゝ、あの目のうつくしさだけは、今も、忘れられません。


この澄み切った眼の美しさは、恋に燃え、恋人に熱烈に愛を語る純粋な青年の瞳というよりは、むしろ生きるために重い扉を必死に開こうとしていた切実で真摯な瞳であったのである。判を押したように同じことが繰り返され、将来には繋がらない不毛でどこか人工的な匂いのする肉体関係を伴うこの恋愛は、三島にとって〈凡庸さ〉

を身につけるために何としてでも踏まなくてはならぬステップであった。彼女はそれとは気づかずに、様々に弄される言葉の裏に潜む彼の哀願、生きることに対する彼の根本的な〈悲しみ〉に動かされて毎晩逢い引きに応じていたのかもしれない。

肉体改造の両義性

彼女とつきあって一年を経過した昭和三十年の夏も暮れた九月初旬。『週刊読売』をパラパラとめくっていた三島の手が、あるページでとまった。「誰でもこんな身体になれます」そう銘打った記事と写真の男性の肉体美に目が釘付けになったのだ。内容を熟読する。これだ！　迷わず電話台へ向かい、受話器をとる。「三島由紀夫と申します。実はお電話したのは、十八日号に出ていた男性美とボディビルの特集記事についてなんですがね、あの記事の中の玉利齊《ひとし》さんという方を紹介していただけないですかね。ええ、そうです、早稲田大学バーベルクラブ主将の」

女性との肉体関係を持ち、続行させることに成功した三島が次に取りかかったのは、しょっちゅう胃痛に悩まされるような虚弱な体を鍛え上げ、学生時代同級生から「アオジロ」と綽名をつけられたほどの身体的コンプレックスを取り除き、ギリシア的な健康な肉体を手に入れることであった。

かくして『週刊読売』編集部の紹介で玉利に会い、その指導のもと自宅の庭の片隅でバーベルを上げるなど週三回の訓練が始まった。

それ以前には髪型をクルー・カットという短髪に変えている。しかし、これは長髪で細身の体の繊細そのものの三島を好む貞子の趣味に反していた。服装もそれまでのいかにも良家の慎ましやかな青年の着用するようなものだけでなくアロハシャツなどのカジュアルなものにも袖を通すようになっていた。多くの女性は肉体改造をして短髪にし、カジュアルルックに身を包む三島には違和感を持ち、知的で上品な初期の三島を好むのではないだろうか。しかし、世の男性とは異なり、三島にとっては交際している女性にどう思われるかは大した問題ではなかったようである。健康な男性美の象徴である筋骨逞しい肉体獲得のためにせっせと体を鍛え、一般の人たちが好む服を着、流行の髪型にすることで〈凡庸さ〉に成り変わることが目的だったのだから。それはまさに彼にとって〈生きる〉ことを意味していた。

貧相だった胸板に筋肉が生まれ、胸囲が増えた。確実に身体は彼の努力に応えている。肉体改造の喜びを知った三島はそれまで苦手としていたスポーツにも挑戦するようになった。昭和三十一年一月からボディビルのコーチの鈴木智雄に弟子入りし、後楽園のジムに通い始め、三月からは鈴木が自由が丘に開いたボディビルジムに通うようになる。鈴木のもとでマシーンを利用した苛酷で本格的なトレーニングを開始した。同じ年の八月には自由が丘の町内会の神輿《みこし》担ぎを体験し、幼い頃からの憧れを果たし、陶酔感に酔った。また、その翌月の九月から一年間、日本大学拳闘部の好意によりボクシングを始めるなど、次々と新しいことに着手していった。

起こらぬ奇跡に心を残して

ボディビルや恋愛など〈凡庸さ〉の扉を開けることに熱中していたら、他のことがおろそかになってしまうのではないかという一般的な考えは三島由紀夫には当てはまらなかった。意外にも、『潮騒』のヒット以降の三年間が、この若き天才作家の創作活動における黄金期なのである。

この全盛期には一般大衆向けの作品も旺盛に書くようになり、より多くの読者を獲得し、作者三島由紀夫の名はますます世に広まっていった。たとえば、昭和三十年六月からは『読売新聞』に娯楽小説『幸福号出帆』の連載を開始。タイトルが当時の流行語となった通俗小説『永すぎた春』(昭和三十一年)、姦通小説『美徳のよろめき』

（昭和三十二年）などが書かれた。また、戯曲の分野でも先に触れた『近代能楽集』、『鹿鳴館』（昭和三十一年）などがある。テレビドラマにもなった「橋づくし」（昭和三十二年発表）のような数々の短編、『小説家の休暇』（昭和三十二年）のような評論、エッセイも書いている。

こうした華やかな作家活動の中で、三島は自分を見失うことなく、生活の糧とするための娯楽小説と自己の気質から生まれる正統的な作品群とをきっちり書き分けた。娯楽作品にはこれまで見てきたような〈死〉への憧憬、〈悪〉に官能を覚えるような気質はほとんど見られない。しかし、表には出なくても、三島のこの気質が現れている作品もある。たとえば、昭和二十九年に書かれた短編小説「詩を書く少年」と同じく短編小説で昭和三十年に書かれた「海と夕焼」の二作品である。

「詩を書く少年」は、学習院の中等科時代の三島を投影した「私」が文芸部の先輩である坊城俊民をモデルにした「R」が語る年上の女性との不倫話から察知したナルシシズムの滑稽さを自分の中にも発見し、自分は詩人でないことを自覚するという私小説である。一方の「海と夕焼」は一二七二年、鎌倉建長寺裏の勝上ヶ岳で年老いたフランス人の寺男安里が聾啞の少年に海を見下ろしながら、自分の過去を話す物語である。仲間を参集してエルサレム奪還のためにマルセイユへ行けば、「地中海の水が二つに分れて」聖地へ導いてくれるだろうという降誕したキリストのお告げを信じ、まだ幼かった安里は少年少女を伴ってマルセイユに向かうが、ついに海は分れることはなかった。その結果、子供たちは騙されて奴隷として売られ、彼も奴隷としてインドに暮らし、紆余曲折の末、日本に来ることになったのだ。

安里は遠い稲村ヶ崎の海の一線を見る。信仰を失つた安里は、今はその海が二つに割れることなどを信じない。しかし今も解《げ》せない神秘は、あのときの思ひも及ばぬ挫折、たうとう分れなかつた海の真紅《しんく》の煌《きら》めきにひそんでゐる。

おそらく安里の一生にとつて、海がもし二つに分れるならば、それはあの一瞬を措《お》いてはなかつたのだ。さうした一瞬にあつてさへ、海が夕焼に燃えたまま黙々とひろがつてゐたあの不思議……。（「海と夕焼」）

両作品に共通しているのは、〈奇跡〉は起こらなかったという現実に他ならない。自分を詩人だと思い込んでいた少年の確信は破れ、主のお告げは現実にはならなかった。そこには、磯田光一が評するところの〈恩寵〉を与えられず、予定調和が崩されてもなお生き続けていることに対する三島自身の悲しみ、運命に裏切られたことによる挫折感が色濃く表れている。ふたつの作品のことを三島は、昭和四十三年九月に新潮文庫『花ざかりの森・憂国』の解説において、自決に至る三島の思想を語る上で不可欠な短編「憂国」（昭和三十六年）とともに、「一見単なる物語の体裁の下に、私にとつてもつとも切実な問題」を秘めたもので、「どうしても書いておかなければならなかつたもの」と位置づけている。

さらに、昭和四十年に刊行された『三島由紀夫短編全集5』の「あとがき」の中で「海と夕焼」は、「「詩を書く少年」の絵解きとも見るべき作品で、つひに海が分れるのを見ることがなかつた少年の絶望は、自分が詩人でないことを発見した少年の絶望と同じである」と分析している。特に「海と夕焼」は、自作から好きな短編を五編選べと言われたら、躊躇なく選ぶほど愛着のある作品であるとし、「奇跡の到来を信じながらそれが来なかつたといふ不思議、いや、奇跡自体よりもさらにふしぎな不思議といふ主題」を凝縮して示そうとしたものであり、「この主題はおそらく私の一生を貫く主題になるものだ」（『花ざかりの森・憂国』解説）としている。

〈奇跡の到来〉については、昭和二十八年の短編小説「真夏の死」においても描かれている。海の事故で子供を亡くした母親が時の経過によってその悲劇から癒え、「癒えきつたのちのおそるべき空虚から、いかにして再び宿命の到来を要請するか」（短編集『真夏の死』解説、昭和四十五年）という物語である。この作品では、再び悲劇の訪れを待ち望むというラストに焦点が当てられている。

さらに、三島は〈奇跡の到来〉を待ちわびる気持ちが現実を超えて別の次元へと昇華されていく作品も書いている。不実な恋人との果たされぬ約束のため狂った元芸者は来る日も来る日も駅で恋人の訪れを待つが、いざその恋人が姿を現しても本人とは認識せず、待つだけの人生を続けていくという、『近代能楽集』所収の戯曲「班女」（昭和三十年）である。

あまりに強い愛が現実の恋人を超える、つまり、奇跡を信じるためには、自分の精神も含めて世間から隔絶されなければならない。三島にとって狂気によってもたらされる世界は、薄汚れた世の中の妥協や虚偽の入りえない純粋無垢な世界なのである。この透明な水晶体のような世界を三島は「狂気の宝石」と呼んだのだ。この宝石の持つ穢れのない美しさは、第一章で扱った『黒蜥蜴』や昭和三十三年に書かれた白痴の青年と童話作家の恋を描いた戯曲『薔薇と海賊』、昭和四十年に書かれた三島の戯曲の代表作のひとつ『サド侯爵夫人』の主題へと繋がっていく。

このように、三島は「軽薄のやうに見える明るいもの」になりすまし、世間と折り合いをつけながら、内面ではいまだ自分の心に残る〈起こらぬ奇跡〉に対する未練を断ち切ろうと努力を重ねていたのである。それは、四十三歳の三島自身が先の文庫本『花ざかりの森・憂国』の解説において説明している。

「なぜあのとき海が二つに割れなかつたか」といふ奇跡待望が自分にとつて不可避なことと、同時にそれが不可能なこととは、実は「詩を書く少年」の年齢のころから、明らかに自覚されてゐたことなのだ。

〈起こり得ぬ奇跡〉を信じようとするなら、その信念と心中するか、狂気の世界に生きるか、あるいはその信念を葬って生きるほか道はなかった。生きることを選び、夢中で明るく快活で凡庸になろうとしていた黄金期の三島の心模様が、すでに晩年にさしかかっていた本人の言葉からはっきりとした輪郭を帯びてくる。

第二の『仮面の告白』――『金閣寺』

〈起こり得ぬ奇跡〉の待望とその蹉跌という三島自身が抱えていたこの主題は、三島文学の代表作『金閣寺』に明確に表れている。実は、世界旅行の最も重要な所産は、帰国後四年の歳月を経て日本を舞台にして彼の内面世界を描いた『金閣寺』だったのである。生来備わっていた過剰な感受性を使い果たして「自分の反対物」になろうという必死の努力の末、絢爛たる文体によってようやく自己の主題を小説にし、ローマでアンティノウスに囁いた誓いを実現することができたからである。『金閣寺』を書いた時の心境を三島は「十八歳と三十四歳の肖像画」の中で次のように振り返っている。

やつと私は、自分の気質を完全に利用して、それを思想に晶化させようとする試みに安心して立戻り、それは曲りなりにも成功して、私の思想は作品の完成と同時に完成して、さうして死んでしまふ。

〈凡庸さ〉を身につけることで、とりあえずは実生活において生き続ける苦悩と直面せずに済んだ三島は、心安らかに自分の内面に逆巻《さかま》く主題を作品の中に封じ込めることができたのである。よく知られているように、『金閣寺』は昭和二十五年に実際に起きた金閣寺放火事件を題材にした作品である。裏日本の貧しい寺の住職の子として生まれ、吃音と醜い容貌のため強い疎外感と劣等感を抱く主人公溝口が幼少期から父親によって幾度も聞かされてきた金閣の美しさに取り憑かれ、この寺の見習い僧になり、様々な人物との接触を通して、美の象徴である金閣寺を焼かねばならぬと決意し、実行に移すまでの心理過程が精緻で磨き上げられた宝石のような華麗な文章で描かれている。

三島は、『金閣寺』を〈美〉という固定観念に追いつめられた者、つまり放火犯である溝口を芸術家の象徴というつもりで書いたのだと「美のかたち――「金閣寺」をめぐって」という題目のもと行われた小林秀雄との対談で語っている。小林は『金閣寺』を小説というよりもむしろ「抒情詩」だと定義した。さらに、「現実の対人関係」や「対社会関係」が描かれておらず、主人公は「動機という主題の中に立てこもって」いると指摘している。

「「金閣寺」創作ノート」に目を転じてみると、そこには「美への嫉妬」「絶対的なものへの嫉妬」、「相対性の波にうづもれた男」という箇条書きとともに「「絶対性を滅ぼすこと」「絶対の探究」のパロディー」という言葉が記されている。三島は溝口の放火の動機に三十一歳の等身大の自己の気質を思想として投影したのである。つまり、これまで見てきたように、三島が幼少期から夢見ていた〈美〉、〈悪〉、〈破滅〉、〈宿命的な死〉といった自分を絶対的なものに仕立て上げてくれるはずだった〈奇跡〉が起こらなかったこと、終戦によりその〈奇跡〉は自分には決して訪れないという認識に到達し、それを葬ることでどうにか相対性の中で生きることを選び取った三島個人の性質が、社会的思想の領域にまで高められ、普遍性を持つに至った。このように、『金閣寺』は社会小説の形をとっているものの、主人公溝口に告白体で語らせることによる客体化した私小説でもある。だが、実のところ、この小説は、溝口に作者自身が仮託された三島由紀夫の私小説、いわば第二の『仮面の告白』なのである。

有為子《ういこ》――寓意化された金閣

三十一歳になった三島の肖像画として、あるいは抒情詩として『金閣寺』を読むならば、「私」（溝口）だけでなく、この作品に登場する他の人物もまた三島の肖像画の一部であろう。作品が「「絶対の探究」のパロディー」という寓意物語の性質を持つ以上、作中人物の有為子も鶴川も柏木も溝口の精神世界の中のひとつひとつの観念に形を付与された寓意である。実際、先に挙げた対談の中ですべての登場人物が「私」の告白の世界の中の人であり、現実性がないという小林の指摘に三島も同意している。

たとえば、近所に住む美少女有為子は、少年期の「私」の最初の性的欲望の対象であり、最初に「私」を拒絶する絶対的美のひとつの表象、いわば金閣の寓意として描かれている。わがままでどこか孤独感のあるこの娘は海軍病院に篤志看護婦として勤務していた。夜明けに有為子の肉体の夢想に悩まされ、外に飛び出した「私」の前に自転車で通勤していた有為子本人が偶然現れる。「私」は彼女の前に立ちはだかるが、鼻であしらわれ、さらに悪いことにその出来事について告げ口をされる。この挫折を経験して「私」は有為子を恨み、彼女の死を望むようにさえなる。

この数か月後、海軍病院で親しくなった脱走兵の子を宿し、匿《かくま》っていることを憲兵に嗅ぎつけられ、恋人の隠れ家を教えるよう強要される有為子の姿を「私」は目撃する。彼を庇おうと頑なに押し黙っている彼女の「拒否にあふれた顔」、超然とした美しさを目にした「私」は、「有為子の顔がこんな美しかつた瞬間は、彼女の生涯にも、それを見てゐる私の生涯にも、二度とあるまいと思はずにはゐられなかつた」のである。これは、「世界から拒まれた」自分にとって「本来自分のものではない世界」で起こった〈美〉として「私」の目に焼きつくのである。ところが、彼女はすぐに裏切りを覚悟する。憲兵を恋人の隠れている場所に導く囮《おとり》となる決心をしたのだ。背徳行為によって有為子が自分と同じ世界まで引きずり下ろされたことに溝口は心弾む思いになる。裏切りという卑しい行為によって彼女は世界を拒絶する女から世界を安易に受け入れる女に変貌を遂げたからである。「私」が「裏切ることによつて、たうとう彼女は、俺をも受け容れたんだ。彼女は今こそ俺のものなんだ」と、ほくそ笑んだのもつかの間、有為子は思いがけずさらなる裏切りを重ねる。恋人に憲兵の存在を告げたのである。その結果、有為子の恋人と憲兵の撃ち合いが始まり、勝ち目がないことを悟った恋人の脱走兵は、有為子を射殺し、自らも命を断つ。有為子はいまや自らの愛欲に突き動かされ、ひとりの男のために破滅したつまらない女に成り下がったのである。この事件によって、「私」は「彼女」から再び、そして今度は永遠に拒絶されたのである。

私はその事件を通じて、一挙にあらゆるものに直面した。人生に、官能に、裏切りに、憎しみと愛に、あらゆるものに。さうしてその中にひそんでゐる崇高な要素を、私の記憶は、好んで否定し、看過した。

この事件以後、「私」の前に現れる女にはいつも有為子の影がつきまとう。もちろん、容姿が似ているわけではない。自分の憧れであり、永遠に手に入らない、別の世界に住む、超然としていたかと思えば自分を受け入れ、また裏切り、拒絶するひとつの象徴として「私」の人生の入り口に現れた彼女は、「私」にとっての永遠の女性なのである。有為子は、性交を試みようとする度に現れる金閣寺と相似形を成し、「私」を二重に拒絶する。だからこそ、有為子を思い起こさせない娼婦を相手にした時、「私」はそれまで果たせずにいた童貞を破ることに成功するのである。

変幻する美のかたち——金閣

しかしながら、有為子より以前に「私」の心に住みついたのは金閣寺である。金閣を実際に目にする以前から、父の「金閣ほど美しいものは此世にない」という呪文のような言葉によって金閣は、「私」の頭の中で〈美〉と同義になり、ひとつの大きな観念として「私」の心を支配していた。それと同時に金閣はあらゆる〈美〉の象徴でもあり、あらゆる〈美〉が金閣そのものに変化した。金閣は大きくなったり、小さくなったり、自在に姿を変え、「私」の眼前に現れる具体的な〈美〉に取って代わったのである。

こうして「夢想に育まれた美」は、死期が迫っていることを自覚した父に連れられて初めて金閣を訪れた時に失望に変わる。現実の金閣を見て〈美〉とは何と美しくないものだろうと「私」は感じる。この現象は言葉の世界で知悉したことをいざ現実世界で目にした時、いかにそれが色褪せて見えるかという三島自身の言葉の世界と現実世界の齟齬の寓話とも受け取れる。ところが、三島にとって言葉の方がやはり実人生に勝っていたのと同様、「私」も言葉でこの問題を克服してしまう。現実の金閣を辞した後、一層強く働いた夢想の力によってそれまで以上の美しさを湛えた金閣はより堅固に「私」の中に実在するものとして根を下ろすようになる。現実で見たものをさらに言葉の世界で陶冶する術を作中の「私」も獲得したのである。

やがて戦争が「私」と金閣の距離を縮めることになる。永遠に生き永らえる〈美〉の象徴だったはずの金閣が自分と同様に戦火に焼かれ、灰になるかもしれないという期待感に「私」の心は躍るのである。終戦までの一年間が「私」と金閣との蜜月であり、その〈美〉に最も溺れた時期であった。

その一年間、私が経も習はず、本も読まず、来る日も来る日も、修身と教練と武道と、工場や強制疎開の手つだひとで、明け暮れてゐたことを考へてもらひたい。私の夢みがちな性格は助長され、戦争のおかげで、人生は私から遠のいてゐた。戦争とはわれわれ少年にとつて、一個の夢のやうな実質なき慌しい体験であり、人生の意味から遮断された隔離病室のやうなものであつた。

これは、まさに三島自身の戦争体験そのものである。もちろん、本に関して言えば、三島は、戦中でも本を読み、小説を書いてはいたのだが……。空襲で明日死ぬかもしれないという悲劇は、人生という現実について、未来についての想像を阻み、はかなく美しい死の到来の予感に伴う甘美な陶酔に彼を酔わせた——戦中の金閣は三島が戦争に託していた破滅を孕んだ〈美〉の象徴なのである。

ところが、有為子が恋人に憲兵の存在を告げたことで「私」を裏切ったのと同様、金閣もまた「私」を裏切り、拒絶する結果となる。戦争が終わったのである。

『金閣と私との関係は絶たれたんだ』と私は考へた。『これで私と金閣とが同じ世界に住んでゐるといふ夢想は崩れた。またもとの、もとよりももつと望みのない事態がはじまる。美がそこにをり、私はこちらにゐるといふ事態。この世のつづくかぎり渝《かは》らぬ事態……』

敗戦は私にとつては、かうした絶望の体験に他ならなかつた。今も私の前には、八月十五日の焔のやうな夏の光りが見える。すべての価値が崩壊したと人は言ふが、私の内にはその逆に、永遠が目ざめ、蘇り、その権利を主張した。金閣がそこに未来永劫存在するといふことを語つてゐる永遠。

終戦の日にこの呪詛のような「永遠」を聞いた「私」の心は、戦争が終わることによって〈奇跡〉が決して自分のもとを訪れないことを知り、絶望に打ちひしがれた三島の心そのものであった。

もうひとつ印象的な場面がある。戦争が終結して、「私」がはじめて鹿苑寺の裏手にある夕佳亭よりさらに東に位置する不動山の頂上から灯下管制を解かれた京の町を見下ろし、暗闇の中に無数の灯を見る場面である。この時の「私」もまた三島の終戦後の心象を映し出している。眼下に広がる眺望に「私」は驚愕する。「俗世」が戻って来たのである。闇に光る灯のひとつひとつには恋人たちの抱擁、家庭の団欒という〈日常〉が宿っている。「私」にとって、幸福な日常を願うことは「邪悪な考へ」であり、恋人同士の同衾は「死のやうな行為」である。これは『仮面の告白』で園子との縁談に「私」が嗅ぎ取り、そこから逃げ出さずにはいられなかった「日常」への嫌悪感と同種のものが漂っている。「私」は願う。

どうぞわが心の中の邪悪が、繁殖し、無数に殖え、きらめきを放つて、この目の前のおびただしい灯と、ひとつひとつ照応を保ちますやうに！　それを包む私の心の暗黒が、この無数の灯を包む夜の暗黒と等しくなりますやうに！

終戦によって復活した〈日常〉を呪い、「世間の人たちが、生活と行動で悪を味はふなら、私は内界の悪に、できるだけ深く沈んでやらう」と考えるようになっていた「私」は、悪への沈潜の決意をより強固なものにしたのである。戦争によって金閣とともに滅びる望みを断たれた「私」は、〈日常〉と対峙するために〈悪〉を設定するよりほかなかったのである。こうして終戦によって金閣との心中を果たすことができなかった「私」は「暗黒」の思想を持つに至った。

陽画としての鶴川

先に触れた「「金閣寺」創作ノート」には驚くべき秘密が隠されていた。何と作品中に三島がローマで魅了されたあのアンティノウスが登場するのである。

『金閣寺』のアンティノウスとは、「私」と同じ年齢で東京近郊の裕福な実家の寺から修業のため徒弟として金閣寺に預けられていたが、帰省中に不慮の事故で突然この世を去る鶴川という友人である。三島の「創作ノート」には「鶴川の死」という言葉が六回も見られ、その中のひとつには「鶴川の死」という言葉に続けて「鶴川の写真（アントニウス）」という記述がある。この「アントニウス」こそ、実はアンティノウスなのである。つまり、三島は誤ってアンティノウスをアントニウスと書いたのではないだろうか。

言うまでもないことだが、「創作ノート」とは作者自身が構想を練る際にメモした覚え書きのことを指す。いわば作者の試行錯誤の過程で書かれているため乱雑になって当然なのである。従ってしばしば誤記も生じる。それだけに、判然としないことも多いのだが、作品と合わせ鏡のようにして読むと、作者の意図や描きたかったことが浮かび上がってくる。もちろん、鶴川がアンティノウスであることに関しては憶測の域を出ない。しかし、これまで誰も指摘してこなかったこの点に敢えて注目して、『金閣寺』という重厚で暗鬱な演奏曲の中で、唯一軽やかで透明感に溢れた音色を奏でる鶴川という少年に光を当ててみたい。そこに『金閣寺』に潜む三島のもうひとつの告白があるからだ。

そもそも鶴川の登場に、彼に与えられた役割がはっきりと見て取れる。夏の朝陽の中、寺の掃除をさぼって生い茂る夏草に寝転んでいる「白いシャツの少年」は人の気配を感じ、「夏の朝のしめやかな空気をゐぐるやうな勢ひ」で起き上がる。夏の木洩れ陽が降り注ぐ中でまどろむ姿は三島が目にしたブラジルやギリシア、イタリアの強い陽差しの中で怠惰な眠りを貪る若者を、飛び起きた鶴川の姿はまさに古代ギリシアの芸術家が彫刻にとどめようとした若者の敏捷な獣のような躍動感を表している。鶴川の「口早な快活な話しぶり」も吃音の「私」と対照的である。また、「感情をいつはることのできない」その性格は、「無垢の明るい感情」に満ち、「透明で単純な心」を持ち、「少しも物事が苦にならぬ」、「正義感」に溢れた、「明るく」「純粋」な世界の住人そのものである。

直感で、私には、この少年はおそらく私のやうには金閣を愛さないだらうといふことがわかつた。私はいつか金閣への偏執を、ひとへに自分の醜さのせゐにしてゐたからである。

醜いがために金閣という〈美〉に執着する「私」と異なり、鶴川にはそうした屈折した劣等感から無縁な美しさが備わっている。この若者は「うるささうなほど長い睫《まつげ》」を、夏の激しい直射日光の中で「金いろに燃え立たせ」、その「若い顔は脂《あぶら》に照りかがやき」、「鼻孔をむしむしする熱気にひろげて」いる。その顔立ちの中で繊細な部分は「細いなだらかな眉」のみである。「人々に好感を与へる源《もと》」を成していた「いかにも明朗なその容貌や、のびのびした体軀」という描写からも彼が夏の光に映える野性味と爽快感のある少年だったことがわかる。そして、そこに憂愁を思わせるような一点の繊細さ……。

寵愛していたアンティノウスの死を深く悼んだハドリアヌス帝が作らせたアンティノウス像は数多くあるが、その中にあって三島が最も愛したアンティノウスの胸像は、この青年を模した他の彫像やギリシア神話に登場する美青年の代表であるアドニスやエンディミオン、アポロンの繊細な美に比してどこか野生的で荒々しいところが目につく。この純白の青春を封じ込めたような美青年がもとは奴隷であったせいだろうか。後年三島とともに自決した森田必勝に似ているとの指摘のある三島の愛したアンティノウスは、どこか青年らしい一本気なものを感じさせる。その雰囲気がこの鶴川の容貌に影を落としているのである。

その容貌は鶴川の内面を反映してもいる。「私」が鶴川の質問に対して心の内を上手く説明できないまま疑問を起こさせるような返答をしたことに戸惑っていると、鶴川はそれを「へえ、変つてるんだなあ」と無心に笑うだけなのである。

彼のシャツの白い腹が波立つた。そこに動いてゐる木洩れ陽が私を幸福にした。こいつのシャツの皺《しわ》みたいに、私の人生は皺が寄つてゐる。しかしこのシャツは何と白く光つてゐるだらう、皺が寄つてゐるままに。……もしかすると私も？

屈託のない明るい少年らしい光を放つ鶴川は、影のように暗さをまとう「私」さえをもひょっとしたらこの少年のようになれるのではないかと一瞬錯覚を起こさせる力を持っているのである。鶴川の「白いシャツ」は、彼の死後もひとつの象徴として「私」の心に鮮やかに残り、思い返されるものとなる。

「私」が金閣と最も親密だった終戦までの一年間は、鶴川と「私」が最も親しくしていた時期でもある。実は、「私」が「金閣に対する異様な執着を打ち明けた相手は、ただ鶴川一人」であった。「私」は鶴川に対してだけは心を開いていたのである。しかも、鶴川はこれまでの同級生たちのように「私」の吃りを揶揄したことがなかった。吃音であることが自分の存在理由であると信じ、同情よりも嘲りや軽蔑を好む「私」は鶴川にその理由を尋ねる。すると、鶴川は「えもいはれぬやさしい微笑」を浮かべて「だつて僕、そんなことはちつとも気にならない性質《たち》なんだよ」と答える。

私は愕いた。田舎の荒つぽい環境で育つた私は、この種のやさしさを知らなかつた。私といふ存在から吃りを差引いて、なほ私でありうるといふ発見を、鶴川のやさしさが私に教へた。私はすつぱりと裸かにされた快さを隈《くま》なく味はつた。

鶴川は吃音であることだけを「漉《こ》し取つて、私を受け容れてゐた」のである。「私」は生まれて初めて他人に嘲笑や侮蔑という形で拒絶されずに、受け容れてもらえ、「感情の諧和と幸福」を感じることができた。だからこそ、「そのとき見た金閣の情景を、私が永く忘れ得ないのはふしぎではない」のである。池の畔にゲートルを巻いた二人の「白シャツの少年」が肩を組んで立っているその前に「金閣が、何ものにも隔てられずに存在してゐた」光景を「私」はありありと思い出す。

その一方で、この頃の「私」が「暗黒」の思想を心に秘めていたことは先に触れた通りである。

> 私はただ災禍を、大破局を、人間的規模を絶した悲劇を、人間も物質も、醜いものも美しいものも、おしなべて同一の条件下に押しつぶしてしまふ巨大な天の圧搾機のやうなものを夢みてゐた。（中略）美といふことだけを思ひつめると、人間はこの世で最も暗黒な思想にしらずしらずぶつかるのである。

これはまさに戦時下の三島の心境であるが、そうした暗い心も鶴川に話すと、明るい透明なものに変わるのである。鶴川は、「私のまことに善意な通訳者」であり、「私の言葉を現世の言葉に飜訳してくれる」からである。

> 時には鶴川は、あの鉛から黄金を作り出す錬金術師のやうにも思はれた。私は写真の陰画、彼はその陽画であつた。ひとたび彼の心に濾過されると、私の混濁した暗い感情が、ひとつのこらず、透明な、光りを放つ感情に変るのを、私は何度おどろいて眺めたことであらう！（中略）私が自分の醜さを無に化するやうなかういふ考へ方を、鶴川から教はつたと云つたら、彼はどんな顔をするだらうか？

彼といると、暗黒の思想も透明で明るい思想に転換していく瞬間があり、彼は「私」と世界を繋ぐ架け橋でもあった。鶴川といると、「私」は自分が普通の少年になったような心持ちになった。

ここで強調したいのは、この戦中における鶴川と「私」の関係が、『仮面の告白』の「私」と園子、そして何よりも三島と邦子を彷彿とさせることである。終末的な状況の中で「私たちの若さは、目くるめくやうな突端に立つてゐた」と感じた「私」は、隣にいる鶴川も金閣とともに燃える運命にあると信じていたはずである。「岬にての物語」や「サーカス」で若い男女の美しい情死を書いていた若き日の三島の心には未来はなく、美しい死だけがあった。その傍らにはキリスト教的な明るさと心の平静を保つ無垢な恋人邦子がいた……。実は、鶴川は「私」に「明るさ」や「生」を象徴する存在という意味において、ほかならぬ邦子の要素を持っているのである。

この少年は私などとはちがつて、生命の純潔な末端のところで燃えてゐるのだ。燃えるまでは、未来は隠されてゐる。未来の灯心は冷たい油の中に涵つてゐる。誰が自分の純潔と無垢を予見する必要があるだらう。もし未来に純潔と無垢だけしか残されてゐないならば。

これは『仮面の告白』で、戦争の最中でも「私」の安全を信じ、先のことを思い煩うことなく、かと言って過剰な希望も持つでもなく、ひたすらに神の恩寵を信じて生きる園子の心の平静さに触れた時の、まさに異質なものに触れた時の「私」の衝撃に似ている。

救済者としての鶴川

しかしながら、終戦を迎えて金閣との関係が断たれてから、「私」と鶴川との関係にも変化が生じる。先に見たように、金閣を失った「私」は〈悪〉へと傾斜していくからである。やがて、ついに実生活で〈悪〉を犯す日が訪れた。終戦後初めての冬、金閣にやって来た米兵を案内している際、米兵は連れの日本人女性と諍いを始め、倒れた女の腹を踏みつけるよう「私」に命じる。「私」は女の腹を踏みつけた。この「悪の煌めき」は勲章のように「私」の心の内で輝かしい大きな位置を占め、「私」はその時味わった「甘美な一瞬」を忘れることができなかった。

外国人相手の娼婦と思われるその女は「私」の施した狼藉が原因でその晩に流産した。女はそれをネタに住職を恐喝した。こうして〈悪〉に傾き出した「私」をさらなる〈悪〉に向かって加速させた人物がいる。それこそがほかならぬ鶴川なのである。「私」が女の腹を踏みにじったことが寺中の知るところとなり、誰もが「私」が〈悪〉を犯したことを疑わなかった。それまで「私」の善意の通訳者であったはずの鶴川さえもが、今回ばかりはそうしてくれなかったのである。鶴川は、「私」の手を取り、ほとんど「涙ぐんで」「透明な眼差《まなざし》」で「私」を見つめ、「少年らしい生一本の声」で「本当に君はそんなことをやつたのか?」と尋ねたのである。

この質問に追いつめられた「私」は自らの「暗黒の感情」に直面せざるをえなくなった。「私」は鶴川が「私の深いところで私を裏切つた」と感じるのだった。

　私はたびたび言つた筈だ、鶴川は私の陽画だと。……鶴川がもし彼の役割に忠実であつたら、私を問ひつめたりせずに、何も訊かずに、私の暗い感情を、そつくりそのまま、明るい感情に飜訳すべきであつたのだ。そのとき、嘘は真実になり、真実は嘘になつた筈だ。鶴川の持ち前のさういふ仕方、すべての影を日向に、すべての夜を昼に、すべての月光を日光に、すべての夜の苔の湿りを、画のかがやかしい若葉のそよぎに飜訳する仕方を見れば、私も吃《ども》りながら、すべてを懺悔《ざんげ》したかもしれない。が、このときに限つて、彼はそれをしなかつた。そこで私の暗黒の感情が力を得たのだ。……

ここでもし鶴川が「私」の行いをあり得ない事件として笑って受け流してくれていたなら、私は「懺悔」して「陽画」に生まれ変わることができたのかもしれないのである。ところが、鶴川は「陽画」の役割を放擲《ほうてき》した。そのため、「私」は生まれ変わる機会を逸する。もしも鶴川が救いの手を差し伸べてくれたら、「私」は〈生〉に向かうことができたのかもしれない。それなのに、鶴川は「私」から「陽画」を失わせ、「私」の気質である「暗黒の感情」に向かう契機を与えたのである。

こうして、一年が過ぎ、昭和二十二年の春に大谷大学に進学した「私」と鶴川は、それぞれ新しい友達を作るために距離を置くようになる。鶴川に友人が増えていくにつれ、「私」は孤独を強めていく。そこで「私」は内《ない》飜足《ほんそく》の柏木と知り合い、彼の哲学に毒されていく。柏木は鶴川とは逆であった。「柏木は裏側から人生に達する暗い抜け道をはじめて教へてくれた友」であった。その「抜け道」とは、破滅に突き進んでいくように見せながら、その実、「卑劣さ」を「勇気」に変え、「悪徳」を「純粋なエネルギー」に還元し、人生を創造する「一種の錬金術」と呼ぶべきものであった。

これを人生と考へるべきなのだ。前進し獲得するための一つの関門と考へるべきなのだ。今の機を逸したら、永遠に人生は私を訪れぬだらう。

柏木の説いた「抜け道」とは、まさにこの時三島自身が実人生で通りつつあった道である。〈認識〉によって世界観を変え、〈凡庸〉になるため「重い扉」を開けていく生き方である。鶴川は「私」が柏木と懇意にしていることを心配して忠告してきたが、「私」はうるさく感じ、自分のような人間には柏木がふさわしいと言って聞き入れようとしなかった。

そのとき鶴川の目にうかんだ、言ふに言はれぬ悲しみの色を、のちのち私は、どんなに烈しい悔恨を以て思ひ起したかしれない。

そんな折、鶴川の訃報が届く。父の死にも泣かなかった「私」は鶴川の死に涙を流す。なぜなら、鶴川の死が父の死よりも「私」にとってずっと本質的で重要な問題を孕んでいたからである。「私」は鶴川の死によって「私と明るい昼の世界とをつなぐ一縷《いちる》の糸」が断たれてしまったことを痛感する。「私」は「喪はれた昼、喪はれた光り、喪はれた夏」のために涙を流したのである。

鶴川の死によって「私」は善や明るさによって救われる可能性を根こそぎ奪われたのであり、「私」のこの慟《どう》哭《こく》は、邦子が他家へと嫁ぎ、彼女が完全に自分とは縁がなくなったことを知った時の三島の嘆きと重なりはしないだろうか。邦子の結婚によって三島が「死人の生活」に入ったことは、ただの失恋が原因ではなく、鶴川の死が「私」にもたらした「私と明るい昼の世界とをつなぐ一縷の糸」、つまり救済への縁《よすが》を断たれたことと同じ衝撃によるのであった。この隠された主題が、三島の精神世界を余すところなく寓意化したこの『金閣寺』を通じて再確認できるのである。

作中では鶴川は昭和二十二年の五月に命を落としている。彼が昭和二十年に十七歳だった「私」と同じ年齢であるならば、十八歳か十九歳になったばかりの年齢で亡くなったことになる。奇しくも三島が憧れたあのアンティノウスがナイル河で謎の死を遂げた十八歳の終わり頃と符合するのである。

さらに、『金閣寺』において「私」が鶴川の訃報を聞いて思いを巡らす部分には、三島が『アポロの杯』に綴ったアンティノウスの死に対して抱いた疑問が繰り返されている。鶴川の「住んでゐた世界の透明な構造は、つねづね私にとつて深い謎であつたが、彼の死によつて謎は一段と怖ろしいものになつた」という「私」の言葉には、自分とは無縁なあまりにも明るく透明な生を謳歌していた青年に対する謎が、あまりにも早過ぎるその死によって一層深い謎になっていったことが物語られている。これはそのまま三島が青春の化身であるアンティノウスの夭折に感じた謎なのである。

事故死といふ純粋な死は、彼の生の純粋無比な構造にふさはしかつた。ほんの瞬時の衝突によつて接触して、彼の生は彼の死と化合したのだつた。迅速な化学作用。……こんな過激な方法によつてしか、あの影を持たぬふしぎな若者は、自分の影、自分の死と結びつくことができなかつたのに相違ない。

あまりにも〈生〉にふさわしい人物の死は、病死ではなく、事故死でなければならない。いきなり思いもかけないような方法で劇的に奪い去られなければ、その輝かし過ぎる〈生〉に見合わないからである。

あのやうに光りのためにだけ作られ、光りにだけふさはしかつた肉体や精神が、墓土に埋もれて休らふことができると誰が想像しよう。彼には夭折の兆候とて微塵《みぢん》もなく、不安や憂愁を生れながらに免かれ、少しでも死と類似の要素を持たなかつた。彼の突然の死はまさにそのためだつたかもしれないのだ。純血種の動物の生命が脆《もろ》いやうに、鶴川は生の純粋な成分だけで作られてゐたので、死を防ぐ術《すべ》がなかつたのかもしれない。すると私にはその反対に、呪《のろ》ふべき長寿が約束されてゐるやうにも思はれる。

この若者のあまりにも美しい夭折は、「私」に自分の呪われた運命さえも予感させる。つまり、長くこの俗世に生きなければならないという不安を煽るのである。これは三島自身の恐怖でもあったであろう。

鶴川の死は、さらに肉体と精神の問題をも惹起する。鶴川が悉く自分の暗い感情を明るいものへとあまりにも正確に変換していくことができたのは、その明るさが悪の世界と完全に照応するほど細緻であったからであり、むしろ明るさが悪にならないためにそれを支える肉体の力、その運動にかかっているという考えが「私」によぎるのである。

彼のこの世のものならぬ明るい心は、一つの力、一つの靭《つよ》い柔軟さで裏打ちされ、それがそのまま彼の運動の法則なのであつた。

善や明るさに満ちた世界が肉体の停滞によって反対物である〈悪〉の世界へと変換されないようにするために肉体を使い、動き続けるという考えは、ボディビルで体を鍛え始めていた三島らしい考えである。さらに、「私」は鶴川の肉体が喪われたからこそ「人間の可視の部分に関する神秘的な思考」に誘われる。

われわれの目に触れてそこに在る限りのものが、あれほどの明るい力を行使してゐたことのふしぎを思つた。精神がこれほど素朴な実在感をもつためには、いかに多くを肉体に学ばなければならぬかを思つた。

ローマの美術館でアンティノウスと対面しながら作家自身が行った、このうら若き美青年の死についての哲学的思索が『金閣寺』の中でも続けられているかのようである。おそらく三島の脳裡にはあの出会いの日からアンティノウスが棲みついていたのであろう。そして、三島がアンティノウスに魅了される最大の原因は、その死であった。

鶴川の死が示すもの

「私」は、鶴川の死後一年間ほど喪に服した。その間に「生への焦燥」も去り、快い「死んだ毎日」を送った。鶴川の急死から一年が過ぎてみると、「私」は柏木を笑顔で迎える気になっていた。こうして再び柏木との交遊が始まった。

「私」は柏木の手引きで何度か女と関係を持とうと努力した。女と関係することは、人生と関わることであり、まさに〈生〉を意味していた。私は生きようとした。しかし、いつも結果は同じであった。事に及ぼうとすると、「女と私との間、人生と私との間に金閣が立ちあらはれ」、「生が私に迫つてくる刹那《せつな》」、「私と生との間に金閣が現はれ」、「私の摑《つか》まうとして手をふれるものは忽ち灰になり、展望は砂漠と化し」、「私」は事を果たせずに終わるのである。「永遠の、絶対的な金閣」だけが「私」の中で「形態を保持し、美を占有し」、他のものを無に帰してしまうという現象が起こるのである。

〈生〉に向かおうとする時、決まって「私」の行く手を阻む絶対的な〈美〉の力。これが三島自身の〈美〉に対するオブセッションの寓話であることをここで敢えて繰り返す必要はないだろう。柏木が「美の無益さ」、〈美〉が「何ものをも変へぬ」という考え方を愛するのに対し、「私」の方は、金閣だけは「決して無力ぢやない」と考える。それと同時に、金閣が「凡ての無力の根源」であるとも断言している。この「私」の金閣についての言葉には、〈美〉に取り憑かれた人間の行き場のない苦悩が表れている。

住職をはじめ寺のすべてに「無力の匂ひ」を感じた「私」は、寺を出奔し、裏日本の海へ出る。「私のあらゆる不幸と暗い思想の源泉、私のあらゆる醜さと力との源泉」である次々と押し寄せる波の間に灰色の深淵をのぞかせる荒涼とした海に向かい、荒れた北風に身をさらしている時、この景色との親和と自足の中で「私」に「金閣を焼かなければならぬ」というひとつの強力な想念が浮かんで来るのである。作中のこの場面は、読者に強い印象を与えずにはおかない。

「生」あるものは、金閣のように厳密な意味での一回性は持たない。繁殖などによって生き続け、自然の属性の一部を受け持つ生き物は完全なる滅亡には不向きである。金閣のように、永遠に絶対を生きると信じられているものが破滅する時にこそ、「純粋な破壊」が成立するのだ。金閣を焼き滅ぼすことによって、「私」は世界を「金閣の存在する世界」から「金閣の存在しない世界」に変革することができる。

……思ふほどに私は快活になつてゆく自分を感じた。今私の身のまはりを囲み私の目が目前に見てゐる世界の、没落と終結は程近かつた。

こうした終末的な状況を自分の手で復活させるという考えは、「私」の毎日を住み心地のよいものにした。どんな事柄も、終末の側から眺めれば、許しうるものになる。その終末の側から眺める目をわがものにし、しかもその終末を与へる決断がわが手にかかつてゐると感じること、それこそ私の自由の根拠であつた。

人工的に終末を作り出すことは、戦時下の状況を捏造することでもある。挫折した夢を復活させる。その訪れを待つ必要はない。時期も方法も自分で決めることができるのだ。ここに自分の最期を自力で設定し、実行しようと心に決めた晩年の三島の心境が先取りして描かれていることは明らかである。ワイルドも『獄中記』（完全版一九六二年）の名で出版されたダグラス宛てに獄中で書いた手紙の中で自分のたどる運命の調べが「幸福な王子」や『ドリアン・グレイの肖像』の中にすでに響いていたことに触れている。そして、その運命は「私の芸術の中に予表され表示されていた」のであり、「言葉は書いた時にはただその言葉に過ぎぬと思われたのである」と告白している。

金閣が少年の目に世の常ならず美しく見えたといふそのことに、やがて私が放火者になるもろもろの理由が備はつてゐた。

「私」は金閣を焼く宿命を背負っていたのだ。三島もまた少年時代に『サロメ』を選び取り、そこに〈悪〉と〈美〉の結びつきを見出した。その瞬間にすでに運命は動き出していたのである。

「私」のただならぬ変化を感じた柏木は、生前に鶴川が柏木に書き送った数通の手紙を手渡す。実は鶴川は「私」の知らないところで柏木と親密につきあっていたのである。鶴川の手紙からはっきり読み取れたことは、鶴川の死が事故ではなく、何と自殺であったという衝撃的な事実であった。「僕は生れつき暗い心を持つて生れてゐた。僕の心は、のびのびした明るさを、つひぞ知らなかつたやうに思へる」という手紙の中の一句に「私」は愕然とする。

ここには、三島がローマでアンティノウスの胸像を前にした時の、人間の可視の部分と不可視の部分の齟齬に何か得体の知れない人間の深淵、その悲劇、その永遠なる謎に触れた衝撃が映し出されている。厭世自殺をしたと言われている日光のように輝かしいアンティノウスの像を前にした時の心境を、三島は『アポロの杯』で次のように書いていた。

かくも若々しく、かくも完全で、かくも香はしく、かくも健やかな肉体のどこかに、云ひがたい暗い思想がひそむにいたつた径路を、医師のやうな情熱を以て想像せずにはゐられない。

自殺をした事実が露見した時の鶴川はギリシア人の思想の寓意ともとれる。その外見は、目前にある〈生〉の苦痛を鎮めるために作られた夥しいギリシア彫像そのものでありながら、その光のような肉体の内には「苦悩から解放されたければ〈死〉が解決してくれる」というギリシア人の持つ「現世的ニヒリズム」を隠し持っているからである。

そう考えてみると、鶴川もやはりもうひとつの三島の肖像画であることがわかる。さらに注目したいのは、ここでも鶴川が「私」の行動を加速させるために登場していることである。柏木が鶴川の死から三年経ってはじめて「私」にこの手紙を見せたのには理由があった。柏木は世界の破滅を夢見る「私」の人生観を変えようと、最後の勝負に打って出たのである。「私」は、鶴川という透明で純粋な光の化身が、実は内面に暗い感情を抱えており、自らの命を断ったという事実を、その人物を知っていながらその人物の本質を見誤り、その反対物をその人物であると誤認していた事実を柏木によって突きつけられたのである。認識によって世界観を変えることができることを柏木は「私」に伝えに来たのである。

しかしかほどの衝撃を受けながら、夏草の繁みに寝ころんでゐた少年の白いシャツの上に小さな斑《まだ》らを散らしてゐた朝日の木洩れ陽は、私の記憶から去らなかつた。鶴川は死に、三年後にこのやうに変貌したが、彼に託してゐたものは死と共に消えたと思はれたのに、この瞬間、却《かへ》つて別の現実性を以て蘇つて来た。私は記憶の意味よりも、記憶の実質を信じるにいたつた。もはやそれを信じなければ生そのものが崩壊するやうな状況で信じたのである。

どんな事実を以てしても、鶴川の白いシャツの眩しさは、その明るさと純白に見たものは、変わることはなかった。いや、「私」が変えなかったのである。この時、「私」は〈美〉を無価値なものに変換してくれる〈認識〉の力を拒絶したのである。つまり、〈認識〉によって世界は変わらないということを、「私」は鶴川の自殺という事実によって確信するに至ったのである。少年時代から心の内に育てた頑なな〈美〉への執着を、つまり、自分の宿命は決して変えることができないことをはっきりと悟ったのである。

こうして見ると、『金閣寺』における鶴川の役割は想像以上に大きい。三島がヴァチカン美術館で運命の出会いをしたアンティノウスの化身鶴川に一番託したかったものは、もしかしたら柏木という〈認識〉の怪物にも侵すことのできない、何ものにも傷つけられない人間の生まれ持った気質のようなものであったのかもしれない。『金閣寺』のラストは「私」が金閣と心中することを決め、挫折することで終わる。金閣に火を放ち、もう大丈夫だと思った瞬間、「私」に「この火に包まれて究竟頂で死のうといふ考へが突然生じた」のである。

究竟頂とは三層構造の金閣の三階部分のことである。だが、扉の鍵は閉まっている。その中の「金色《こんじき》の小部屋」を「自分の死場所」として夢見ながら、「私」は必死で戸を開けようとした。しかし、どんなに叩いても体当たりしても、その扉は開こうとしなかった。

ある瞬間、拒まれてゐるといふ確実な意識が私に生れたとき、私はためらはなかつた。身を翻して階を駆け下りた。煙の渦巻く中を法水院まで下りて、おそらく私は火をくぐつた。やうやく西の扉に達して戸外へ飛び出した。それから私は、自らどこへ行くとも知らずに、韋駄天《ゐだてん》のやうに駆けたのである。

「私」はまたしても金閣との心中を拒絶されたのである。〈美〉は最期に息絶える時さえ「私」を拒んだのである。それを知った「私」はただ「どこへ行くとも知らずに」走ったのである。永遠不滅のもの、絶対的なものと同化することも許されなかったことを悟った瞬間、「私」は何ものも見出せない無目的な〈生〉の中に自身を投げ込むよりほかなかったのである。

無我夢中で左大文字山の頂きまでたどりつき、そこから金閣の出す金色の焔と夥しい火の粉と煙が夜の空に登ってくるのを、膝を組んで長い間眺めていた「私」は、ポケットの中に自殺用に用意していた小刀とカルモチンを谷底に捨てた。

別のポケットの煙草が手に触れた。私は煙草を喫《の》んだ。一ト仕事終へて一服してゐる人がよくさう思ふやうに、生きようと私は思つた。

〈美〉と心中して永遠と同化する夢が破れたいまとなっては、〈死〉は単なる〈死〉でしかない。だから、「私」は〈生〉の方を選んだのだ。三十一歳の三島が、〈死〉という選択を葬り、「感受性を濫費」し、〈反対物〉になってまでも必死に生きようと努力していたように……。

生きる場所は牢屋のみ

料亭の一室にビールやお銚子が運ばれ、料理も並べられ始めた。そこでは京都旅行から戻って来て間もない小林秀雄と三島由紀夫との対談のために一席設けられていた。この飛ぶ鳥落とす勢いの若手作家と五十四歳になる批評の大御所との対談を掲載予定の『文藝』の編集者もやや緊張気味に障子側の下座に腰かけている。十月末に単行本として出版されたばかりの『金閣寺』をめぐって「美のかたち」について語り合うという趣旨を聞かされていた小林は、その場の張りつめたような空気を払拭するかのように「何か、批評っていうことを、しなきゃいけないんですか。雑談でいいんでしょ？　まあ、そういうふうなのんきなことにしてもらいましょう」と年の功でその場を仕切る。

料理も出揃い、『金閣寺』の中で溝口が死のうとして果たせなかったことに話題が移ると、小林は三島に尋ねた。「どうして殺さなかったのかね、あの人を。」三島は「はあ、小説で人を殺した経験は大分ありますが、どうも人を殺すのはむつかしい」と答える。これに対して小林は「小説では簡単だよ。金閣寺を焼くくらい簡単だよ」と言う。「生かすべき所で殺しちゃったり、殺すべき所で生かしちゃって、計画が齟齬《そご》したということがありますね。あれは殺しちゃったほうがよかったんですね。」そう答えながら、三島は戦争で死ねなかった自分が死なずにいまここに生きてこうして話していること自体が運命の齟齬であると感じずにはいられなかった。「でも、あれは独白だからね、生きてなきゃ書けないような体裁になってるから、困っちゃったんだろうね。」そう言って小林は笑った。しかし、三島は小林の笑いに追従することなく、ポツリと言った。

「ご本人は今年の春、死んだんですよ。」主人公溝口のモデルとなった放火犯林承賢のその後を知らなかった小林は「自殺したんですか」とあのような事件を犯した若者の早過ぎる死の理由として最初に考えられる推測を口にした。「いいえ、もともと、ちょっと胸が悪かったんですね。それが牢屋へ入ってから発見されたらしい。」そんな風に林の後日談に三島が踏み込んだ時、小林は、この小説が作者自身の抒情詩であり、計画が齟齬して生き延びてしまった主人公とは、まさに目の前に座って談笑している三島由紀夫のことであるという事実に思い至った。いつの間にか三島の話は小林の耳に入らなくなっていた。「病監へ入って、挙句の果てに仮釈放になって、今年の春、死んで……」林の後日談を語り続けていた三島は、一瞬話を打ち切った。その目は何か虚空をさまよい、いつもの彼の強く鋭い瞳に似ず何か遠いものを見つめるように虚ろになった。時間にしてほんの一、二秒の出来事であっただろうか。だが、炯眼の小林がそれを見逃すはずはなかった。

三島は、この対談の三年後に刊行された『文章読本』の中で小林のことを「日本における批評の文章を確立した」と評し、ワイルドの言うところのいわゆる〈芸術家としての批評家〉とみなし、尊敬し、信頼を置いていた。そんな小林と向かい合っていると、金閣を焼く前に禅海和尚の前にいた「私」の「私はいつかしら自分の身を、和尚の前に立つてゐる静かな葉叢《はむら》の小さな樹のやうに思ひ倣《な》した」時と同じ心持ちになっていることに気がついた。そして「私」と同じように「私を見抜いて下さい」とこの眼力のある批評家に向かって口に出したい衝動を別の言葉に変えて言った。「でも、ぼく、人間がこれから生きようとするとき牢屋しかない、というのが、ちょっと狙いだったんです。」

生きて行く理由は見つからぬが、何故死なないでいるのかが解らない。そういう時に、生きる悲しみがラスコオリニコフの胸を締めつけるのである。

かつて『罪と罰について』Ⅱ」（昭和二十三年）で自身が書いた言葉が小林の心の中で木霊のように耳を打った。これは若い頃に自殺を試みた小林自身の心象風景でもあった。目の前にもうひとりのラスコオリニコフがいたとは……。さすがの小林もこの真摯で悲痛な告白に、ただ沈黙し、その濃い眉毛の下から射すくめるように自分を見つめる三島の透明な瞳を受けとめるほかなかった。

小林の沈黙は、禅海和尚に「見抜く必要はない。みんなお前の面上にあらはれてをる」と言われた時の「私」と同じ境地に三島を導いたのではないか。

私は完全に、残る隈《くま》なく理解されたと感じた。私ははじめて空白になつた。

この後、作中の溝口の場合には「空白をめがけて滲み入る水のやうに、行為の勇気が新鮮に湧き立つた」が、作者三島にとっては自らの気質を作品に昇華し、それを犀利な批評家によって看破された後の〈空白〉には、ただ凡庸で生き難い〈牢屋〉のような〈生〉だけが横たわっていた。翌年には読売文学賞を受賞し、三島を名実ともに文壇の寵児に押し上げた『金閣寺』は、しばしば三島の青春の総決算と評される。自らの思想をこの作品の中で花火のように華やかに打ち上げ、夜空に葬って青春の幕を自分の手で閉じてみせた三島は、もはや〈奇跡の到来〉を信じることもなく、〈凡庸〉という名の「重い扉」を開け続ける〈牢屋〉に進んで入る覚悟を決めていた。

しかし、この〈牢屋〉は三島に一時的な棲家を与えはしたが、爾後彼の心の「空白に滲み入る」ことは決してなかった。空白は続いた。やがてこの空っぽになった作家に何かが訪れる時まで……。

三島のターニングポイントとなった『金閣寺』の二年後に書かれた書き下ろし小説『鏡子の家』は、虚構の〈生〉を生き始めた三島の第三の〈私小説〉であり、最後の逆説的な〈仮面の告白〉であったが、その作品は高度経済成長という戦後の欺瞞と日常の中で十分に理解されることはなかったのである。

その書き下ろし長編の挫折は、三島由紀夫という作家を〈自己〉を表現する〈小説家〉から、ある不気味な超越的な表現者へと変貌させていくのである。

第三章　青い華——絶対への回帰

三島は、自分の［絶対への］観念を真の極限にまで、血と死にまで追いつめる実例をわれわれに残した唯一の存在であった。（A・ピエール・ド・マンディアルグ『海』）

一、第三の「仮面の告白」——『鏡子の家』

白亜の豪邸にて

『金閣寺』を書き上げて流行作家としてその名を世に知らしめた三島は、自らが生きるための空間としての〈家〉を建てることを決意した。その〈家〉が自己の〈牢屋〉であることを三島は半ば自覚していたのかもしれない。

鉄の門の前に立つと、その正面にすぐに高い壁がある。そこには両端に陶器の少女があしらわれた南欧風の黄や緑や青で彩色が施された陶板画が飾られている。中庭風《パティオ》の庭園の中央には、地中に埋め込まれた大理石のモザイクが描く十二宮に囲まれた台座の上で、白い大理石でできたアポロ像が左手に竪琴《たてごと》を抱えて、さながら町の高台に据えられたワイルドの〈幸福の王子〉がごとく、その優美な姿を見せている。イタリアから届いたこのアポロ像は、背の高い円形破風窓を戴いた二組の扉と二階の二枚のフランス窓、その前にせり出したバルコニーがひときわ目を引く長方形の白亜の豪邸にその大きな瞳を向けている。鉄門から庭園と並行線をたどり、邸宅へと続く歩道の石造りの勾欄には白いリボン状の模様が浮き彫りになっている。歩道から邸宅のポーチへと上がるための数段の階段の脇には両端に取手のついた杯のような形をした大きな白い石造りの花鉢が置かれ、植物が葉を茂らせている。

ひっそりとした庭の一隅には、石造りのベンチが設《しつら》えられている。背もたれには透かし彫りのようになった一角獣と貴婦人が鮮やかな色調で彩色されたスペイン製の正方形の陶板が五枚はめこまれている。パリのペール・ラシェーズ墓地にあるオスカー・ワイルドの墓を思わせるようなスフィンクスの肘掛《ひじかけ》が個性的である。

ベンチに腰かけたこの邸宅の持ち主は自らデザインを手がけたこのスフィンクスの頭を撫でながら、煙草をくゆらせた。──生きようと私は思った──ふと自作『金閣寺』の最終部と自分が二重写しになるのだった。

「あの時はダコ（後藤貞子）を呼んだっけ……」昭和三十二年五月十五日『金閣寺』の新派劇による公演の様子が瞼に浮かぶ。あの日を境に三年半続いた貞子との関係に終止符が打たれた。貞子との別離から二か月も絶たないうちに三島はアメリカ合衆国の空の下にいた。ドナルド・キーンによる英訳版『近代能楽集』を刊行したクノップ社からプロモーションのため招かれたのだ。

アメリカ旅行はよい滑り出しだった。大都会ニューヨークで彼の名を知る人は皆無に等しかったが、出発前に猛特訓した英語による講演やインタビュー、パーティーでのお披露目などの甲斐あって『近代能楽集』は『ニューヨーク・タイムズ』の書評欄で取り上げられた。さっそく上演に関する問い合わせを委託されたドナルド・キーンのもとにいくつかの話が舞い込んだ。三島は、その中からプロデューサーとしては経験のない二人組のプランを選び、契約書にサインをした。ニューヨークに来てから数々のミュージカルを見て感激していた三島は、自分の作品がこのブロードウェイに進出することを思うと、居ても立ってもいられないような喜びに包まれた。上演の準備の開始を待ちながら、期待に胸を膨らませ、三島は八月二十八日にカリブ海への一か月間の旅に赴いた。

ニューヨークに戻ってからも待つ日々は続いた。

十二月のニューヨークは寒かった。朝から降り始めた雨は土砂降りになって、ホテルの部屋の窓に叩きつけてくる。窓の向こうには貧しく古ぼけたアパートメントが雨に打たれ、ただでさえうらぶれた暗い印象の路地を一層暗鬱なものにしている。日本ではどこに行っても注目される自分がこの大都会では無名の東洋人に過ぎないのだ……。そして、どうやらあれだけ期待をかけて上演のため脚本のアレンジまでした『近代能楽集』が上演される見込みはなさそうだ。それならそうと言ってくれればいいのに、ただ真綿《まわた》で首を絞めるように、明白なことは何ひとつ告げられず、宙ぶらりんの状態で無視されている。

十月二日に南国の太陽に灼かれて意気揚々とカリブから帰ってすぐに投宿したグラッドストーン・ホテルはマリリン・モンローが泊まったこともあり、作家のカーソン・マッカラーズが住んでいただけあって、立地に恵まれていた。富裕な人たちが住むイースト・サイドのミッドタウンに位置し、少し歩けばセントラル・パークがあった。あの巨大な公園の木々をすばしこく走り回ったかと思えば立ち止まって胡桃《くるみ》を頬張るリスを眺めたり、散歩やランニングにいそしむニューヨーカーたちを目にしていれば、それなりに気持ちも慰められただろうに。ホテルに面したパーク・アヴェニューにも高級店が立ち並び、小奇麗だった。

それにひきかえこのホテルときたら！　部屋を出れば、時間だけを持て余し、話し相手に飢えている貧しく孤独な老人たちの格好の餌食となることは目に見えている。あの老醜！　でも、仕方がなかった。滞在を延期した以上、ここに泊まるほかはない。一ドル三百六十円である。狭い部屋のクローゼットには一着しかコートがない。この雨の中出かけたら、クリーニングに出さなければならない。そしたら、次に人と会う時何を着たらいいのだろう。やはりきょうは外出を取りやめよう。

この頃、海の向こうの日本では出発前に刊行した『美徳のよろめき』が爆発的なヒットを飛ばしていた。その三島がニューヨークのさびれた安宿でひとり憂鬱な時を過ごしていたなどと誰が想像できようか。

そんな鬱屈《うっくつ》した毎日を何とかやり過ごした十二月十四日、三島は日本人会が主催するパーティー会場にいた。「三島由紀夫さんですよね。『金閣寺』のご成功はこちらでも伝え聞いておりますよ。」久しぶりの日本人たちとの会話に心が和み、「ありがとうございます」とつい笑顔になる。すると、相手は「なんでも、今度英訳版の出た芝居でブロードウェイに進出なさるとか」と、すかさず訊いてくる。「ええ、まあ……」と答えに窮していると、相手はせっかく作者本人を前にしたのだからと一番知りたいことを尋ねた。「いつ頃上演予定なのでしょう？ぜひ切符をおさえなくてはと考えているところなんですがね。」最も怖れていた質問である。「まだ日程までは……あの、ちょっと失礼。飲物をとってきたいので……。」慌ててその場を離れ、ビュッフェ用のテーブルに並べられたシャンパンのグラスに手をかける。

向きを変えて金色の液体を喉に流し込もうとグラスを持ち上げた瞬間であった。「あら！」という声がした。咄嗟《とっさ》にそちらに顔を向けると、同じようにシャンパングラスを持ってあまりの偶然に絶句している懐かしい顔が現れた。「やあ、どうも……。」三島も一言発するのが精一杯だった。何と目の前に立っている女性は、軽井沢で接吻したあの三谷邦子ではないか。傍らには夫と思しき男性が立っている。そう、彼女はもう結婚して永井邦子となっていた。すぐに、先ほどの男性が現れて、「こちらは三島由紀夫さんですよ、作家の」と邦子に紹介を始めた。

この偶然の再会から二週間以上が経った大晦日、三島はひっそりとひとりニューヨークを後にした。あれほど待ちわびたブロードウェイ進出の夢は崩れ去った。ひとり飛行機を待つ間、三島は日本人会のパーティーでの出来事を思い返していた。邦子は銀行に勤務する夫の海外赴任に伴い、幼い子をふたり連れてこのニューヨークにやってきて、暮らしていたのである。あの生真面目な瞳と慎ましやかな態度は少しも変わっていなかった。しかし、衝撃的だったのは、彼女の身のこなしも、服装もすっかり洗練されて、いかにも良家の奥様風に変貌を遂げていたことだった。あの不器用な初めての接吻が何か遠いもののように感じられた。そして戦後の混乱した状況にあって揺れ動いていた自分も、いまは遠くに感じられる。みんなひとつところにとどまってはいない。それぞれの道を歩いている。そう、青春は終わったんだ。戦後という時代も……。

三島が日本画家杉山寧《やすし》の長女瑶子《ようこ》と結婚したのは、この孤独な長期にわたるニューヨーク滞在から帰国して半年にも満たない六月一日のことであった。帰国して三か月経った頃にはすでに一千枚を超える予定の長編小説『鏡子の家』を書き始めていた。長編にかかりきりになる前に身を固めたかった三島にとって、五月九日に結納を取り交わすや、瑶子との見合いを設定した湯浅あつ子たちが迅速に動いてくれたことは、渡りに船であった。すでに『金閣寺』によって文壇で不動の地位にあった三島は、三十万部を売り上げた『美徳のよろめき』によってスター並の知名度を獲得していた。瑶子との結婚もマスコミに取り上げられ、新婚旅行中も行く先々で見物人が集まった。この家もきっと同じように話題になるのだろう。

パンジーの花畑、落花生《らっかせい》畑やビニールをかけた茄子《なす》の畑、草の伸び放題の分譲地が広がる当時の大田区馬込で三島邸はとりわけ人目をひいた。彼はこの豪邸につい一か月前の雨の日に越してきたばかりである。それまで住んでいた目黒区緑が丘の家は、中流家庭向けの質素な家であった。前の住人だった老婆が首吊りをしたことから「首つり屋敷」と呼ばれていただけあって、訪問客に昼でも暗い陰気な印象を与えずにはおかなかった。それにひきかえこの白い邸宅は何と明るく軽快で、成り上がり者風の高級感を湛えていることだろう！　あのニューヨーク滞在中に訪れたパーチェスにあるクノップ社の社長宅のように！　そう、銀の燭台《しょくだい》に照らされた重厚なテーブルでは磨き上げられた銀器が鈍い光を放つだろう。時にはテラスを開放してこのアポロ像の前で会食をし、応接間でダンスパーティーをしよう。これから西洋風の〈俗悪〉な生活が始まるのだ。

あと数時間もすれば、この世に生を享《う》けて二週間になる長女紀子がこの家に到着する。結婚、新居、子供……。何たる〈凡庸〉！　僕はいま誰もが考える正統的な〈人生〉を着実に歩んでいる！　あとは、『鏡子の家』を仕上げるだけだ。第九章に入っているのだから、あともう一息である。この作品は〈三島由紀夫〉の名をさらなる高みに導いてくれるにちがいない。あるいは……。自分でも説明しがたい何か不気味な、不吉な翳がよぎる。「いや、いまは考えるのはよそう。とにかく生きなければならないのだから……。」豪邸を見上げた彼の瞳は壁の白さを受けて意志的な強さを帯びて輝いていた。

酷評の渦の中で

それから、十日あまりが過ぎた。三島は極度の疲労の中にいた。この数日間ずっと『鏡子の家』の最終章に取りかかろうとするのに、なかなか筆が進まないという状況が続き、「いひしれぬ不安」の中、「体はひどく疲れ」、「神経は苛立《いらだ》って」おり、ついにその疲労が究極に達したのである。まる二日間、軽い散歩以外は家に終日引きこもるが、手につかない。こんなことはこれまでにないことであった。それから三日後の午前三時半、ついに『鏡子の家』は脱稿《だつこう》した。だが、その直後には予想していたような花火を打ち上げて庭じゅうを走り回りたくなるほどの喜びや達成感による興奮は訪れなかった

一種の哀切の感だけあつて、躍動する喜びはない。花火なんて糞喰らへだ。ただ体にしみわたる疲労だけが、それも明瞭ではなく、何かあいまいな不安な形でたえず感じられる。二日酔のやうな感じ。濁つた悪い空気にむりやり涵《ひた》されてゐるやうな感じ。（『裸体と衣装』）

十五か月間かけて取り組んだ作品を完成した後とは思えないほどのこの倦怠感は、一体何を意味するのだろう。三島はこの作品を書くことができた様々な幸運に感謝してエッセイ風の日記『裸体と衣装』を終わらせている。だが、むしろ言葉にならない不吉の予感の方が正しかったのである。

『鏡子の家』は、昭和三十四年九月二十九日に第一部と第二部を二冊に分けた形で刊行された。一対を隣り合わせにして寝かせてみると、それぞれの表紙に片側ずつしか描かれていない瀟洒《しょうしゃ》な楕円《だえん》形の鏡が完成するという凝った装幀である。折からの台風接近の情報に客足が遠のくのではないかという懸念も杞憂《きゆう》に終わった。『鏡子の家』は三島由紀夫の一年半ぶりの長編小説ということで、多くの読者に迎えられ、十五万部を売った。銀座の近藤書店で行われた完成記念のサインパーティーも大盛況であった。三島はその澄んだ瞳でひとりひとりの顔を捉え、相手の名前を聞き、きちんと下書きをして確認を取った上で、相手の名の横にはっきりとした楷書体で、まるで自分の名をいつくしむかのように姿勢を正して一冊、一冊丁寧に心を込めて署名をした。

しかしながら、『鏡子の家』に批評家たちが下した評価は概して厳しいものであった。この年の暮れに刊行された『文學界』十二月号の「一九五九年の文学総決算」と題された座談会では、江藤淳、佐伯彰一、平野謙、山本健吉、臼井吉見といった名だたる評論家たちが一斉に『鏡子の家』を技巧的な〈失敗作〉として捉えたのである。

三島は出版元の新潮社から一般読者向けの宣伝のために内容をわかりやすく説明してほしいと請《こ》われ、短い文章「『鏡子の家』そこで私が書いたもの」を書いた。その中の「『金閣寺』で私は「個人」を描いたので、この『鏡子の家』では「時代」を描かうと思つた」とか「「戦後は終つた」と信じた時代の、感情と心理の典型的な例を書かうとしたのである」という言葉に対して、批評家たちは過剰に反応した。

時代や社会を書いた小説にはなっていないという臼井の意見や、この時期を設定したこと自体が無意味であり、戦争への郷愁などそれまでの三島文学のテーマから脱却できていないとする平野の考え、時代を映すといっているが、作品の登場人物はすべて三島の部分に過ぎないという佐伯の見方、結局は「壁画」ではなく、三島自身の「鏡」に仕上がってしまっていて小説と言えないという江藤の見解、三島の最初の失敗作という山本のこの作品の位置づけなど、どれもが否定的なものばかりであった。批評界での権威たちがこぞって冷たくあしらった以上、『鏡子の家』の評価は決まったようなものだった。

こうした批評家たちの手厳しい批判は三島を失望させるに十分なものであった。だが、『鏡子の家』を擱筆《かくひつ》した後にこの作家を襲った不吉な予感は、そのような酷評そのものを指していたのではない。この不安は、もっと三島由紀夫という存在の内奥から湧き上がるものだったのである。

青春を塗り込めたモニュメント

『鏡子の家』は、商社マンの清一郎、ボクサーの峻吉、俳優の収、画家の夏雄というそれぞれ職業も性格も異なる四人が鏡子という女性が住むサロン風の家に集い、「戦後は終つた」と言われる時代をそれぞれが生きていく心理の過程を描いたものである。資産家の娘である鏡子は、犬好きの婿を追い出して八歳の娘とふたりで暮らしている。その西洋風の屋敷には多くの人々が客人として迎えられ、酒を提供され、自らの情事について、あるいは抱えている問題について語るのである。

階級意識を持たず、ただ鏡子にとって魅力があるかどうかだけがこのサロンへの出入りを許可される判断基準となっている。まず、四人には鏡子の意に適ったという共通項がある。「この世に苦悩などといふものの存在することを、絶対に信じないふりをしなくてはならぬ」という考えのもと、「極度にストイック」であった点も共通している。さらに、三島が「時代」を描こうとしたと説明している通り、主人公の四人が「戦後は終つた」と確信した後、つまり、戦争による破滅を信じた自分たちが、完全に破滅は起こらないと悟った後、その虚無感の中でどのように生きていけばいいのかという共通の問題に直面しているのである。さらに言えば、四人には、どのように自分たちを生き難くする「時代」の壁と対峙するのかという共通のハードルが用意されている。これが物語の主題である。箱根旅行から帰る自動車を運転中の峻吉、同乗している収、夏雄、鏡子とふたりの女たちの様子が描かれている冒頭部分がこのテーマを象徴している。

みんな欠伸《あくび》をしてゐた。これからどこへ行から、と峻吉《しゆんきち》が言つた。
「こんな真昼間から、どこへ行くところもないぢやないか」
ふたりの女は銀座に行くため元気に途中下車する。残された四人は月島の向こうの埋め立て地に行くことにする。勝鬨橋《かちどきばし》に向かうと、ちょうどこの開閉橋が上がる時間にぶつかってしまう。

……かうして四人のゆくてには、はからずも大きな鉄の塀が立ちふさがつてしまつた。

この暗示的な「壁」の意味は、物語の中で次第に明らかになっていく。
それが時代の壁であるか、社会の壁であるかわからない。いづれにしろ、彼らの少年期はこんな壁はすつかり瓦解して、明るい外光のうちに、どこまでも瓦礫《ぐわれき》がつづいてゐたのである。（中略）この世界が瓦礫と断片から成り立つてゐると信じられたあの無限に快活な、無限に自由な少年期は消えてしまつた。今ただ一つたしかなことは、巨きな壁があり、その壁に鼻を突きつけて、四人が立つてゐるといふことなのである。

この巨大な壁をどうするのか。それは戦後の破壊の跡から復興し始めた新しい時代を生きるための方法を意味する。拳闘家の峻吉は「ぶち割つてやるんだ」と考え、美しい収は「鏡に変へてしまふだらう」と思う。夏雄は「とにかくその壁に描く」ことで、壁が「風景や花々の壁画に変つてしまへば」と願う。清一郎は「俺はその壁になるんだ」と考えるのである。

つまり、『裸体と衣装』の中の三島の言葉を借りるなら、峻吉は「行動」、収は「自意識」、夏雄は「感受性」を象徴し、その象徴するものによって、この「虚無の壁」の存在に立ち向かい、清一郎は「虚無」になり変わること、三島の言葉では「世俗に対する身の処し方」を提示することでこの虚無を乗り越えようとするのである。まさに、高度経済成長の繁栄に何ものをも見出せず、その虚無感から脱するために三島自身が考え出した方策がこの四人に分散されているわけだが、このことはいまさら指摘するまでもないだろう。

この四人にはルール――「大切なのは自分の方法を固守すること」であり、「一人一人の宿命に対する侮辱になるから、決して助け合ってはいけない」――があった。だから、前述の座談会での佐伯の「幾つかに分けてみた［作者の］分身の間には、全くぶつかり合いが起らない」という指摘は、もともと作者である三島が意図したものなのである。

三島が描きたかったのは、むしろそれぞれが内面の葛藤を表に出さず、無理にでも楽し気な顔をして、誰にも頼らず自分なりのやり方でその退屈な時代を生き抜いていこうとする若者たちの内面の孤独であった。それはそのまま自己韜晦によって、生きることに邁進しようと努め始めた三島自身の血の滲むような内面の軌跡の投影であった。三島はその孤独にこそ、この時代の個人主義が映し出されていることを訴えたかったのである。

事実、三島は昭和三十四年九月二十九日付の『毎日新聞』の学芸欄の「〝現代にとりくむ〟／野心作『鏡子の家』／三島氏に聞く」と題したインタビュー記事の中で「現代」を「各人物が劇の登場人物のようにからみあって生きている時代」ではなく、「孤独な人間が孤独なままでささえている」時代と定義し、『鏡子の家』では「ストーリーの展開が個人々々に限定され、〔登場人物同志が〕ふれあわない」が、むしろ「そうした構成のなかに現代の姿を具体的にだしていった」とし、この小説は「僕の考えた現代」の「答案みたいなもの」と語っている。

ニヒリズムの挫折

先に引用した記事の中で三島は、「現代青年の本質的な特徴はニヒリズムだと思う」と言っている。『鏡子の家』の典型的な現代青年は清一郎である。彼は副社長の令嬢との縁談話が持ち上がると、自分にとってはまるで興味はないのに、誰もが羨むという理由で彼女との結婚へと自らを駆り立てる。

かくてつかのまは世俗の羨望の的になること、かういふことはすべて悪くなかつた。他人の野心の目標をただ無意味にかすめとつてやること、それは善であつた！

『俺は結婚するだらう。遠からず結婚するだらう』……いつとしもなく、誰をも愛することなしに、彼はさう思ひはじめてゐた。しらない間《ま》に、この言葉は叫びのやうになり、やみがたい欲求でもないのに、欲求のやうになつた。清一郎は慣習を渇望するといふ社会的習性が、一人の男のなかで、破滅の思想と仲好く同居するのにおどろいた。

矛盾するものを自分の中で使い分ける清一郎のこの感覚は、「十八歳と三十四歳の肖像画」の中で三島が書いた「作家といふものは、人生的法則、生の法則と、思想的法則、精神の法則と、両方に平等に股をかけて生きてゆくべきものである」という言葉と一致する。

また、清一郎の「いつか鏡の中に、一人の満足した良人の肖像を見出すだらうと思ふと、こんな自分自身の戯画のデッサンを彼は熱心にとり直した」という言葉の中の「一人の満足した良人の肖像」は、『鏡子の家』執筆時の三十四歳の三島自身の自画像そのものである。「現在の私は、旦那様である。妻には適当に威張り、一家の中では常識に則つて行動し」、「年より若く見られると喜び、流行を追つて軽薄な服装をし、絶対に俗悪なものにしか興味のない顔をして」、「百五十歳まで生きるやうに心がけて、健康に留意してゐる」と三島は書いている。だが、この自画像は、次のようにアイロニーに満ちて結ばれている。

私はそれでも時々、自衛隊に入つてしまひたいと思ふことがある。病気で死んだり、原爆で死んだりするのはいやだが、鉄砲で殺されるならいい。

「君はsterben［死］する覚悟はあるかい？」

といふ死んだ友人の言葉が又ひびいて来る。さうまともにきかれると、覚悟はないと答へる他はないが、死の観念はやはり私の仕事のもつとも甘美な母である。（「十八歳と三十四歳の肖像画」）

清一郎自身は、世界崩壊を信じていて現実には無関心であるが、快活な青年を演じ、世俗的な出世欲に燃え、まさに「自分の反対物」になることで、この世の虚無を自分が体現するニヒリストである。三島は『裸体と衣装』の中で『鏡子の家』を「ニヒリズム研究」が主題であるとしているが、その代表者である清一郎は、赴任先のニューヨークで妻を寝取られるという予定外の役を演じる羽目になり、ニヒリズムは挫折を経験するのである。作者の三島は、結婚、家、子供と次々と〈凡庸〉の扉を開け、この作品を執筆中にも新居への招待状を知人たちにせっせと送りながら、自己の〈反対物〉になろうと努力する己《おのれ》自身の虚無的な方策の成れの果てを、シニカルな目で予感していたのである。

自己の滅却への試み

峻吉は、物を〈考える〉ことを意図的に避け、〈行動〉することだけを考え、ひたすらに拳闘に打ち込む青年である。そんな彼には戦死した兄がいる。墓参したいという母の願いを聞き入れ、夏雄の運転で母とともに多磨霊園に到着した峻吉は、兄の墓標を垂涎《すいぜん》の思いで見つめていた。国家の大義のために若い命を散らせた兄のことを誇りに思うと同時に、自分には与えられなかった〈恩寵〉によって〈行動〉の鏡となった兄のことが羨ましくてたまらないのである。兄は峻吉の生活に忍び寄っている「日常性の影、生の煩雑な夾雑物の影」を知らずに気高いままで死者としていられるからだ。

生きてゐれば三十四歳になる筈の、分別くさい、世俗の垢のしみついた憐れな兄の代りに、永遠に若々しい、永遠に戦ひの世界に飛翔してゐる輝やかしい兄を持つことは、彼を幸福にした。兄は行動の亀鑑だつた。行動家にとつて必須のものである、彼を行動に追ひやるあらゆる動機、強制、命令、名誉の意識、……すべて男にとつて宿命と分ちがたい観念であるところの義務の観念、加ふるに、有効な自己犠牲、闘争のよろこび、簡潔な死の帰結、兄にとつて何一つ欠けてゐるものはなかつた。その上兄には、今の峻吉によく似た俊敏な若々しい肉体があつた。……それだけのものがみんな揃つてゐたら、あと永生きして、女を抱いて、月給をとるといふことが一体何だらう！

「生きてゐれば三十四歳」の「分別くさい、世俗の垢のしみついた憐れな兄」の姿はそのまま当時三十四歳の三島自身の戯画《ぎが》であろう。そして、この醜悪な肖像と戦死することで「永遠に若々しい、永遠に戦ひの世界に飛翔してゐる輝やかしい兄」として君臨する英雄の肖像との対比には、後年の短編小説「孔雀」に見られる三島自身の抱えていた世俗にまみれた〈生〉に対する恐怖がすでに見られる。

峻吉は大学卒業後に前途有望なプロのボクサーとなり、〈行動〉原理を実践していくはずだった。だが、ほどなく峻吉は挫折する。チャンピオンになった夜、些細な事で愚連隊の恨みを買った峻吉は拳《こぶし》を石で粉砕《ふんさい》され、拳闘家として再起不能となる。戦死した兄とは異なり、峻吉の〈行動〉には「名分も、動機も欠け」るため、〈行動〉すればするほど、「その行為の抽象的な性質、その純粋すぎる性質」に気がつかなくてはならなかった。そして、峻吉は、純粋な〈行動家〉でい続けるために右翼団体に属するのである。作者三島は〈行動〉の時機を逸してもなお〈行動〉に固執する者の破滅を峻吉に託し、峻吉の兄のような美しい〈死〉へのオブセッションを振り払おうとしていたかのようである。

俳優の収は、『禁色』の主人公南悠一を想起させる美青年であるが、中身は空虚そのものである。彼を生かしているのは常人を遥かに超えた強い〈自意識〉である。顔の美しさだけでは飽き足らず、ボディビルによって肉体を鍛える収も言うまでもなく、三島の分身である。だが、三島は収にも破滅を用意した。自堕落な母親の借金を帳消しにしてもらう条件で女高利貸しの清美に身を売った収は、清美の心中相手となって命を落とすのである。

この世に何も期待していない醜い虚無主義者の清美は、収の美貌を気に入ったという、ただそれだけの理由で母親を借金地獄から救った。ナルシストの収は、「ひりひりするやうな苛烈な関心」をもって自分の美を崇拝するこの醜女によって、これまでの多くの女たちからは決して得ることができなかった過激で強烈な肉体の存在意識に目覚めるのである。清美は性交の後、収の裸体を刃物で傷つけ、その血を吸う。その痛みは、自分が究極に求められているという証であり、収の〈自意識〉は痺《しび》れるような快楽を味わった。

やがて、彼の〈自意識〉は清美の持ち込んだ心中計画が実現されることを夢見るようにさえなる。「僕は死ぬだらう。血はどこまで高く吹き上るだらう？　自分の血の噴水を、僕ははつきりこの目でたしかめることができるだらうか」という収の心の言葉は、市ヶ谷自衛隊駐屯地に向かう前の三島の〈自意識〉の先取りともとれる。

僕の口から血が流れ、僕の息が正に絶えようとするとき、清美は気ちがひみたいに僕を抱いて接吻するだらう。しかし少しでも息のあるうちには接吻されたくない。すつかり息が絶え、薄くあいた唇にならなら、いくら接吻されてもいいのだ。清美が僕の死顔を神々しいほど美しいと思ふのは知れてゐる。

収が想像する心中場面は、まるで芝居の一場面のようである。その舞台は妖し気な月の光が辺りを照らす世紀末風のものが望ましい。激しい愛のために預言者ヨカナーンの首を刎ねさせ、その冷たくなったヨカナーンに血まみれの接吻を獣のように浴びせる恋に狂った女……。この場面を書いた時に三島の脳裡にあったのは、ワイルドの『サロメ』のクライマックスのシーンだったにちがいない。しかしながら、若く美しいサロメは醜い中年の高利貸しなのである。三島が収の死を美しいものとして捉えようとはせず、突き放していることは明らかである。〈自意識〉の転落を描き、〈血〉や〈死〉へのオブセッションを封じ込めようとした三島の意図が収の死には表れている。

挫折の予感の告白本

これまで見てきたように、清一郎は滑稽な役回りを引き受けながらも、〈ニヒリズム〉で世に対処していく努力を続ける。峻吉はボクサーとしては失脚したが、どんな目的にせよ〈行動〉をして走り続ける。収は心中によって自らの〈自意識〉を満たしてこの時代と決着をつけた。

このように主要な登場人物たちが破滅に向かって行き、物語は大詰めを迎える。この長い小説は鏡子自身が派手な生活のため窮乏したことも手伝って、事業に成功した夫が戻って来る場面で幕を閉じる。つまり退屈で平凡な〈日常〉への回帰が提示されて終わるのである。鏡子はニヒリズムを捨て、「幸福」や「未来」を信奉する小市民的な生き方を受け入れることにしたのだ。

明日は夫が戻るのでサロンも閉鎖という夜、夏雄が鏡子を訪ねてくる。絵の勉強のためメキシコに発つので別れの挨拶に来たのである。夏雄はその夜、このサロンを訪れない間自分が体験した一部始終を鏡子に報告した。〈感受性〉を象徴する夏雄は、世の中の荒波に揉まれていない心優しい穏やかな青年であったが、ある時、富士の樹《じゅ》海《かい》のスケッチに出かけ、樹海が消滅するという体験をする。つまり、夏雄は〈感受性〉を失ったのである。虚無的になった夏雄は神秘思想に浸り、修行を始めたものの効果が現れず、消耗していったが、一本の水仙によって現実に開眼《かいげん》する。水仙は〈芸術〉の象徴である。夏雄は立ち直ってメキシコに行くことにしたのである。

この物語に登場する四人の中で唯一の童貞だった夏雄は、この夜、鏡子によって女を知るのである。鏡子は夏雄をワイルドの童話の主人公「幸福な王子」にたとえる。

『この人は幸福な王子のやうな様子をしてゐる。痩せて、勇敢になり、不幸もいくらか知り、快活に話すこともおぼえた幸福な王子。それはもう本当の幸福な王子ではない。いつだつたかこの人が、自分が子供のときほど幸福だつたことは、それ以後一度もない、と話してゐたことがある。水仙の花がどうしたといふんだらう。本当にそんな一本の水仙が、この人の幼年時代の絶対の幸福を、凌駕したといふことがあるだらうか？

私がまだ教へてあげられることがある』

それまでサロンの仲間たちの色事にどんなに通じていようとも、自らの身は高く持し、誰とも肉体関係を持つことのなかった鏡子が夏雄を誘うという設定は、いささか唐突な印象を与える。だが、鏡子は知っていた。せっかく夏雄を立ち直らせた〈芸術〉の力をもってしても、彼が幼年期の〈絶対〉の幸福を超えることは決してないということを。また新たな挫折が彼を待ち受けていることを……。だからこそ、その未来の挫折に備えて、〈生〉の根源的な行為を教え、それが彼を救ってくれることを願うのである。いわば、鏡子にとって夏雄との情事は旅立って行く夏雄に向けて贈られた餞《はなむけ》だったのだ。

三島は〈芸術家〉である夏雄に可能性を託した。〈感受性〉ではなく、異なる方法で絵に取り組もうとする夏雄には、〈感受性〉に頼らず作品を描く作家になろうと目論んでいた当時の三島が重ならないだろうか。感受性の赴くままに過ごした少年期の絶対的な幸福の領域に二度と戻ることのできないことを悟ってもなお、三島はその空虚感を〈言葉〉によって乗り越えようとしたのである。だが、鏡子と夏雄の情事には、夏雄の示す可能性が非常に心もとないものであり、その行く手には再び蹉跌が待ち受けているであろうことが暗示されている。鏡子の性の手ほどきが果たして夏雄が挫折した時に役に立つのか、あるいは役に立たず〈絶対〉だった少年期へと回帰することになるのか、この小説には描かれていない。おそらく執筆時の三島にもわからなかったはずである。

ただ言えることは、この作品を書き上げる前後に三島を襲った得体の知れぬ「不安」、「怖れ」、「不吉」の匂いだけはリアルなものだったということである。「本当の自叙伝は長編小説の中にしか書いてゐない」（「十八歳と三十四歳の肖像画」）という作家の言葉は本当だ。〈生〉を満喫していたはずの当時の三島の中に渦巻く、本人にとってさえ名状し難い暗い予感までもが、この『鏡子の家』には表出されているのだから。その意味で『鏡子の家』は『金閣寺』に続く第三の「仮面の告白」と言えるのである。

だからこそ、晩年の三島は『鏡子の家』が自分にとってどういう意味を持っていたか鮮明に理解していたにちがいない。昭和四十三年一月刊行の雑誌『映画芸術』の企画で、三島はこの雑誌の編集長小川徹と映画監督の大島渚との座談会を行っている。自決の約三年前である。そこで三島が明かした胸の内に、作家三島由紀夫における『鏡子の家』の位置づけが浮かび上がってくる。

「鏡子の家」でね、僕そんな事いうと恥だけど、あれで皆に非常に解ってほしかったんですよ。それで、自分は今川の中に赤ん坊を捨てようとしていると、みんなとめないのかというんで橋の上に立ってるんですよ。誰もとめに来てくれなかった。それで絶望して川の中に赤ん坊投げ込んでそれでもうおしまいですよ、僕はもう。あれはすんだことだ。まだ逮捕されない。だから今度は逮捕されるようにいろいろやってるんですよ。しかしその時の文壇の冷たさってなかったんですよ。僕が赤ん坊捨てようとしてるのに誰もふり向きもしなかった。そんなこと言っちゃ愚痴になりますがね。僕の痛切な気持はそうでしたね。それから狂っちゃったんでしょうね、きっと。

これは決して自作を批判した評論家に対する「愚痴」ではない。三島はプライドが高い人物として知られるが、渾身の作が望むような好評をもって迎えられなかったことを恨んでいたわけではないだろう。それこそ、そんな感情をストイックな三島が野放しにするとは思えない。むしろ、自分が『鏡子の家』に投げ込んだあらゆるもの、無意識のうちに自分の危機を大声で叫んでいたことを批評家たちが見過ごした失態、つまり、〈三島由紀夫〉を見殺しにしたその冷淡な態度に対して絶望したことを訴えたかったのではないだろうか。

たしかに『鏡子の家』は技術的な面では批判の余地があるのかもしれない。だが、三島由紀夫という作家の内面を描いているという点では決して「失敗作」などではない。三島は、この座談会の行われた時期にさえ、誰も三島の危機が『鏡子の家』に描かれていたことに気がついていないことを「まだ逮捕されない」という表現で示し、今度はもっとわかってもらえるように行動に移すこと、つまりあの壮絶な最期を「今度は逮捕されるようにいろいろやってる」という言葉で予言している。

実際、三島が『鏡子の家』で滅却したはずの〈血〉や〈死〉への憧れ、そうした〈悪〉の〈美〉を実現に導く〈自意識〉や〈行動〉が、自分の中で再び蘇える事態に遭遇するのにさして時間はかからなかった。三島の〈絶対への回帰〉の序曲は、『鏡子の家』が刊行された翌年の昭和三十五年、少年時代にその感受性が選び取った運命の書『サロメ』を演出した時にすでに奏でられていたからである。

二、〈絶対への回帰〉のための序曲――「憂国」、「孔雀」、『サド侯爵夫人』

わが夢の『サロメ』

昭和三十四年十月十三日。東京に続き大阪の阪急デパートでも開催された『鏡子の家』出版記念サイン会の最終日からまだ十日も経っていない。物音ひとつしない夜のとばりの中で、この馬込の邸宅では二階のある一室にだけ灯りがともっている。三島は、机に向かって筆を走らせていた。と言っても、原稿ではない。広げてあるのは便箋である。傍らの高級な角型封筒にはすでに「日夏耿之介先生」という宛名と飯田市大久保の住所がきちんとした大きな文字で明記されている。その横には日夏訳の角川文庫版『サロメ』が置いてある。やっと『サロメ』を演出する機会が巡ってきたのである。

あの衝撃的な出逢いの日から何度あの戯曲の演出を夢見てきたことか！　作家の胸は高鳴った。昭和二十七年十一月に「卒塔婆小町」を上演して以来、文学座とも足かけ七年のつきあいになる。その文学座四月公演に『サロメ』が選ばれ、来年、昭和三十五年四月の東京公演を皮切りに、名古屋、大阪、京都、静岡と約一か月間上演されることに決まった。もう演出プランはでき上がっている。あの世紀末の鬼才画家ビアズリーが描いた白黒の絵に忠実な舞台。台詞は日夏さんの訳を寸分違わず使う。まあ、現実問題として多少の変更は避けられないかもしれないけれど……。その旨も予め《あらかじ》日夏さんにお伝えしておこう。三島は有頂天であった。日夏に翻訳の使用許可を乞う手紙を書く手にも自然と力が入る。四年前の岸田国士の一周忌の席ですでに日夏には下話はつけてある。そのことも書いておかねば。書き終わってから文面を見直し、封筒に入れ、閉じる。煙草に火をつけて一服しながら、ドアの全面に貼った鏡に自分の姿を映し出す。黒と白だけの舞台――装置も衣装もすべて――の中でヨハネの首からしたたり落ちる血はどのように見えるだろう。鏡にはお気に入りの最新鋭のスチール机も映っている。この無機質な机は、新居を彩る重厚で凝った造りの家具や装飾的なシャンデリアなどとは趣がまるで異なる。とびきり豪華な西洋風のこの白い〈牢屋〉の中で、この机は唯一ここが〈牢屋〉だということを忘れさせてくれるものなのかもしれない。

それから二か月が過ぎた昭和三十四年も暮れようという十二月十六日。白亜の豪邸から地続きになっている日本家屋の茶の間では柱時計が九時を打つ鈍い音が鳴り響いた。この離れには三島の両親が暮らしている。平岡家の老夫婦にとって昭和三十四年はおめでたいこと続きであった。昨年の結婚に続き、この新居への引越し、初孫の誕生。息子はますます有名になり、作家業だけでなく、この年の国民的一大イベントでもあった皇太子殿下御成婚の祝賀演奏会で合唱された「祝婚歌」の歌詞も依頼された。今夜も「スター千一夜」に出演する。三月に放送が始まったこのゴールデンタイムの帯番組は、毎回いまが旬の芸能人、スポーツ選手、著名人がゲストとして登場し、司会者とトークをする人気番組である。番組が始まった。話題が文学座での『サロメ』の演出へと移ると、三島は『サロメ』の一場面をひとり芝居のような形で披露してみせた。日夏の翻訳は彫金のように巧緻で煌びやかな美文調である。その台詞を完全に自分のものにして役になりきっている三十四歳のわが子に、倭文重は『サロメ』に心酔していた頃の色白で華奢な少年時代のわが子とを重ね合わせずにはいられなかった。

「何がおかしいんだ！」演出家三島由紀夫は若い俳優に怒号を飛ばした。その顔は憤りで蒼白になっている。射抜くように鋭い鬼気迫る三島の眼光に気圧《けお》されて、一喝された若者は縮み上がっている。周囲も水を打ったようにシーンと静まり返った。昭和三十五年三月十六日から毎日稽古入りをした三島の指導は真剣そのものだった。冗談を言って笑う雰囲気ではなかった。団員たちは、心中思った。三島先生はこの芝居に相当思い入れがある。その思いの強さに応えられるよう心を入れ替えて取り組まねばならない……。

この年は『サロメ』から始まった。十月に手紙を送った段階ですぐに日夏から翻訳使用許可の返事をもらっていた三島は、一月七日に発表予定の芝居の配役をいち早く伝えるために日夏に新年早々手紙を書いたのである。主役のサロメには岸田今日子、ヘロデには中村伸郎、ヘロデヤには文野朋子、ヨハネには仲谷昇、ナラボには笈田直彦が決定した。一月中旬にはスタッフの打ち合わせをし、黛《まゆずみ》敏郎作曲の音楽や振付も一月に仕上げ、二月には読み合わせを行い、三月一日から稽古に入るという算段であった。

それにしてもこの時期に、なぜ三島はかくも熱烈に『サロメ』を演出しようとしたのだろうか。それは小説家としての社会的名声と幸福な家庭を築き上げている自らの〈日常性〉に対して、聖書の古代的な残虐なる〈血〉の愛憎劇を叩きつけようとしたのではないだろうか。『サロメ』という芝居の根底にはローマ帝国の国教となることでヘレニズム化したキリスト教を揺るがすアジア的な、野生的な、狂騒的なるものが潜んでいる。その血なまぐさい疾風を、演出する自らの肉体に三島は吹き込もうとしたのであろう。

情死の美学——「憂国」

『サロメ』に見られる〈血〉と〈エロス〉の結びつきは、静岡でこの芝居の最終公演が無事に終了してから四か月後に三島の手により書き始められることになる。それこそが、三島本人が死の二年前にも長所も短所もひっくるめて三島由紀夫という作家を知りたければこの作品を読むようにと断言した短編小説「憂国」(昭和三十六年)である。

三島のこの作品に対する思い入れは強く、「わづか五十枚足らずのものながら、その中に自分のいろんな要素が集約的に入つてゐる作品」としている。あまりにも自分を放り込み過ぎたため、この作品の映画化の話はいくつかあったが、他人任せにはできず、ついに四年後の昭和四十年に演出家の堂本正樹と大映映画のプロデューサー藤井浩明にこの作品の映画化の話を持ちかけ、実現するほどの熱の入れようであった。その上、主役の武山中尉役を自らが演じている。

この作品は、二・二六事件の反乱軍に加わった親友たちを皇軍側として討たなくてはならない立場となった武山信二中尉が割腹自殺を遂げ、結婚して半年足らずの新妻麗子も夫に殉じて自害するという内容を、自決の夜の武山中尉と麗子との最後の夫婦の営みと自決の場面にスポットライトを当てて描いた作品である。

「十日の菊」(昭和三十六年)、「英霊の声」(昭和四十一年)とともに〈二・二六事件三部作〉と呼ばれる「憂国」は、二・二六事件との連想と中尉の切腹場面などから三島の決起とその後の自決とに重ね合わされることもある。だが、二・二六事件は武山夫妻の自決の端緒に過ぎず、事件自体が作品のストーリーに大きな影を落としているわけではない。あくまで作品における「政治的状況」を形づくるための背景のひとつに過ぎない。むしろ「憂国」は、「サロメ」の演出によって三島の体内に吹き込まれた〈血〉と〈エロス〉の結合を寓意化した作品なのである。三島は、「はじめの愛の行為と終りの自刃は同じことではないのですか」という、ある俳優のこの作品に対する感想に非常に興味を示して、以下のように続けている。

私のねらつたところもそれであつて、日本人のエロースが死といかにして結びつくか、しかも一定の追ひ詰められた政治的状況において、正義に、あるひはその政治的状況に殉じるために、エロースがいかに最高度の形をとるか、そこに主眼があつたのである。（「製作意図及び経過」昭和四十一年）

つまり、政治的状況によって死に追いやられる緊迫感や悲劇性は最高度のエロスを発揮するための起爆剤なのである。『サロメ』におけるエロスは、宗教的畏怖の対象であるヨハネがサロメの苛烈で残忍な愛欲の生贄になることで最高潮に達する。キリスト教信仰を持たぬ武山中尉に、三島は、道義や皇軍という至高の価値を与え、それに殉じることで最高度のエロスを経験させたのである。絶対的なものへの殉教を前にした厳かで神聖な状況のもとで、引き絞られた弓のごとく張りつめた感覚が異常なまでに研ぎ澄まされ、肉体の隅々までをも鋭敏にし、最高の快楽をもたらす。その意味で「憂国」は、三島の少年時代からの〈血〉と〈死〉への嗜欲と〈エロス〉とを最高の形で融合させることに成功したと言ってよい。

それだけではない。実は、ここには、三島が若年期より求めていたもうひとつのものが表れている。冒頭で武山夫妻の自決の概要が新聞記事風に記された後、ふたりの死後この夫婦の婚礼写真を見る者たちはその申し分のない美男美女ぶりに感嘆の声を洩らすというエピソードが紹介されている。その写真の中で武山中尉は「雄々しく新妻を庇《かば》つて立つてゐた。まことに凛々《りり》しい顔立ちで、濃い眉も大きくみひらかれた瞳も、青年の潔《きよ》らかさといさぎよさ」をよく表わしており、新婦の白無垢は文字通り、その純潔を思わせ、その顔には「艶《あで》やかさと高貴」とが同居し、「やさしい眉」や「繊細に」揃えた指先には女性らしい優しさが感じられる。それぞれが異性としての魅力を放っているが、ふたりの容姿には世俗を寄せつけない孤高の純潔とも呼ぶべきものが見られるのだ。

二人の自刃のあと、人々はよくこの写真をとりだして眺めては、かうした申し分のない美しい男女の結びつきは不吉なものを含んでゐがちなことを嘆いた。事件のあとで見ると、心なしか、金屏風の前の新郎新婦は、そのいづれ劣らぬ澄んだ瞳で、すぐ目近《まぢか》の死を透かして見てゐるやうに思はれるのであつた。

この夫婦の「澄んだ瞳」には、三島の愛したあのアンティノウスに相通じる健やかで美しい若者ののみに宿る不吉なイメージまでもが描き込まれている。同じことは自決前に風呂で髭を剃った中尉が鏡に自分の若々しい顔を映し出す場面の「この晴れやかな健康な顔と死との結びつきには、云つてみれば或る瀟洒《せうしや》なものがあつた」という一節にも表れている。

新婚初夜に中尉は膝の前に軍刀を置いて妻に軍人の妻として常に死の覚悟ができているかを問いただし、麗子は無言で同じく膝の前に懐刀を置いて答えた。つまり、ふたりはいつ訪れてもおかしくない〈死〉に共に向かっていくことを誓い、そのことでお互いに信頼を得て、より深く結ばれる。麗子はそれから自刃までの半年の間、常日頃、夫から「明日《あす》を思つてはならぬ」と言われてきた。武山中尉とその妻の新婚生活は〈死〉が非常に身近でその日が来るのは当然と言わんばかりの毎日であった。それは戦時下にあった三島自身が置かれた状況そのものであった。恋人邦子と空襲で焼かれることを夢見た三島の夢は破れた。もちろん実現不可能となったのは終戦のせいである。戦時下にあって常に〈死〉をみつめていた三島とは異なり、邦子は〈未来〉をみつめていた。すでに心情の部分で、三島青年の心中の夢は無惨に崩れ去っていたのである。ところが、「憂国」の中では〈死〉が夫婦をより強固に結びつける絆となっている。

武山夫妻が純粋なのは容貌だけではない。三島が中尉のことを先の「製作意図及び経過」の中で「純粋無垢《むく》な軍人精神の権化」と捉えているが、中尉の自決の動機もその容貌と同様に小狡《こずる》い卑しさがひとつもない。新婚の身であることを配慮して中尉に声をかけなかった親友たちを討つわけにはいかないという中尉の決意には、曇りのない鏡のように純粋で一本気な男らしさが表れている。その夫に連れ添う麗子もまた、夫への一途な強い愛を持つ純粋な心の持ち主である。自決の決意を語りながら中尉は「重なる不眠にも澄んだ雄々しい目をあけて」妻を見た。その妻の目は「すこしもたぢろがなかつた」だけでなく、その「つぶらな瞳は強い鈴の音《ね》のやうな張りを示して」、中尉はほとんど「その目の力に圧せられるやうな気がした」のである。「お供をさせていただきたうございます」と答えるうわ言のような言葉よりも、ふたりの「いづれ劣らぬ澄んだ瞳」はお互いの信頼をその瞳の中で確認する。

喜びはあまり自然にお互ひの胸に湧き上つたので、見交はした顔が自然に微笑した。麗子は新婚の夜が再び訪れたやうな気がした。

夫から自決の覚悟を聞く前からそれを察知して準備をしていた妻の「健気《けなげ》な覚悟」を見せられた中尉の心は「甘い情緒に充たされ」、いとしさのあまり後から妻を抱いて首筋に接吻するのである。

二人が死を決めたときのあの喜びに、いささかも不純なもののないことに中尉は自信があつた。（中略）二人が目を見交はして、お互ひの目のなかに正当な死を見出したとき、ふたたび彼らは何者も破ることのできない鉄壁に包まれ、他人の一指も触れることのできない美と正義に鎧《よろ》はれたのを感じたのである。中尉はだから、自分の肉の欲望と憂国の至情のあひだに、何らの矛盾や撞着を見ないばかりか、むしろそれを一つのものと考へることさへできた。

ふたりはお互いの裸体を電気スタンドの灯りで照らして隅々まで目で味わい、触れて、その後交わる。「最後の営み」はまさに最後だからこそ激しく、いつ果てるとも知らない至上の喜びへとふたりを誘う。〈死〉が迫っている時にふたりは、肉の悦びによって最も〈生〉の本源の近くにいたのである。

あの喜びは最終のものであり、二度とこの身に返つては来ない。が、思ふのに、これからいかに長生きをしても、あれほどの歓喜に到達することが二度とないことはほぼ確実で、その思ひは二人とも同じである。

日常の毒に蝕《むしば》まれてこの歓喜もやがて倦怠へと変わる日が来る。そうした幻滅を知らずに極限まで愛し尽くしたその火照《ほて》りを体の芯に残したまま、ふたりは二度と戻ることのない世界へと旅立って行く。お互いの瞳に若く美しいお互いの裸身を焼きつけて……。人間の純粋さや美が永遠に続くことを望みながら、それらに必ず終わりが来ることを知っている。その点で三島はあくまでもリアリストであったが、それでもなお純粋や美へのこだわりを捨てることができなかった。

戦時下に恋人と同じ空襲で爆撃されることに憧れていた時代に書かれた「岬にての物語」、「サーカス」、戦後に書かれた『盗賊』にくり返し現れた男女の心中は、『鏡子の家』では容姿だけが美しく内面が空虚な俳優の収と醜い高利貸の中年女清美との心中に塗り替えられ、封印されたかに見えた。しかし、刎ねさせたヨハネの血まみれの首に向かって愛を告白し、その冷たくなった唇に接吻を浴びせながら歓喜にむせび泣く処女サロメのエロスの只中での〈死〉を演出した三島は、少年時代に何度も描いてきた美しい情死に〈絶対〉という動機を設定し、それゆえに流される〈血〉を縦横無尽に書くことを思い立ったのではないだろうか。

「最後の営み」の後でくり広げられる武山中尉の凄惨な切腹場面は詳細に描写される。中尉が自決を遂げる際に吹き上がる血しぶきは言うまでもなく、その血の海を麗子が歩いたり、白無垢の裾が血で模様を描いたようになっていたり、姿見の前に座る彼女の腿が夫の鮮血で濡れそぼって冷たく感じたりと、「憂国」に見られる執拗なまでの〈血〉の描写には『サロメ』を愛し、「館」で血塗られた部屋を描写していた十四歳の少年の歓喜までもが息づいているようである。

　麗子は血だまりの中を平気で歩いた。そして中尉の屍のかたはらに坐つて、畳に伏せたその横顔をじつと見つめた。中尉はものに憑《つ》かれたやうに大きく目をみひらいてゐた。その頭を袖で抱き上げて、袖で唇の血を拭つて、別れの接吻をした。

　麗子の中尉への接吻はサロメがヨハネに浴びせた狂おしい接吻とは異なるが、血だまりや物言わぬ死に顔への接吻というシチュエーションは『サロメ』を思わせる。ちなみに、三島は映画化の際、『憂国』を黒白で撮影しており、能の要素を取り入れているが、実はそれは『サロメ』の舞台演出と同じ手法なのである。このことは偶然ではないのかもしれない。

さらに、「憂国」は三島の若き日の最も純粋な恋愛の形であった情死を、幻の天皇という〈神〉を時代の背後に予感させることで、森厳かつ簡明なひとつの時空に昇華させたのである。だからこそ、三島はこの作品に深い愛着を持ち、やがて自作を模すかのように自らの肉体を切り裂き、この作品を具現化してみせるのだ。

逆行するドリアン・グレイ――「孔雀」

昭和三十五年十月に「憂国」を書き終えて二週間ほどが経過した十一月一日の深夜、三島は瑶子夫人を伴って約二か月半の世界旅行に出発した。昭和三十六年の正月はローマで迎えた。この年の七月に三島は戯曲『黒蜥蜴』を書き上げている。その中でヒロイン〈黒蜥蜴〉は次のように言っている。

黒蜥蜴　きれいな顔と体の人を見るたびに、私、急に淋しくなるの。十年たつたら、二十年たつたら、この人はどうなるだらうつて。さういふ人たちを美しいままで置きたいと心《しん》から思ふの。年をとらせるのは肉体ぢやなくつて、もしかしたら心かもしれないの。心のわづらひと衰へが、内側から体に反映して、みにくい皺《しわ》やしみを作つてゆくのかもしれないの。

昭和三十七年三月に黒蜥蜴役に水谷八重子、明智役に芥川比呂志を迎えて上演された『黒蜥蜴』は大成功を収めた。だが、長編小説に自己を十全に投入しなくなった三島がむしろエンタテイメント風の作品の中に己の〈美〉の観念をさりげなく描き込んでいることに気がついた観客はどのくらいいたことだろう。

同じ年の五月、平岡家には待望の長男威一郎が産声を上げた。この年から昭和四十年まで毎年自宅でクリスマスパーティーを催し、夏休みには家族と避暑のため伊豆の下田東急ホテルで過ごし、時には後楽園遊園地で子供と遊び、ボディビルで体を鍛える日課を欠かさなかった三島由紀夫は、世間的に見れば模範的で立派な家庭人であった。

仕事面でも、当時流行していたSF小説のスタイルをとった『美しい星』（昭和三十七年）を書き、文学座のためにいくつかの台本を手がけるなど相変わらず多忙な日々を過ごしていた。昭和三十八年には、二年前に半年ほどかけてその鋼《はがね》のような肉体を被写体にカメラマンの細江英公と十数回の撮影を重ねて仕上げた写真集『薔薇刑』を出版。様々な受苦のポーズをとる小説家をモデルにしたこの珍奇な写真集は国内外で話題になり、この頃には、俳優やモデルもこなす文化人として注目されるようになっていた。昭和三十九年に開催された東京オリンピックで新聞各社の特派記者となった三島は、戦後の復興を印象づけたこの栄《は》えある舞台で精力的に取材活動を行った。

しかし、三島のキャリアにも影が指していたことは否めない。昭和三十六年には『宴のあと』のモデルとなった政治家有田八郎に人権侵害により訴えられた。この裁判は後に本人が逝去したため、和解となったが、その後も、昭和三十八年一月に文学座分裂事件が起き、同年十一月には三島が書いた戯曲『喜びの琴』の上演可否をめぐるトラブルが文学座内で生じ、翌年の昭和三十九年、三島は十一年以上関わってきた文学座を脱退し、新しい劇団NLTを結成した。小説の売り上げも、昭和三十八年に刊行した長編小説『午後の曳航』は五万部、翌年の『絹と明察』に至っては一万五千部であり、四年前の『鏡子の家』の十分の一にまで落ち込んだ。世俗の関心の移り変わり、親しい人々の離反などに三島の心が傷つけられたことは想像に難くない。

そうした中で昭和四十年一月、三島は四十歳の誕生日を迎えた。終戦から二十年が過ぎ、生活と文学との二重生活を器用に操る自分の心にうっすらと世俗の垢が積もり始めたことも実感せずにはいられなかった。その日常性にまみれて老いていくことへの恐怖が、彼にひとつの作品を書かせた。昭和四十年二月、『文學界』に発表した短編小説「孔雀」である。

「孔雀」は刑事が主人公富岡の家を訪れる場面から始まる。近所の遊園地で二十七羽の孔雀が殺戮されるという事件をうけ、事件発生の一か月以上前からしばしば遊園地を訪れては長時間この美しく絢爛な鳥を眺めていた富岡に嫌疑がかかったのである。だが、富岡をひと目見るなり刑事は期待を裏切られる。富岡は犯人特有の特異性を欠いた平凡で落ち着いた「学者肌」の男だったからである。だが、刑事に別の衝撃を与えたのは四十五歳くらいの富岡の顔にひどい荒廃が現れていることであった。

髪は白髪《しらが》まじりで、皮膚は衰へて弾力がない、整つた顔立ちなのに、その整ひ方にお誂《あつら》へ向きの感じが出すぎ、永いこと放置されて埃《ほこり》をかぶつた箱庭みたいな趣がある。

その容姿は「人生にこれと云つて積極的に働きかけたことのない男、ただ世間に対する思惑から職業を持つてゐるにすぎない、結構な身分の男」として四十五歳まで生きてきた富岡という人物のつまらない人生がそのまま投影されている。

富岡との事情聴取で思うような成果をなかなか得られない刑事は、応接間で待たされている間から気になっていた壁にかかった額入りの写真に話題を転じる。そこに写っているのは十六、七歳の少年であった。

ちよつと類のないほどの美少年である。眉がなよやかに流麗な線を描き、瞳は深く、おそろしく色白で、唇がやや薄くて酷薄に見えるほかは、顔のすべてにうつろひやすい少年の憂ひと誇りが、冬のはじめの薄氷《うすひら》のやうに張りつめた美貌である。

憂いを含んだその繊細な風情、見る者を釘づけにせずにはおかない美少年。それが目の前に座っている富岡の若き日の姿であると知った刑事はさらなる衝撃を受ける。言われてみれば、それぞれの部位の輪郭は同じなのに、職業柄人相には人一倍詳しいはずの刑事でさえ見抜けないほど少年時代の富岡と現在の富岡から受ける印象には大きな隔たりがある。

今の富岡には怖ろしいほど嘗《かつ》ての美が欠けてゐる！　美が欠けてゐるといふだけのことが、さうまで刑事の職業的判断を狂はせたのはふしぎなことだが、その欠け方が徹底的で、尋常でないのだ。

刑事の来訪前、孔雀をこよなく愛する富岡にとって今回の事件はどこか非現実的な夢のような出来事にしか思えなかった。だが一旦刑事と接触してみると、事件はみるみる現実味を帯び始め、残虐極まりないが、それゆえにこの上もなく煌びやかで豪奢な美となって富岡の胸にはっきりとした輪郭を描き、自分が関わったのかと思えるほど身近なものになっていく。孔雀たちの色鮮やかな羽が闇に飛び散る様子、その体に斑を描くように飛び散る血飛沫、暗闇を引き裂くような鳥たちの悲痛な断末魔の声、地中に吸い込まれていく夥しい鮮血……。ひとり応接間に座りながら、富岡は孔雀たちが殺戮される場面を目にできなかったことを一生の痛恨事のように感じる。

事件以来ずっと孔雀殺しについて考えてきた富岡が最終的に導き出したのは「孔雀は殺されることによつてしか完成されぬ」という結論であり、それは美を引き裂くことではなく、「美と滅びとを肉感的に結び合はせること」を意味していた。これはまさしく「金閣寺を焼かねばならぬ」と考えた『金閣寺』の「私」の美の概念と同じものである。だが、金閣寺を現実に焼き滅ぼした「私」とは異なり、この短編の中の主人公富岡が行動を起こすことはない。現実世界で孔雀の殺戮に手を染めることを諦め、ただ夢の中で孔雀を殺戮する……。夢の中の罪。富岡は自分から美が潰えた原因をこの夢の中の〈孔雀殺し〉のせいにする。

『俺の美は、何といふひつそりとした速度で、何といふ不気味なのろさで、俺の指の間から辷《すべ》り落ちてしまつたことだらう。俺は一体何の罪を犯してからなつたのか。自分も知らない罪といふものがあるだらうか。たとへば、さめると同時に忘れられる、夢のなかの罪のほかには』

たしかに富岡が美を失った原因は夢の中の犯罪にある。だが、孔雀を殺したことが罪なのではない。むしろ、夢の中でしか孔雀を殺せない――つまり、現実には孔雀を殺すことができないことが、この中年男の罪であり、その報いのため彼の美は損なわれていくのだ。富岡少年から美を奪い去ったのは、四十五歳になった富岡の「肩にのしかかってゐる土地や家庭や勤めや世間や、さまざまのものの重み」なのである。年々降り積もる〈日常性〉という塵が、長い時間をかけて本人もそれとは気がつかないうちに青春から類まれな美を奪い去り、絢爛な孔雀殺戮への欲望を枯渇させ、内側から蝕み、少年を凡俗で醜悪なひとりのつまらない中年に変えてしまったのだ。このことは、少年時代の富岡の「澄んだ美しい目」に象徴されている。「澄んだ美しい目」という言葉は、三島本人の瞳を形容する際に多くの人が用いたが、三島の作品においても古くは「酸模」の秋彦、『仮面の告白』の園子、『金閣寺』の鶴川、「憂国」の武山中尉と〈純潔〉な精神などを表すメタファーである。富岡少年も例外ではない。四十五歳の富岡の目はもはや少年時代の「澄んだ美しい目」に似ても似つかず、〈純潔〉が失われていることを暗に示している。

物語は意外な結末を迎える。孔雀の殺戮が野犬の仕業であったことが獣医によって証明され、刑事が詫びにやって来るが、富岡は納得しない。富岡の中では孔雀は何としてでも美の完成を夢見る人間――すなわち己自身によって殺されなくてはならないものになっていた。囮捜査に随行してきた富岡とふたりで夜半の遊園地にやって来た刑事が目にしたものは、犬の鎖を手にした富岡家の応接間で見た写真の中の「美少年」であった。

この作品は言うまでもなくオスカー・ワイルドの『ドリアン・グレイの肖像』を意識しているが、三島が目指したのは、ワイルドの作品がキリスト教的な罪や悔恨を内包しているのに対し、それらを意図的に一切削ぎ落とすことであった。すなわち、これは作家自身の痛ましい〈告白〉の作品なのである。三島は〈日常性〉に蝕まれて社会的に成功した作家の肖像としての自己への苛烈な裁断を、ここで夢見ているのである。世間では、折しもノーベル文学賞の候補に三島が取り沙汰されていたが、よく言われるように三島は決してノーベル賞など欲していなかっただろう。彼が熾烈《しれつ》に求めたのは孔雀を殺戮し続ける美少年としての自己であり、その自分にしゃにむに回帰することだったのではないだろうか。

「孔雀」は小品である。しかし、作家は他の三篇（「三熊野詣」、「月澹荘綺譚」、「朝の純愛」）とともに「孔雀」を所収して昭和四十年七月に刊行された短編集『三熊野詣』の「あとがき」の中で、「これら四篇のなかで、私がもっとも愛するのは孔雀である」と書いている。なぜ三島はこの作品を愛したのだろうか。その秘密を作家自身が後に吐露している。自刃の四か月前、三島は「果たし得てゐない約束——私の中の二十五年」というエッセイを新聞に発表しているが、その中で次のように記している。

肉体のはかなさと文学の強靭との、又、文学のほのかさと肉体の剛毅との、極度のコントラストと無理強ひの結合とは、私のむかしからの夢であり、これは多分ヨーロッパのどんな作家もかつて企てなかつたことであり、もしそれが完全に成就されれば、作る者と作られる者の一致、ボードレエル流にいへば、「死刑囚たり且つ死刑執行人」たることが可能になるのだ。作る者と作られる者との乖離《くわいり》に、芸術家の孤独と倒錯した矜持を発見したときに、近代がはじまったのではなからうか。

「作る者と作られる者の一致」。それは作家自身が「憂国」の中の武山中尉と化して、血潮の中に自らの首を晒すことであり、また「孔雀」の少年富岡へと、少年の頃に夢見た〈死〉と〈闇〉の血塗られた世界へと立ち返るための所業であったのではないか。オスカー・ワイルドの『ドリアン・グレイの肖像』の上に、詩人ボードレールの『悪の華』がその時突然折り重ねられる。一八五七年五月十日、ボードレールは「我とわが身を罰する者」という詩を書いている。

俺は　傷であつて　また　短刀だ。
傷は　撲《なぐ》る掌《てのひら》であり、撲《なぐ》られる頬だ。
俺は　車裂《くるまざ》きにされる手足で、また裂く車だ。
犠牲《いけにへ》であつて　首斬役人《くびきりやくにん》だ。

（鈴木信太郎訳）

つまり、「孔雀」は、この「我とわが身を罰する者」（「死刑囚たり且つ死刑執行人」）に向かって走り出す三島の姿をすでに不吉なまでに映し出しているのである。

血まみれの瀆神行為の果てに

このボードレールの「我とわが身を罰する者」という世界をマルキ・ド・サドの作品を援用しながら作品化したのが昭和四十年八月に書き上げられた『サド侯爵夫人』である。十年来の交流のある澁澤龍彦の『サド侯爵の生涯――牢獄文学者はいかにして誕生したか』（昭和三十九年）の翻訳に基づいて三島がこの作品を完成させたのは昭和四十年八月である。

この戯曲は三島の没後フランスの作家ピエール・ド・マンディアルグ（André Pieyre de Mandiargues, 1909–1991）が翻案して上演したこともあり、海外でも非常に高く評価されている。この作品はサド侯爵が下男や娼婦たちとの鶏姦など忌まわしい放埒な恥ずべき行為により投獄された後、世間の〈法〉・〈社会〉・〈道徳〉を代表する母親モントルイユ夫人にどんなに諭されても頑として献身的に尽くし続けてきた〈貞淑〉を象徴するサド侯爵夫人ルネが、侯爵が長い獄中生活の果てにようやく出獄することになるや修道院に入ることを決める不可解な行動に端を発して書かれた。筋立ての史実は澁澤の書いた伝記にほぼ沿うような形で描かれているが、心理描写は三島独自のものである。また、〈肉欲〉を代表するサン・フォン伯爵夫人や〈神〉を代表するシミアーヌ男爵夫人は三島が創造した登場人物である。その他、ルネの妹アンヌと召使のシャルロットも加わり、女性ばかりが六人登場し、純粋に対話だけで成り立っている、肝心のサド侯爵は物語の中心にありながら登場せずに終わる斬新な戯曲である。

注目したいのは、この劇が〈生きる〉ことに作家が疲労と重荷を感じ始めた昭和四十年に書かれたことと、この作品に大きく投げかけられている神という〈絶対者〉の存在である。戯曲はサン・フォン夫人によるサド侯爵の放縦な性行為の描写から始まる。信仰心の篤いシミアーヌ夫人はそれを阻止しようとする。しかし、この〈肉欲〉と〈神〉の対決では〈肉欲〉が完全に勝利する。この時サン・フォンの語る獰猛で痙攣的な性行為に聞き惚れていたことを年老いてからシミアーヌは認めている。サン・フォンも投獄されるほどではないにしろ、数えきれないくらいの淫蕩にその身を浸してきた女であり、サドの行為は彼にとって自然なことなのだと擁護する。そんな彼女はある経験をした時にサドとの同化を経験する。裸にされ、その白く艶《つや》やかな体をミサの祭壇に供し、乳房の谷間に銀の十字架が置かれ、股の間に銀の杯が置かれても、「身をふるはせるやうな瀆神《とくしん》の喜び」をつゆも感じなかった。その彼女が生贄の子羊の血が雨のようにその体に注がれた瞬間に、サドが淫行の果てに行き着く境地を確実に感得したのである。

サン・フォン　司祭はイエス・キリストの名を唱へ、私の頭上で悲しげな仔羊の啼き声が急に異様な呻《うめ》きに変ると、そのときですわ、そのときはじめて、私の上で流れたどんな殿方の汗よりも熱い、どんな殿方の汗よりも夥《おびただ》しい、仔羊の血が私の胸、私のお腹、私の股の間の聖杯の中へ滴《したた》りました。……それまでは戯れ心が半分、ものずきが半分だつた冷たい私の心に、そのときはじめて、火のやうな喜びが燃え立ちました。みだらな十字架の形をまねて思ひ切りひろげた私の両手に、ゆらめいた蠟燭が熱い蠟を垂らし、その両手の火が磔《はりつけ》の釘をあらはすといふ秘儀が如実にわかりました。

サン・フォンはさらに自分のことを「神が三月《みつき》の流産で流した胎児」にたとえ、「サド侯爵は自分から脱け出したときにしか自分になれない、神の血みどろの落し児だつたのです」と断言する。つまり、サン・フォンはサドと同様に、神を穢す行いに身を慄かせるような歓喜にむせぶあられもない神への冒瀆行為を通じてしか自己を取り戻せない性《さが》に生まれついたことを実感したのである。相手を辱め、罰することはそのまま自己を凌辱し、処罰することを意味する。つまり、彼らは自己裁断を通じてしか神と一体化することができないのである。

同じことはルネにも当てはまる。その忌まわしい事実がモントルイユ夫人によって白日の下に晒《さら》される。四年前のクリスマス、その聖なる夜にサドが、ラ・コストの城で黒いマントの胸をはだけ、丸裸にされた少女五人と少年一人を鞭で追い回していた。こうした破廉恥極まりない乱交が繰り広げられる最中にルネも激しい恥辱を受けたのだ。

モントルイユ　［そしてお前は……］天井の枝付燭台に手を吊られてゐた、丸裸かで。痛みに半ば気を失つたお前の体の、雨の金雀児《エニシダ》の幹に流れる雨滴のやうな血の滴《しづく》が、暖炉の焔に映えてかがやいてゐた。侯爵は少年を鞭でおどかして、侯爵夫人の身を清めるやうにいひつけた。少年はまだ背が低かつたので、椅子を踏台にしてお前の吊られてゐる体にとりつき、……どこもかしこも、（ト舌を出し）……舌で清めた。清めたのは血ばかりではない。……

それまでのルネは夫のサディスティックな性の対象ではなかったが、この聖夜に初めて性奴隷となって裸身を傷つけられ、血を流し、辱めを受けたのである。意識を失いかけながらもルネがその身に加えられた痛みと穢れによって快楽を味わい、その花芯をしとどに濡らしていたことは、少年が「清めたのは血ばかりではない」という母の表現によって明らかとなる。猥褻な行いに参加して女としての矜りを失ったことをなじる母にルネは言う。

ルネ　あの人は私と不可能との間の閾《しきゐ》のやうなもの、ともすれば私と神との間の閾なのですわ。泥足と棘《いばら》で血みどろの足の裏に汚れた閾。

ルネはこの聖夜の汚辱に満ちた経験のおかげで貞淑な妻という驕り高ぶった感情がすっかり吹き払われたことを明かす。それは十八年を経て初めてシミアーヌ夫人が気がつくかつてサン・フォン伯爵夫人の語ったサド侯爵の物語に潜む「悪魔のみの持つ妖しい惑はし」に心を奪われた原因こそ、「自分が清くて正しいといふ傲慢」だったという論理に重なる。この場合、自己欺瞞と偽善こそが罪なのである。

ルネが修道院に入ることを決めたのは、夫に先立って聖なる光の源へ向かうためだと解釈したシミアーヌにルネは否と言う。「別の方角からさして来る光り」に自分は導かれたのだと言う。その光の存在を意識するようになったのは、サドが牢獄で書いていた『ジュスティーヌ』を読むようになってからだったとルネは語る。『ジュスティーヌ』は、美徳を守ろうとする妹ジュスティーヌが辱めを受け、足の指を切断され、歯を抜かれる。その上、無実の罪で刑を受けようという時に姉に救い出されるが、落雷によって非業の最期を遂げる物語である。「淑徳のために不運を重ねる」主人公ジュスティーヌこそは自分だとルネは察し、サドは自分を「一つの物語のなかへ閉ぢ込めてしまつた」と感じるのである。この怖しい物語を作るために自分たちは長い間徒労を重ねて協力させられてきたことにルネは初めて気がついたのである。

ルネ　ああ、その物語を読んだときから、私にははじめてあの人が、牢屋のなかで何をしてゐたかを悟りました。バスティユの牢が外側の力で破られたのに引きかへて、あの人は内側から鑢《やすり》一つ使はずに牢を破つてゐたのです。（中略）充ち足りると思へば忽《たちま》ちに消える肉の行ひの空しさよりも、あの人は朽ちない悪徳の大伽藍《だいがらん》を、築き上げようといたしました。（中略）ものを傷つけることにだけ心を奪はれるあの人が、ものを創つてしまつたのでございます。何かわからぬものがあの人の中に生れ、悪の中でももつとも澄みやかな、悪の水晶を創り出してしまひました。そして、お母様、私たちが住んでゐるこの世界は、サド侯爵が創つた世界なのでございます。

ルネは主人公である自分が穢されるこの酷い物語を「悪の水晶」とみなし、この未来永劫に生き続ける「水晶」

を牢獄で作っていた夫のことを、手の届かぬ遠い存在だと感じる。

ルネ　この世でもつとも自由なあの人。時の果て、国々の果てにまで手をのばし、あらゆる悪をかき集めてその上によぢのぼり、もう少しで永遠に指を届かせようとしてゐるあの人。アルフォンスは天国への裏階段をつけたのです。

これはボードレールの言うところの裏階段から天国へ行くという考えと同じである。サドはその著作によって「悪の中から光りを紡ぎ出し、汚濁を集めて神聖さを作り出し」、「敬虔な騎士」に生まれ変わる。自分の善意など一顧だにせず、悪の傑作を人類に投げかける旅に出るのである。この時点で、サドはルネにとって〈悪〉という白馬に乗って神のもとへと一直線に天翔《あまが》ける絶対的な存在となる。

そこへサドの帰還がシャルロットの口を通じて知らされる。醜く肥ってすっかり様変わりしたサドの様子を聞いたルネの台詞でこの三幕物の戯曲は幕となる。

ルネ　お帰ししておくれ。さうして、から申上げて。「公爵夫人はもう決してお目にかかることはありますまい」と。

澁澤の『サド侯爵の生涯』ではサドが出所した時点でルネは修道院に身を寄せており、訪ねて行った時に面会を拒絶したと記されている。その拒絶の理由としても、年をとって病気がちになったルネが、成長した三人の子供たちと自由になった夫にとって自分は用がないという判断の上で宗教上のお勤めに精を出すためひとりになりたかったからという推察がなされている。ところが、三島の戯曲では牢獄から〈悪〉の翼に乗って神のもとへ向かった燦然と光輝くサドは、出獄した途端弱々しい醜悪な〈悪〉の抜け殻と化し、もはやルネにとって絶対的な存在ではなくなったのである。これは孔雀の殺戮を繰り返す美しい富岡少年と凡庸でつまらない中年の富岡の対比に似ている。

三島は、ルネの不可解な行為の答えとして、邪悪な淫行よりもさらにおぞましい〈悪〉の創作という概念、その〈悪〉の作品化によって神へと近づこうとするサドの瀆神行為を描いた。それは反《アンチ》キリスト者としての三島自身の逆説的自画像となる。

三、〈絶対〉との邂逅――「荒野より」、「英霊の声」、「薔薇と海賊」

荒野から来た男

「本当のことを話して下さい」そうあいつは繰り返し言った。深夜ひとりでスチール机の前に座っていると、机の向こうの薄闇におそろしく蒼褪めた男の顔が浮かび上がってくる。あれから何週間も経つというのに、あの男の顔はまるでつい今しがたすれ違った人物のようにまざまざと蘇ってくる。

大田区馬込の三島邸に闖入者《ちんにゅうしゃ》ありとの通報が警察署に寄せられたのは、昭和四十一年のいまだ梅雨の明けない早朝のことであった。霧雨がしっとりと庭の樹木を包み込むような静かな朝だった。徹夜仕事を終えてようやく床に入ったばかりの寝入りばなに父親梓の大声で目覚めた作家は、混濁した意識の中で父の制止を一向に聞き入れず、全身で勝手口の戸に体当たりしている侵入者がいる異常な事態を把握した。飛び起きて木刀を手に隣室の妻の部屋に向かう。ふたりで階下に降りて行くと、二階で窓が割られ、砕けたガラスが散って鈴のような音を立てているのが聞こえてきた。点検のため書斎に駆け上がった三島が出会ったのが、スチール机の向こうの一隅に佇んでいたあの蒼白い顔の若者だったのである。その後何度も反芻された疑問——あいつは一体誰だったのだろう？　どこから来たのだろう？

しかし、だんだんに私には、あいつがどこから来たのか、その方角がわかるやうな気がしはじめた。あいつは私の心から来たのである。私の観念の世界から来たのである。（中略）それは私の心の都会を取り囲んでゐる広大な荒野である。私の心の一部にはちがひないが、地図には誌されぬ未開拓の荒れ果てた地方である。（中略）私はその荒野の所在を知りながら、つひぞ足を向けずにゐるが、いつかそこを訪れたことがあり、又いつか再び、訪れなければならぬことを知つてゐる。

明らかに、あいつはその荒野から来たのである。……（「荒野より」）

しかし、実は「あいつ」はひとりではなかった。灰色のジャンパーを着たあの背の高い若者は、軍服の胸の部分を血に濡らした雄々しい青年として、飛行服に血染めのマフラーをたなびかせ軍刀を手にした若人としてすでに現れていた。いずれの青年たちもその表情は凛々しく決然としており、その声は若く勇猛な響きを持っている。軍服の青年たちの軍帽のひさしの黒色と頭部を覆うカーキ色との間に走る朱色の布地の中央には天皇陛下から賜った星の徽章《きしょう》が金色に瞬《またた》いている。彼らの瞳はその遠く小さく美しい清き星たる天皇への恋のため至純の輝きを放ち、ただ皇国の復活を願いその頬を紅潮させている。白いマフラーを血に染めた若人たちは絶望の影と栄光の光とをそのとがった顔に湛え、現人神《あらひとがみ》と一体化するために身を弾丸にして敵艦に向かう覚悟に頰をひきしめ唇をきりりと結んでいる。スチール机に向かってペンを握る三島の手は自然に動く。原稿用紙を滑るように次から次へと言葉が紡ぎ出されていく。

「……今、四海必ずしも波穏やかならねど、

日の本のやまとの国は
鼓《こ》腹撃壌《ふくげきじやう》の世をば現《げん》じ
御仁徳の下《もと》、平和は世にみちみち
人ら泰平のゆるき微笑《ほほゑ》みに顔見交はし
利害は錯綜し、敵味方も相結び、
外国《とつくに》の金銭は人らを走らせ
もはや戦ひを欲せざる者は卑劣をも愛し、
邪《よこし》まなる戦《いくさ》のみ陰《いん》にはびこり
夫婦盟友も信ずる能はず

（中略）

魂は悉《ことごと》く腐蝕せられ
年老いたる者は卑しき自己肯定と保全をば、
道徳の名の下に天下にひろげ
真実はおほひかくされ、真情は病み、

（中略）

血潮はことごとく汚れて平和に澱み

ほとばしる清き血潮は涸《か》れ果てぬ。
天翔《あまが》けるものは翼を折られ
不朽の栄光をば白蟻どもは嘲笑ふ。
かかる日に、
などてすめろぎは人間《ひと》となりたまひし」

引用は、二・二六事件で決起した後、反逆罪の咎で代々木の処刑場で射殺された陸軍の青年将校たちの呪詛の言葉である。この言葉は、小説家三島の創作と言うよりは、天賦の才能を持つ表現者に舞い降りた青年将校たちの霊が語らせたものではなかったか。彼らの声はその時、作家の身体に受肉したのである。これが昭和四十一年六月『文藝』に発表された「英霊の声」である。

英霊たちの到来と聖セバスチャンへの回帰

昭和十一年二月二十六日は雪だった。その日学習院初等科は、裏手にある前総理大臣の斎藤内大臣の私邸が襲撃されたという不吉な事件が直前にあったことを露ほどにも感じさせなかった。「総理がね、殺されたんだって」と何も知らずに登校してきた十一歳の少年三島に向かって、子爵の級友が耳元で囁いた。「ソーリって何？」目を丸くしている少年に級友は「総理大臣のことだよ」と教えた。

一時間目が始まって教室に入って来た先生は、学校が休校となることを宣言し、「学校からのかへり道で、いかなることに会はうとも、学習院学生たる矜《ほこ》りを忘れてはなりません」と訓示を垂れた。青年将校たちの決起、血と銃の不吉で危険な匂いは少年を魅した。何か尋常ではない緊張感に包まれて「いかなること」に遭うことをどこかで期待しながら、少年は下校の途についた。しかし、小学生の彼の淡い期待は裏切られた。何も危険なことは起こらなかったのである。三島は三十年前に体験した、少年の自分を拒むように通り過ぎて行ったこの甘美な〈凶ごと〉の記憶が、終戦の時に感じた挫折感と同じものであることに気がつく。自分の悲劇への憧憬の源泉を、三島は二・二六事件に見出したのである。

私の中の故しれぬ鬱屈は日ましにつのり、かつて若かりし日の私が、頽廃《たいはい》の条件と考へてゐた永い倦怠が、まるで頽廃と反対のものへ向つて、しやにむに私を促すのに私はおどろいてゐた。（中略）

私の精神状態を何と説明したらよからうか。それは荒廃なのであらうか、それとも昂揚なのであらうか。徐々に、目的を知らぬ憤りと悲しみは私の身内に堆積し、それがやがて二・二六事件の青年将校たちの、あの劇烈な慨《なげ》きに結びつくのは時間の問題であつた。なぜなら、二・二六事件は、無意識と意識の間を往復しつつ、この三十年間、たえず私と共にあつたからである。（「二・二六事件と私」）

「英霊の声」の翌月に発表した短編小説「荒野より」は、三島に何度か面会を求め、拒否された青年が白亜の豪邸に不法侵入した事件をもとに書かれたと考えられる。だが、その青年は自らの心の未開拓の荒野、その「所在を知りながら、つひぞ足を向けずにゐるが、いつかそこを訪れたことがあり、又いつか再び、訪れなければならぬことを知つてゐる」――そんな「私の観念」から来たのである。このように「荒野より」は、作家自身の内的世界を描いている。このアレゴリカルな小品は、作者が〈生〉や〈日常〉のために封印してきた、密かな危機を求める心の領域に目を向けざるを得なくなっていたことを示している。その心の荒野こそ、少年時代から憧れ続けた青春の悲劇と挫折の象徴である二・二六事件の青年将校たちの住む領域であった。

さらに重要なことは、「英霊の声」では神的な存在たる「天皇の死」という悲劇の要因が明確に示されている点である。内容はある日木村先生の帰神《かみがかり》の会に参加した「私」がその日の感銘深い霊の言葉を記録するという形式をとっている。審神者《さにわ》を務める木村先生が岩笛《いわぶえ》を吹き、神主である二十三歳の川崎君という盲目の白皙の美青年のもとに霊が下る。まず降りてきたのは二・二六事件で天皇のため「国体」を明らかにしようと「義勇軍」となった陸軍の青年将校たちであった。彼らは決して陛下のために命を落としたことを嘆いているのではない。「反逆罪」の汚名を着せられて処刑されたことに憤りと絶望を覚え慟哭しているのである。このことはとりもなおさず、天皇が「真の神」ではないことを物語っており、青年たちが天皇への至純の恋のために血を流したことがただの犬死となったことを意味している。天皇が「人間」であったことは、まさに「神の死」を意味していた。

……たしかに二・二六事件の挫折によつて、何か偉大な神が死んだのだつた。当時十一歳の少年であつた私には、それはおぼろげに感じられただけだつたが、二十歳の多感な年齢に敗戦に際会したとき、私はその折の神の死の怖ろしい残酷な実感が、十一歳の少年時代に直感したものと、どこかで密接につながつてゐるらしいのを感じた。（「二・二六事件と私」）

この「神の死」は、終戦によってよりはっきりとした現実感を帯びてくる。「英霊の声」では「兄神」たちに続き、「弟神」の呪詛の声々が語られる。特攻隊として若い命を散らせた青年たちである。彼らは神的な「天皇」のために散華する栄誉を信じながら、戦後に天皇の人間宣言が出たことに絶望と憤怒を覚えるのである。特攻隊の青年たちは三島と同世代の者が少なくなかった。三島は、彼らの声々を戦後社会を生き延びる中で次第に深く穿《うが》たれていった自らの精神の空洞に木霊《こだま》させたのである。

昭和四十年は正月二日から三島は澁澤龍彥の家で一緒になった堂本正樹に、自己を最も表現していると考えた「憂国」の映画化を持ちかけ、自ら主役を演じた。二月には『豊饒の海』のラストの舞台となる奈良県帯解の円照寺に取材のため訪れ、六月には第一巻にあたる「春の雪」を起筆している。市ヶ谷の自衛隊駐屯地での自死に至る、これ以降の五年間の烈しい歳月の中で、このライフワーク『豊饒の海』が書き続けられていくことを忘れるわけにはいかない。〈死〉への疾走がついに始まったのである。さらにもうひとつ、この年で言及しなければならないのが、七月にガブリエーレ・ダンヌンツィオの浩瀚な戯曲『聖セバスチァンの殉教』の共訳を完成していることである。

フランス文学者の村松剛から紹介された池上弘太郎という若手の語学の達人を共訳者に迎え、フランス語を一から指導してもらいながらの訳業であった。装幀にも非常にこだわり、作品の中に原色版で織り込んだ絵はこのために三島が渉猟した数多《あまた》の聖セバスチャン像から厳選されたものである。ここまでしてこの時期の三島が『仮面の告白』の中で少年期における最初の性的欲望の対象として描き、読者に鮮烈な印象を与えた聖セバスチャンを取り上げたのはなぜなのか。その理由は三島本人が昭和四十一年九月に『聖セバスチァンの殉教』を美術出版社から出版してひと月ほど経ってから『朝日新聞』に掲載した「本造りのたのしみ――「聖セバスチァンの殉教」の翻訳」という記事の中で明かしている通りである。

私はここにお祭をとり行ふ。何のお祭か？　少年時代のはじめにおける聖セバスチァンとの出会ひを、三十年後にはじめて記念して、みづからこの聖者をいつき祭るわけである。この本を出すことは私にとつて宿命的なことであつた。だれでも蒔《ま》いた種子《たね》は刈らねばならぬのだ。それもできるだけ盛大に。

三島は、四十歳を目前にして少年時代に蒔いた種子の収穫を意識し出した。三十五歳の時に『サロメ』の演出を手掛けた際にも少年期からの夢が叶ったことを喜んではいた。だが、四十歳を境にさらにこの傾向に拍車がかかっていく。この頃から三島はしばしば特に深い愛着のある過去の作品を豪華装幀本にして再び世に送り出すようになった。たとえば、昭和四十年の春には限定版で『サーカス』をプレス・ビブリオマーヌから刊行している。『聖セバスチァンの殉教』のように若い頃に自分の心を捉えた対象にこの時期再び向き合おうとした理由は、その対象が少年であった自分をなぜそれほどまでに魅したのか、その理由を自らに問い、その答えを見出し、自己の本質を追求していくという作業がどうしても必要だったからであろう。その十代の自己への回帰は、戦後を〈生きる〉自分への処罰でもあり、「わが身を罰する者」としての〈死〉へと限りなく接近する。

ところで、翻訳書『聖セバスチァンの殉教』の「あとがき」に書かれているように、この作品に表れる聖セバスチャンは「キリスト教の殉教者であると共に、異教世界の美青年のすべて、そのアポロン、そのオルフェウス、そのアドニス、そのアンティノウスのすべて」を代表しており、三島の愛する悲劇的な美青年の要素を兼ね備えている。だが、その魅力の追求はより深い部分に達している。

たとえば、ルネサンス期以前は疲弊した殉教者として描かれていた聖セバスチャンが、なぜルネサンス期以降いきなり青春の香気漂う肉体を持つ美青年に生まれ変わったのか、なぜ聖セバスチャンだけがキリスト教の殉教者の中で唯一若く美しい肉体を矢で射抜かれる異教的官能性に満ちているのかについて三島は考える。そして、フレイザー（James George Frazer, 1854–1941）の『金枝篇』（決定版一九一一年）における穀物神の章やユング（Carl Gustav Jung, 1875–1961）などの民族学的な説を援用し、聖セバスチャンが「若く清らかな肉体のまま射殺される」理由を、「アドニス同様、古代の農耕儀礼の人間犠牲の名残」に見出している。さらに、歴史の転換点に立っていたルネサンス人が、同じく古代ローマ帝国の衰滅期という転換点の中にあった人々の描いた主題に共通の主題を発見したためだともしている。聖セバスチャンの持つ「人間性、肉体、官能性、美、青春、力」といった人間的な輝かしい部分、すなわち「異教的ギリシア的要素」はこの聖者が生きていた三世紀には「キリスト教内部において」「窒息しはじめてゐた」が、それこそがまさに十五世紀のルネサンス人が復活しようとしたものだったのである。

セバスチァンの殉教は、二重の意味を持つてゐるかのやうであつた。すなはち、この若き親衛隊長は、キリスト教徒としてローマ軍によつて殺され、ローマ軍人としてキリスト教徒によつて殺された。彼はあたかも、キリスト教内部において死刑に処せられることに決つてゐた最後の古代世界の美、その青春、その肉体、その官能性を代表してゐたのだつた。（「あとがき」『聖セバスチァンの殉教』昭和四十一年九月）

これは、二十七歳の三島がローマでアンティノウスに見出したものと同じであり、終末感における最後の閃光という意味においては少年時代に彼が愛したローマ頽唐期の皇帝たち、陽物信仰のヘリオガバルスや残虐なネロにも通底しており、この作家にとって憑いて離れぬ固定観念と言える。このように彼が聖セバスチャンの変身の中に見た時代の転換点における青春の美の復権への欲求は、実は四十歳を迎えた三島自身の内部でも湧き起こりつつあったことだったのではないだろうか。十一歳の頃に体験した青年将校たちの挫折と悲劇という英雄的なものが、終戦後の挫折を補塡するという欲求とひとつになり、さらに聖セバスチャンの異教的な官能美に満ちた若き殉教者の像とも重なり合う。〈生きる〉ために重い扉を開け白亜の城に身を持していた三島の内部で、封印してきた欲望が突破口を求めてついに決壊し始めたのである。

昭和四十二年の正月の「年頭の迷ひ」という文章で三島は次のように書いている。

年のはじめごとに、私をふしぎな哀切な迷ひが襲ふ。迷ひといふべきか、未練といふべきか。といふのは、この大長編『豊饒の海』の完成は早くとも五年後のはずであるが、そのときは私も四十七歳になつてをり、これを完成したあとでは、もはや花々しい英雄的末路は永久に断念しければならぬといふことだ。英雄たることをあきらめるか、それともライフ・ワークの完成をあきらめるか、その非常にむづかしい決断が、今年こそは来るのではないかといふ不安な予感である。

しかし、三島の中で「英雄的死」が選ばれつつあったことは、四十歳を超えた三島の作品などから明確となる。「英霊の声」はまさにそのターニングポイントであった。そして、「英雄的死」を完遂するために求められたのが、聖セバスチャンがそのために生贄にされたキリスト教的な「神」にあたる〈絶対〉だったのだ。それが英霊たちにとっての「神」、人間宣言をする前の〈天皇〉であった。裏切りに遭った英霊たちが〈絶対〉を飢渇していた三島の心を襲い、受肉し、この後の〈行動〉へと彼を駆り立てていったのだ。戦後四半世紀の高度成長という欺瞞と安穏に満ちた〈死〉を忘却したこの時代にこそ、三島由紀夫という血の犠牲が必要とされたのである。

ますらおぶりへの旅

「三輪山を　しかも隠すか　雲だにも　心あらなも　隠さふべしや」（『万葉集』巻一・十八　額田王）

雲に情があれば、三輪山を隠すなんてことがあるだろうか、いやないだろう――保田與重郎《よじゅうろう》はこの強い語調に古《いにしえ》の人々の即身的なまでの山川自然に対する絶大な親愛の情を見た。奈良盆地の東南に位置し、神の籠もる山として古来より仰がれてきたこの三輪山は、古の人々に愛でられた時代そのままの美しい円錐形の姿をいまもとどめて変わることがない。杉、檜、松などの神聖な木々に覆われたその山肌には黒く堅い斑糲岩《はんれいがん》がところどころ露わになり、神の鎮まる場所にふさわしい凛乎《りんこ》たる空気を醸している。

この三輪山をご神体として祭る大神神社《おおみわじんじゃ》のそばに一台のタクシーが停車し、中から白人男性と日本人男性が連れ立って降りた。『豊饒の海』第二巻「奔馬」の取材のため三泊四日の旅程で京都からやって来た三島由紀夫とドナルド・キーンである。これは「英霊の声」を発表して二か月後の昭和四十一年八月のことで、神社を囲む木々の緑は濃くうっそうと茂り、蟬が鳴いていた。

「これこそエクスタシーだ」三島が感動と興奮に酔いしれたようになってキーンに囁いたのは、神社で奏された雅楽を板の間で正座をして粛然と聞いた後だった。同じように心を動かされていたキーンも頷いた。そんなある日、三輪山の頂上まで一緒に登ったり、取材をしたりと共に過ごしてきたキーンに三島は言った。「きょうはひとりで見て回りたいんだ。」このアメリカ人の文学者はひとりで日本最古の神社や神宿る山を歩きたいと考える三島の気持ちがわかるような気がした。キーンは『鏡子の家』以降、三島が日本の批評家たちから微妙に精神的な距離を置いていることに気がついていた。人間関係が重視される国内での批評に嫌気がさし、むしろ外国での評価に重きを置くようになっていることも……。

『豊饒の海』は明治から昭和五十一年までの時代を主人公が輪廻転生していくという設定で、その主人公と関わってきた認識者本多繁邦の目を通して描いた作品である。『奔馬』の主人公飯沼勲は第一巻『春の雪』の主人公松枝清顕の生まれ変わりである。清顕は結婚の勅許を犯して結ばれた聡子が自分との間の子を堕胎し出家したことを知って会いに行くが面会を拒まれ二十歳の若さで亡くなっている。その時、友人の本多繁邦に滝の下で再会する約束をする。二十年後本多は三輪山の滝に打たれている勲に会う。

取材のために生真面目な顔で庭師に質問をし、鉛筆で丹念にメモをとる三島は、神社の境内を巡る間も無数にある小さな社ひとつひとつの前できちんと立ち止まり、恭しくお辞儀をする几帳面さを示した。だが、キーンは小さなテーブルほどの社の前で神妙に頭を下げる三島を見て心中判断がつきかねるのである――これは一体信心深さから出ている行為なのだろうか、それとも、小説の中に出てくる昭和初年の頃の日本の青年の心に同化したいがための行為なのだろうか、と。

キーンと別れ、単独で奈良から広島に向かった三島は、海上自衛隊第一術科学校を見学し、生徒たちと剣道でひと汗流し、その中の教育参考館で特攻隊員の遺書を目にしている。その後、三島は最終目的地である熊本で四泊五日を過ごした。熊本での第一の目的は神風連《しんぷうれん》に関する取材であった。〈神風連の変〉は明治九年に熊本で新政府が発した断髪令、廃刀令などの開明政策に日本建国以来の根本理念である道義・道徳が崩壊することに危機感を覚えた旧士族たちが〈日本らしさ〉を守るために起こした事変を指す。

『奔馬』の勲は、昭和の神風連になろうと財界首脳の暗殺を企てる。三島は『禁色』を執筆していた頃に書生として雇っていたことがあり、後に熊本に帰郷した国語の教諭福島次郎に宿の手配などを頼み、熊本県を代表する郷土史家荒木精之《せいし》に神風連について話を聞くことになっていた。実は、奈良の大神神社に三日間参籠したのは神風連の人たちが信条とした古神道をよく知るためであった。白いズボンと白い靴に筋肉の引き締まった細身の体をぴっちりと包み込み、黒い網状の体を透かして見せるシャツという人目を引く出で立ちとは裏腹に、事前にしっかりと勉強し、神風連の心にまで深く入ろうとする礼儀正しさと真摯な姿勢、それに加えて快活でさっぱりとした受け答えには教える側の荒木も舌を巻いた。神風連について談義し、関連書籍を古書店から購入するなど三島は精力的な取材を行った。

二日目の夜、荒木が翌日の予定を尋ねた。すると、「午前中は神風連が挙兵する際に宇気比《うけい》を行ったという新《しん》開大神宮《かいだいじんぐう》を訪ねてみようと思います」という答えが返ってきた。荒木が「それならば、私が案内しましょう」と申し出ると、三島は光を放つ強い瞳でひたと相手をみつめ、「いいえ。私は一人で行きたいのです。神風連の人が通った道を歩き、神風連の人が見た肥後の自然を見たいのです」ときっぱりとした口調で断った。この三島の神風連への思いの深さに荒木は心を動かされずにはいられなかった。

午後には荒木の案内で、もとは神風連の烈士たちの遺族が「誠忠の碑」や「一二三士の碑」を建立した祠堂だったが、終戦後に神社となった桜山神社を訪れた。熊本の猛々しい暑さに吹き出してくる汗を拭いながら歩いていく。真夏の光を浴びて濃く繁る木々の間にひっそりと石造りの社が覗かれる神社は、廉潔な佇まいを見せていたが、神風連の変で戦死、切腹した百二十三人の志士たちの小さな苔むした墓石を三島は食い入るようにひとつひとつ眺めていた。広島に続き三島はここ熊本でも剣道で汗を流した。小手などの小技を嫌い、面ばかりを狙う真剣そのものの剣道であった。さらに、この地で三島は戦中に上官を殺害し自裁した蓮田善明の未亡人を夕食に招き、東京へ発つその日に日本刀まで購入している。「熊本の地で、日本刀を買う」というたっての願いを叶えるため、「古刀あり」と表看板に書かれた立派な骨董屋を福島に案内してもらい、店主の出してくる刀を一本ずつ抜いて吟味した上で選び、購入した。念願の地で刀を手に入れた三島の喜びようは、四年後の行動を予感させるような恍惚感に溢れていた。

帰京して二か月近くが過ぎると、三島は自衛隊体験入隊を希望し、いよいよ本格的に〈行動〉へと歩を進めることになる。この十日あまりの奈良・広島・熊本への旅は三島にとってまさに自らを純潔な青年たちに同化させる、〈ますらおぶり〉への旅であった。この年以降、恒例だった自宅でのクリスマスパーティーが開かれることは二度となかった。

〈行動〉への扉

奈良・熊本の取材旅行を踏まえ、「奔馬」が書かれ始めたのは昭和四十二年一月のことである。歴史上の憂国の士たちとの精神的同一化を図りながら、それと並行して三島の〈血〉への嗜欲が長編小説で復活したことも忘れてはならない。『奔馬』では神風連の烈士たちの割腹の様子が克明に描写されているが、それは刀と同様に三島が熊本から持ち帰った血の匂いのするある日誌の写しが関わっている。この写しは熊本で明治から開業している古書店舒文堂で神風連関連の史料を購入する際に店主が発したひと言がきっかけで手に入った貴重なものだった。当時の裁判官で、神風連の人たちの遺体のほとんどをひとりで検視した松山守善が記した日誌だと聞いた途端、三島は顔色を変え、その記録を是非とも見たいと懇願し、写しの到着を古書店で待った。日誌を開いた時、三島の瞳は異様なほどの強い光を放った。若者たちの透徹した至純の魂が宿る雄々しい肉体は鮮血で飾られなければならなかった。

こうして「奔馬」の執筆が進められているところに、昭和四十一年十二月十九日『論争ジャーナル』という民族派の雑誌を創刊しようとしている万代潔《ばんだいきよし》という青年が林房雄の紹介で馬込の三島の家を訪れた。この初対面の若者が訥々《とつとつ》と語る「一群の青年たちが、いかなる党派にも属さず、純粋な意気で、日本の歪みを正そうと思い立って、堅く団結を誓い、苦労を重ねて来た物語」に感動する自分に驚愕したことを三島は後に『論争ジャーナル』で回想している。万代との邂逅は楯の会結成へと繋がっていく糸口であった。昭和四十二年一月二十七日「奔馬」の第一回の連載分をホテルで書き終えて帰宅すると、早稲田大学の民族派学生組織である日本学生同盟の持丸博という学生が初めて三島邸を訪れた。日本の自主独立という新民族主義を謳ったこの組織は林房雄、村松剛などの文化人に支持されるようになるが、万代から三島邸訪問の話を聞いた持丸はこの大作家に機関紙『日本学生新聞』の創刊号への寄稿を頼みに来たのである。持丸は後に楯の会の初代会長となる。
同年四月十二日から五月二十七日まで三島は単身、念願の自衛隊に体験入隊を果たした。半年近く方々に働きかけ一週か二週おきに一時帰宅し、訓練地を変更するという条件でこの四十五日間の体験入隊はようやく実現にこぎつけたのである。三島は訓練後にえも言われぬ存在感覚を味わった。それは、昭和二十七年に世界一周の旅の途上で太陽と接した時の感動、鍛えた体で神輿を担いだ時の陶酔感を上回るものであった。
三島は昭和四十二年の九月に「武士道といふは、死ぬ事と見付けたり」という一節で有名な、鍋島藩士山本常朝による著書『葉隠』の案内書『葉隠入門』を刊行し、思想を投影した論を展開するようになる。十一月には民兵隊組織の試案が作成され、十二月の末に三島は赤坂の割烹で陸上自衛隊第一師団長となって退役したばかりの藤原岩市と陸上自衛隊調査学校情報教育課長である山本舜勝《きよかつ》と会食をした。本格的に自衛隊の中枢の人々への接近を開始したのである。初対面の山本は三島に言った。

書くことと行動することとは大変な違いだと思いますが、文士でいらっしゃるあなたは、やはり書くことに専念すべきであり、書くことを通してでも、あなたの目的は達せられるのではありませんか?

三島の体験入隊の話を聞いた時は高名な作家のお遊びではないかと胡散臭く思っていた山本も、三島の「祖国防衛はなぜ必要か」というパンフレットを読み、この作家に興味を抱くようにはなっていた。しかし、本人を前にしてみると問いたださずにはいられなかったのである。すると、三島は真剣な目で山本をみつめ、大きな怒号のような声で答えた。

もう書くことは捨てました。ノーベル賞なんかにはこれっぽかりの興味もありませんよ。

山本は一年後に再び同じことを三島に問うたが、やはり「私はペンを捨てました」という同じ答えが返ってきた。三島は作品の中に自己を投入するのではなく、〈行動〉の中に投入する決意を固めていたのだ。

アンティノウスとの再会

最初の出会いから約二年間、山本から多くを学んできた三島は昭和四十四年になると、盛んに決起の機会を窺い、山本に行動を迫るようになった。だが、その度に山本は二の足を踏んだ。やがて、山本の長い教育経験の中で「最高の生徒」であり、「もっとも雄々しく、優れた魂」であった三島は彼を見限り、遠去かっていった。昭和四十五年六月、三島自決の五か月前に山本が久しぶりに白亜の豪邸を訪ねると、三島はあるレコードを流し、かつて皇居で天皇より賜わった煙草とともにそのレコードを差し出した。「形見として」――手渡した時に三島が発したこの言葉は山本の心を鋭く刺した。「許してくれ。」そう心の中で詫びながら山本は自分を送りとどけてくれた三島の車が消えて行った夕暮れの道をいつまでもみつめていた。純粋な決意に燃える三島の目に自分が「裏切り者」として映ったことは、癒えることのない傷となってこの陸軍大学卒で多くの自衛隊青年将校に強い影響を与えた剛毅な男の心で生涯疼き続けることとなる。

その時、三島が「形見」として渡したレコードは楯の会の隊員とともに合唱し、昭和四十五年四月二十九日の天皇誕生日にクラウンレコードより発売された楯の会の歌「起《た》て！　紅《くれなゐ》の若き獅子たち」であった。三島由紀夫が作詞を手がけ、歌詞のコピーが昭和四十五年の正月に三島邸の新年会に訪れた隊員たちに配られた。

一、夏は稲妻　冬は霜
富士山麓《さんろく》にきたへ来《こ》し
若きつはものこれにあり
われらが武器は大和魂《やまとだま》
とぎすましたる刃《やいば》こそ
晴朗の日の空の色
雄々しく進め　楯の会

二、憂ひは隠し　夢は秘め
品下《しなふ》りし世に眉上げて
男とあれば祖国《おやぐに》を
蝕《むしば》む敵を座視せんや
やまとごころを人問はば
青年の血の燃ゆる色
凛々《りり》しく進め　楯の会

三、兜《かぶと》のしるし　楯ぞ我
すめらみくにを守らんと
嵐の夜《よる》に逆らひて
よみがへりたる若武者の
頰にひらめく曙は

正大《せいだい》の気の旗の色
堂々進め　楯の会

ここで謳われる「よみがへりたる若武者」を体現した人物こそ、昭和四十三年自衛隊体験入隊に参加した早稲田大学の学生で楯の会第二代目学生長となる森田必勝である。この歌詞の青年像は三島が「憂国」で描いた武山中尉、『奔馬』の勲、神風連の変で切腹した烈士たち、二・二六事件で銃殺された青年将校たち、特攻隊で散華した若者たちを彷彿とさせるが、森田はまさに三島が作中で描いてきた虚構の世界の人物が抜け出てきたかのような若者であった。

楯の会は当時若者に人気だった雑誌『平凡パンチ』の誌上でも隊員を募った。同誌ではフランスのドゴール大佐の軍服をデザインしたデザイナーによる制服を着た楯の会のメンバーたちの写真特集が組まれた。隊員になればそのお洒落な制服を無償で貸与され、あの三島由紀夫とも接することができる――そんな軽い気持ちから隊に参加する青年もいた。

しかし、森田は違っていた。三島に出会う以前から学生文化フォーラムの自己紹介で立ち上がると、いきなり「僕は国のために死にたいと思います」と言って周囲の学生たちを驚かせた。白地に赤い日の丸の旗が世界一美しいことに感激してひとり道端で人目を憚らず「万歳」と発し、「俺の恋人、誰かと思う　神のつくりた日本国」という徳富蘇峰の歌を愛誦するような青年であった。楯の会の『楯』創刊号（昭和四十四年二月）においても、「ぼくは二十三年の間、ただ一人の女性に恋をしている。（中略）恋愛そのものに没頭し、全てを忘れてしまうこともある。そしてそれ以上に愛することには必ず苦痛が伴うことも知ってきた。この苦悩をのりこえ、この恋愛に真剣に取りくもうと思っている」と日本国という恋人に向けて熱烈な恋歌を捧げている。彼を知る人はみな、いつもニコニコと白い歯を見せ、「しかし、腹減ったなあ」と口癖のように言い、公園に行けば子供たちが集まってくる、青春の明朗さと快活さだけで作られたようなみんなの人気者が血にまみれた壮烈な最期を遂げるなど予測することは到底できなかった。

正義感と意志の強さ、言行一致の態度、そして何よりも日本国に対する一途な想いがこの朗らかな青年を俗人から分け隔てていたが、それは三島においても同じことであった。自衛隊の訓練地では肉体的に一番辛いはずの四十五歳の三島が常に先頭を切って苦しい訓練に耐えた。その姿を見て若い隊員たちは落伍するわけにはいかず、歯を食いしばった。また楯の会はすべてが三島の私財によって賄われていたが、隊員たちが就寝した夜半、寒い部屋でその資金調達のためひとり原稿を書くその姿に隊員たちは心を打たれた。肉体を極限まで追い詰め、質素な食事に耐え、寸暇を惜しんで執筆するという、高名な作家が好んで送るとは思えない苛酷な訓練生活は、三島にとって降り積もった世俗の垢を削ぎ落とし、少年時代の純潔な魂を取り戻すための禊《みそぎ》の意味があったのだろう。「僕は先生のためにいつでも死にます」とだけ記された森田からの手紙を読んだ三島は、作中の憂国の士たちが、少年時代に愛した聖セバスチャンがついに自分の眼前に現れたことを確信せずにはいられなかったはずである。

そして、驚くべきことに森田という青年はローマのヴァチカン美術館で出会ったあの青春の光を集めたようなアンティノウスの面影を宿していた。

ダイヤモンドと薔薇の王国

〈行動〉へと活躍の場を移し、ライフワークの『豊饒の海』の執筆を続ける傍ら、三島は戯曲にも心血を注ぐ。『朱雀家の滅亡』（昭和四十二年）、『わが友ヒットラー』（昭和四十三年）、『癩王のテラス』（昭和四十四年）、歌舞伎『椿説弓張月』（昭和四十四年）を上梓し、演出の打ち合わせにも顔を出した。楯の会の会合の場として、御茶ノ水の山の上ホテルが使用されることが多かったのも、昭和四十三年に劇団NLTを脱退し設立した浪漫劇場からの利便性がよかったことと関係がある。

こうした中で注目したいのが、三島が自決に至るまでの三年の間に『黒蜥蜴』が何度か再演されていることである。昭和四十二年九月には寺山修司が書いた『毛皮のマリー』の舞台で難解な台詞を見事に操る主演の丸山明宏の演技に感嘆した三島は、丸山を迎えての『黒蜥蜴』再演を持ちかけている。この女性と見紛うほどの頽廃的な美貌の持ち主は、女賊〈黒蜥蜴〉を演じるのに申し分はなかった。『黒蜥蜴』は翌年四月に再演され、非常な人気を博し、昭和四十四年にも再び上演されている。三島は千秋楽で剝製にされて〈黒蜥蜴〉の恐怖美術館に飾られている青年役で特別出演したが、昭和四十三年に丸山主演で深作欣二監督でこの作品が映画化された際にも、同じ役で特別出演している。映画では鍛え抜いた裸の上半身を見せ、大きくカっと見開いた目は天上を仰いでいる。

その背後には、ビアズリーの『サロメ』の拡大された白黒の絵が飾られている。実は、ビアズリーの悪魔的な絵は最初の歌やクロージングで丸山の背後にも、〈黒蜥蜴〉のアジトの壁面にもエントランスの覗き窓にも使用されており、『黒蜥蜴』に漂う世紀末風の妖しさを引き出すアクセントとなっている。そればかりではない。丸山の演じる酷薄で妖艶でありながら純粋な心を内に秘める〈黒蜥蜴〉は、残酷さと無垢が共存する処女サロメを思わせる。少年期に初めて手にした『サロメ』を『黒蜥蜴』に重ね合わせたことに、死を見据えたこの作家の少年期に対する哀切なまでの郷愁が感じ取れるのである。絶命寸前の〈黒蜥蜴〉に明智は「僕にはわかつたよ、君の心は本物の宝石、本物のダイヤだ、と」と告げる。彼女の死後、宝石と娘を取り戻すことができたことに感激し、しきりにこの恩は忘れないと感謝する岩瀬老人に明智は言う。

明智　忘れて下さつて結構です。あなたの御一家はますます栄え、次から次へと、贋物の宝石を売り買ひして、この世の春を謳歌なさるでせう。それで結構です。そのために私は働らいたのです。

岩瀬　え？　贋物の宝石だと？

明智　ええ、本物の宝石は、（ト黒蜥蜴の屍《しかばね》を見下ろして）もう死んでしまつたからです。

――幕――

本物の宝石である〈黒蜥蜴〉の死に三島は何を見たのだろうか。『黒蜥蜴』は自決の年、昭和四十五年一月十五日に牧羊社から限定版が出版されているが、その装幀は蜥蜴の皮革を用い、頁に蜥蜴が型押しされた非常に凝ったものである。私家版も作成し、母親倭文重を始めごく親しい人たちに配っている。三島は昭和四十年の『サーカス』に続き、昭和四十三年十一月にも限定版で『岬にての物語』を刊行しているが、こうした青春時代に書いた純粋な恋人たちの死の物語と、ダイヤモンドの心を秘めたまま命を断った女賊の物語を特別に美しい装いをさせて世に再び送り出したことは偶然ではないだろう。三島が目指した武人としての死と情死はまるで次元の異なるもののようであるが、自分が信じるもののために死ぬという心の透明さ――その一点において両者に径庭はないのである。

作家の生前に浪漫劇場が行った最後の公演は『薔薇と海賊』（昭和三十三年刊行）であった。三十七歳の童話作家楓阿里子と三十歳で八歳の心を持つ白痴の青年松山帝一の三幕物のラブロマンスである。阿里子は十七歳の時に公園で、後に夫となる重政に犯された。翌朝彼を殺そうとベンチで待っていた阿里子は、重政の目に聖女のごとく映る。重政は彼女の「純潔」と「絶対の聖らかさ」を崇め、ふたりは結婚するが、阿里子は初夜から肉体関係を拒絶した。夫婦は最初の強姦の日以来、一度も夫婦関係を持たずに二十年間ホワイト・マリッジを通してきた。二十歳になる娘の千恵子はこの夫婦のたった一度の交渉で授かった子であり、その事情を知っている現実的な娘である。特殊な結婚生活の中で夫が女を家に連れ込んでも阿里子はお客としてもてなし、自分は童話の世界に没頭することで固い純潔を守り抜いてきた。
帝一はそんな阿里子の孤独で純粋な心が紡ぎ出す童話のファンで、阿里子に会いに後見人の額間《がくま》に連れられて家を訪ねて来たのである。帝一は自分のことを阿里子の童話の作中人物「ユーカリ少年」だと思い込んでいる。人気童話作家として多忙な阿里子が帝一に会おうと思ったのは、その「純潔」ゆえであった。

阿里子　今の時代に純潔な童心を三十年も持ちつづけていらつしやるなんて、それだけでも尊いことぢやございません？　純潔ほど美しいものがあるでせうか。

三島が十三歳の時に書いた短編「酸模」の主人公秋彦は大人と迎合することで〈純潔〉を失う。三島はこの処女短編と呼んでもいい作品に自己の一生を貫く〈純潔〉のテーマを描いていたのだが、このことは阿里子が重政の女に向かって発する次の言葉に明らかである。

阿里子　失つたあとではじめて、徐々に、おぼろげなものがだんだんはつきりと、私にはわかつて来たの。純潔の大事な意味が。自分で持つてゐたあひだは気のつかなかつたその意味が、尊さが、聖《きよ》らかさが。

純粋なダイヤの心を傷つけないために死を選んだ〈黒蜥蜴〉と同様に、阿里子も傍から見れば不自然で奇形な夫婦関係を続け、その極めて不安定で脆弱《ぜいじゃく》な台座の上で透明な〈純潔〉を守り抜いたのである。阿里子は帝一と会話を交わすうちに、この美しい青年の衣に包まれた無邪気な魂に惹かれていく。今までにないほど大事な人だと思いながらも、もしも帝一と何度も会ったら「私は私でなくなり、私はすつかり空つぽにされてしまふでせう」

という考えから、阿里子は帰りたがらない帝一を諭して別れる。そこで第一幕は終わる。ところが、帝一は後見人の額間から逃れ、阿里子の家に戻って来るのだ。阿里子は乗るはずの汽車に乗らず旅の予定をすべて取り消して帝一をかくまう。

阿里子　あなたの澄んだ目を見てゐると、信じないわけには行かなくなるの。あなたに会つてゐると、私がほんの手すさびに書いた童話の中の、あんな奇想天外な事件の数々が、この世で本当に起つてゐるやうな気がするの。あなたばかりか私までが、童話の中の人物みたいに、遊びに夢中になつて、いつも夢を見てゐて、澄んだ目をして、孤独で、しじゆう危険にさらされてゐるやうな気がして来るの。

帝一は黙っている。阿里子は「私も黙つてゐるのは好き。心がいきいきと対話をしてゐるときは、黙つてゐることが礼儀ですものね」と言う。すると帝一も「うん……」と答える。この後、舞台では長い間がある。〈純潔〉を介してふたりは言葉を発しなくても、同じことを感じ、同じ場所にいることがわかるのだ。この言葉のない時間は、阿里子が自らを世の中と隔絶するために築いていた冷たくて透明な孤独という壁が氷解していく瞬間である。また、二十年の間、夫を拒み、「固い純潔の権化」となって童話を描きながら現実世界から逃避して生きてきた彼女が生身の女を取り戻した瞬間でもある。それは世俗との融合を意味するのでもなく、肉の世界への覚醒を意味するのでもない。世俗的な人間たちが決して入ることのできない堅固な純潔の世界に、一緒に住む相手を受け容れるための時間なのである。帝一は阿里子の家を「船」と呼び、「僕たちは海賊船を占領したんだ。さうして僕たちの王国へ舳先《へさき》を向けたんだ」と阿里子を促すのである。言うまでもなく、「海賊」とはふたりの毀れやすい心を傷つけようと狙っている敵、すなわち「正義にそむいて」「卑しい考へ」を持つ俗人たちを意味し、「王国」とはふたりが純潔を守ることのできる地のことである。
帝一がユーカリ少年でいられるのは童話に出てくるものと同じ、鞘に薔薇の模様のある短剣を持っている時だけである。額間は帝一から薔薇の短剣を奪い、威嚇することでこの白痴の青年を思うままに操っていたのである。一度は帝一のもとに戻ってきた薔薇の短剣が再び額間に奪われた時、帝一と阿里子（楓）は海賊と戦う童話の主人公となっていた。

帝一　みんな海賊だ。みんな敵なんだ。
楓　私がついてるわ。
帝一　君だけだね。阿里子、君だけだね。
楓　からしてだんだん強くなるのよ、だんだん利口になるのよ、みんなが海賊だとわかつたとき。
帝一　船の帆は、でも破けちやつた。帆柱はもう折れちやつたんだ。
楓　その帆を繕ふのよ。私は女よ。御裁縫は巧いわ。
帝一　だめだ。もう帆はもとに戻らないんだ。

（中略）

帝一　阿里子……。
楓　え？
帝一　僕は一つだけ嘘をついてたんだよ。王国なんてなかつたんだよ。

『薔薇と海賊』は三島の自決の一か月ほど前の十月二十二日から地方公演も含め死の二日前まで上演された。三島が『薔薇と海賊』の稽古に訪れた際、懐かしむように稽古場を眺めまわしていた姿を記憶にとどめている団員もいる。「最近ますます、何て世の中は海賊ばかりだろうって思うよ」と呟いたことも。三島はこの戯曲を稽古の時と自決の一か月前の再演時に見て、二度ともこの第二幕の幕切れの場面でさんさんと涙を流した。自衛隊訓練と迫りくる行動に向けての心労で削げたその頬に、涙はとめどなく流れた。〈王国〉を目指していたのは三島自身であったのだろうか。だが、その〈王国〉はなかった……。

血染めの薔薇を求めて

とすれば、三島にとっての〈王国〉とはどのようなものだったのだろうか。それを考える時、まず挙げねばならないのは、最晩年の三島が発見したひとりの文学者の存在である。年少の三島の才能を高く評価し、いつも優しい目を向けて激励してくれた文人、終戦時に壮烈な最期を遂げた蓮田善明である。

陸軍歩兵中尉としてマレー島のジョホールバールに駐屯していた蓮田は、連隊長の中条豊馬大佐を射殺し、自らのコメカミを撃ち抜いて自裁した。中条は戦局が不利になると、敵と通じ、保身に走るという卑しい行動をとったからである。その上、終戦を周知する際、皇室と国体に対して不敬な言葉を吐いた。蓮田はこの卑劣な上官の行いを許すことができなかったのである。この事実を三島は小高根二郎の著書『蓮田善明とその死』によって知ることになった。

この本が昭和四十五年四月に刊行された際に三島は「序文」を寄せている。その中で蓮田の憤りは「冷笑」、「客観主義」、「不誠実」、「事大主義」、「非行動性」、「独善」などを特徴とする「日本近代知識人」に向けられていたと言う。三島はさらに、蓮田がそうした知識人たちがいかに「文化の本質を毒したか」を目のあたりにし、「自分の少年のやうな非妥協のやさしさがとらへた文化のために憤りにかられてゐたのである」と看破した。そして、戦後自分もこの「内部の敵」に接するにつれ、「蓮田氏の怒りは私のものになつた」と書く。「そのやうな激しい怒り、そのやうな果敢な行為が、或る非妥協のやさしさの純粋な帰結であり、すべての源泉はこの『やさしさ』にあった」と書いた時、この「非妥協のやさしさ」は、そのまま三島自身の怒りと行為の源泉となった。

さらに、三島は学習院時代に肺結核で早世した先輩東文彦の作品集の刊行を講談社に持ちかけ、自決のちょうどひと月前の十月二十五日に『東文彦作品集』のための「序」を書く。その出会いの日から常に絶対安静の病室で仰臥《ぎようが》していた東は、明るく聡明でいつも快活な青年であった。東文彦は、華やかな文学的才能を垣間見せていた少年三島と、小説の進行具合や構想について話すのを好んだ。しかし、ほどなくして東は二十三歳で病死する。三島は戦火に華々しく散る「壮烈なヒロイズム」よりも「もつと静かな、もつと苦痛に充ちた、もつと目立たないヒロイズム」を、東の死の中に見出したのである。自決を目前に控えた三島は東の「清潔な規範」である作品を世に出すことに尽力し、『東文彦作品集』は昭和四十六年三月に刊行された。

奇しくも東の作品集のための「序」を書いた数日後に、三島は『仮面の告白』のガラス装幀版の打ち合わせを行った。ダイヤモンドさながらに深い青色のビロードの箱に収められた透明なガラスの表紙を持つこの限定本は、昭和四十六年十一月二十五日、三島の一周忌に講談社から刊行されている。それ以前に特別な装幀の限定版として刊行された「サーカス」、「岬にての物語」と同様に、戦下における自身の青春を映し出している『仮面の告白』を宝石のような形で世に送り出そうとした三島の心境はいかなるものだったのだろうか。

『東文彦作品集』に寄せた「序」の中で三島は、東文彦と徳川義恭《よしやす》と三人の同人誌『赤絵』に触れている。同人であった東も徳川も他界し、雑誌そのものも二号の短命で終わったことを顧みて、作家は『赤絵』自体が「戦争中のはかない文学的青春の夭折」の象徴であり、三人は「もともと若死の仮説の下に」集まっていたのだと少年時代を振り返っている。

しかし、「赤絵」には、戦争の影は一片も射してはゐなかつた。あれほど非政治的な季節を今の青少年は想像してみるのもむづかしいにちがひない。文学は純粋培養されるものだといふ自明の前提があり、反抗も声高な叫びも、いや、逃避さへもなかつた。何から何へ向つて遁《のが》れようとする意志すらなくて、われわれは或る別の時間を生きてゐたのである。そして死が、たえず深い木洩れ陽のやうにわれわれの頭上にさやいでゐた。

「或る別の時間」の中で少年三島は優しい死の子守歌を聞きながら、夜を徹して小説を書き、今は亡き友人たちと文学を論じた。死を覚悟した三島の心は「戦争中の純化された思ひ出」に、つまり、久しく遠ざかっていた「自己の源泉」である少年期へと回帰していった。その源泉こそ、三島にとっての〈王国〉であった。

昭和四十五年十一月二十五日午前十時過ぎ、三島は自宅に迎えに来た楯の会学生長森田必勝、楯の会隊員の小賀正義、小川正洋、古賀浩靖とともにあらかじめ武器搬送用に事前に購入していたコロナで市ヶ谷自衛隊駐屯地へ赴いた。座席に置かれたアタッシュケースに詰められていたのは檄文、要求書、短刀二本であった。三島は軍刀用に仕立てた関孫六を携えていた。

東部方面総監室二階で森田たちと益田《ました》兼利総監を拘束することに成功した三島は、正午までに自衛官を集合させるよう要求した。八百名が前庭に集まった。総監室前バルコニーから要求項目を記した垂れ幕を垂れ、夥しい数の檄文を撒いた後、三島はバルコニーに立って演説を行った。自衛隊の隊員たちに向かって経済的繁栄にうつつを抜かし、国民精神を失った戦後の日本で真の日本人、至純の武士の魂を持つ自衛隊が自らを否定する憲法の改正に立ち上がることで、歴史と伝統の国日本を取り戻すことができると信じ、その義のために共に命を捧げようと呼びかけた。三島の声は報道用のヘリコプターの旋回する轟音と自衛官たちの野次にかき消された。約十分の演説の後、三島は天皇陛下万歳を三回唱え、室内に消えた。三島は総監に「恨みはありません、自衛隊を天皇陛下にお返しするためです」と話しかけ、上着を脱ぐと、バルコニーに向かうように正座をした。バルコニーの彼方に位置するのは幻の〈神〉の棲まう皇居であった。三島は〈絶対〉の奪回のために命を懸けたのである。三島の切腹とそれに続く、介錯。その後、森田が続き、総監室は血の海と化した……。

「ずっと捜し続けていた青年に会えたよ。」そう三島は会話の途中にポツリとつぶやいた。その時の三島の「優しく澄んだ眼差し」は画家金子國義にとって生涯忘れられない影像となって瞼に焼きついた。決起の八日前の十一月十七日の夜、帝国ホテルで行われた谷崎潤一郎賞受賞パーティーの帰りに三島が寿司屋に誘ってくれた時のことであった。三島と森田の自決の一報を聞いた時、金子の耳に蘇ったのは八日前に三島が発した言葉であった。そして、この大作家の人生の大詰に「森田必勝君との道行《みちゆ》きさながらの清らかさ」を感じずにはいられなかった。三島は若い森田を道連れにはできないと考えを改めるように促したが、楯の会の隊員たちが口を揃えて純粋で潔い青年であったと懐かしむ森田は、三島をひとりで行かせるわけにはいかないと決意を翻すことなく、凛冽な最期を遂げた。

ふたりは〈王国〉へと旅立ったのである。

『薔薇と海賊』の第三幕では、海賊たちに勝った帝一と阿里子がふたりきりで王国を築く。薔薇の短剣を金の革帯に吊るし、王冠をかぶった帝一と同じく冠をかぶった阿里子は王子と姫になる。ふたりが戴《いただ》く冠は薔薇がそのまま宝石になつたこの世のものとは思われない美しさで煌めいていた。この王冠をふたりに授けようとした時、幽霊たちは口々に言った。

勘次の幽霊　永いあひだ土に埋《う》もれてゐた緋《ひ》いろの薔薇が宝石になりました。花びらの色もそのまま、匂ひもそのまま、ただ透きとほつて、きらきら輝やいて、枯れない薔薇になりましたんです。

定代の幽霊　もう薔薇は枯れることがございません。

勘次の幽霊　この世をしろしめす神様があきらめて、薔薇に王権をお譲りになつた、

定代の幽霊　これがそのしるしの薔薇、

勘次の幽霊　これがその久遠《くをん》の薔薇でございます。

定代の幽霊　薔薇の外側はまた内側、

勘次の幽霊　薔薇こそは世界を包みます。

定代の幽霊　この中には月もこめられ、

勘次の幽霊　この中には星がみんな入つてをります。

定代の幽霊　これがこれからの地球儀になり、

勘次の幽霊　これがこれからの天文図になるのでございます。哲学も星占ひも、みんなこの凍つた花びらのなか、

緋いろの一輪のなかに在るのでございます。

楓　愛情も？

勘次の幽霊　はい、愛情も、

帝一　勇気も？

定代の幽霊　はい、勇気も。

勘次の幽霊　そればかりか算盤《そろばん》も、貸借対照表も、政治も、閣議も、タイプライターも、大きな都会《まち》も、地下鉄も、新聞も、カレンダーも、日曜日の約束も、……何もかもこの中に在るのでございます。

海賊がいなくなり、純潔な世界が復活した途端、地中に埋もれていた薔薇は宝石として永遠なる透明な輝きを取り戻す。この美しい緋色の薔薇の中には世界のすべてが存在する。ふたりの結婚式は阿里子が自作の童話を模して造った「月の庭」で執り行われる。実は三島は当初『薔薇と海賊』に『月のお庭』という題をつけたが、劇団の意向により変更している。この「月の庭」は三島の遺作となった『豊饒の海』第四巻『天人五衰』のあまりにも有名なあの最終部の寂寞《じやくまく》を極めた夏の庭、月修寺の庭に繋がりはしないだろうか。「夏の日ざかりを浴びてしんとしてゐる」庭は、眩い太陽光線の中で白く輝いていたはずである。〈純潔〉は三島の色彩で言えば白であった。その空には終戦の破壊と腐敗の夏の太陽の向こうに二十歳の三島が垣間見た絶対の青が、すべてを呑み込んでなお静謐な海の青と重なって煌めいていた。記憶も何もない静かな庭――それこそが十代の純潔へと回帰した三島が行き着いた世界なのかもしれない。

〈純潔〉の白と〈絶対〉の青。そして薔薇の赤……。『薔薇と海賊』の王冠で透き通った緋色の薔薇の宝石は清冽な光を湛えて輝いている。それと同時に、この薔薇は血の色を表している。三島は昭和四十二年十月に『豊饒の海』第三巻の取材のためインドとタイに赴いた際、インドのカルカッタのカリー寺院で生贄の儀式を見て感銘を受けた。犠牲の宗教であるヒンズー教でかつては行われていた人身御供の代わりに牝山羊が生贄として捧げられる。犠牲の儀式について三島は昭和四十二年十月に「インド通信」という新聞記事に次のように記している。

犠牲台の首枷《くびかせ》にはさまれて悲しみの叫びをあげる小牝羊、一撃の下に切り落される首、……そこには、本来人間が直面すべきもので、近代生活が厚い衛生的な仮面の下に隠してしまつた、人間性の真紅の真相がのぞいてゐる。

人間は可視的なもの、形のあるものに「魂をゆすぶられる」と考えた三島は、こうした残虐で野蛮な血の儀式に、カトリックの荘厳な儀式や祭服と同じ「生きてゐる宗教」の力を見たのである。

三島と森田が流した血も〈絶対〉に捧げられた犠牲の生き血ゆえに生々しい迫力をもって今も多くの人々を引きつけてやまない。しかしながら、三島が流した血は、武人としての自己処罰の血であると同時に、芸術家としての血でもあった。

オスカー・ワイルドの童話に「ナイチンゲールと薔薇」(一八八八年)という一篇がある。物語は小鳥のナイチンゲールがある日、庭で歎いている青年を見かける場面から始まる。青年はたった一輪の赤い薔薇がないためにその美しい瞳に涙を浮かべ、その真紅の唇から歎息をもらすのである。意中の女性が赤い薔薇を贈ってくれたら、舞踏会で一緒に踊ってくれると約束してくれたのに、庭には薔薇がないから……。この悲嘆に暮れる美しい青年の姿に、ナイチンゲールはそれまで夜ごと自分が歌い続けてきた恋の歌《ラブソング》に登場する「真の恋人」を見出し、恋愛を成就させて「真の恋」を完成させることを決意する。方々を飛び回った結果、真紅の薔薇を手に入れるには、ナイチンゲールが夜通し、月に向かって恋の歌を歌いながら、その胸に薔薇の棘を刺し、その心臓の生き血を葉脈に注ぎ込み、薔薇の花をその血で赤く染めなければならないことが告げられる。ナイチンゲールは大好きだった庭の木の枝や自然に別れを告げ、架空の歌を現実のものにしようと行動を起こすことに決めるのである。

ナイチンゲールが歌う歌の内容が少年少女の淡い初恋から、狂おしい恋愛へと激しさを増すにつれ、その柔らかい胸に棘が深く刺しこまれる……、その歌声が苦痛に張り裂けそうになるにつれ、薔薇の花びらは花嫁の頬をほんのり染める桜色から赤い色へと変ずる。ついに棘が小鳥の小さな心臓を貫き通し、いまわの際の絶叫をあげた瞬間、芯まで深紅に染まった薔薇は、エクスタシーでぶるっと打ち震えると、その花びらを朝の透明な冷気に向かって開くのである。薔薇が声をかけると、ナイチンゲールは大きな棘を胸に突き刺したまま、草の上で息絶えていた。こうして小さな鳥の犠牲の血によって息を吹き返した薔薇は、その後青年に手折られ、喜びいさんだ青年によって恋人の手に渡される。しかし、薔薇は不実な恋人に嘲笑され、ついには冷笑的になった青年に道端に捨てられ、馬車に踏みつぶされる。

これは間違いなく芸術家の象徴的物語である。芸術家のナイチンゲールが心血注いで創った芸術作品が薔薇の花であり、この花の価値を理解せず、捨て去る青年と娘は俗世間の代表である。真の芸術家がいかに身を削って作品を創り出すのか、信じたもののためには自分の血さえも惜しまないかを、それが誰にも受け入れられず無駄に終わるかもしれないことも承知の上であることを、ワイルドは愛らしい小鳥の姿に託して読者に突きつけてみせた。三島もまた芸術に対する時、ワイルドと同じ感覚を持っていたのではないだろうか。昭和四十一年四月に『憂国』が映画化された際に発表した「『憂国』の謎」という文章の中で三島は次のように書いている。

芸術家は、ペリカンが自分の血で子を養ふと云はれるやうに、自分の血で作品の存在性をあがなふ。彼が作品というふモノを存在せしめるにつれて、彼は実は、自分の存在性を作品へ委譲してゐるのである。
ここに芸術家の存在性への飢渇がはじまる。私は心魂にしみて、この飢渇を味はつた人間だと思つてゐる。

若かりし頃から作中に自己を注ぎ込んできた三島は、現実世界での存在感の希薄を常に感じ、それを埋めようとしていた。太陽の光を浴び、体を鍛え、自衛隊の訓練で肉体を酷使することは、彼にとっては自己の存在を確認するために不可欠なものだった。だが、魂の空洞を埋めるために鍛え始めた肉体は筋肉を増し、苛酷な訓練による苦痛を覚えるにつれ、より強烈な存在感を肉体の持ち主に要求し始めた。昭和四十三年に刊行された告白的エッセイ『太陽と鉄』の中で三島は書いている。

苦痛とは、ともすると肉体における意識の唯一の保証であり、意識の唯一の肉体的表現であるかもしれなかつた。筋肉が具《そな》はり、力が具はるにつれて、私の裡には、徐々に、積極的な受苦の傾向が芽生え、肉体的苦痛に対する関心が深まつて来てゐた。しかしどうかこれを、想像力の作用だとは考へないでもらひたい。私はそれを肉体を以て直《ぢか》に、太陽と鉄から学んだのである。

腹に刃を突き立て、血が噴き出す瞬間に、三島は生まれて初めて自己の存在を認識できたのかもしれない。まさにこれは芸術家の生贄の儀式と呼ぶほかはない。

三島は、作家とは自らの作品の結果なのであり、自作に描いた不可避性や必然性を自己に課すことは運命だと語った。つまり、書いてきたものが自分の人生にはね返ってくることは芸術家の運命なのだと。それがたとえ芸術と異なる次元の世界へ芸術家を向かわせる結果になったとしても、もしも本物の芸術ならば、必ず芸術の方が追いかけてくるのだと。自分を捨てて砂漠に消えた男を追いかける女が本物の女であるように、文学に背を向ける作家を追いかけてくるのが本物の文学であると断言した。三島は少年時代から自らが渇望する〈血〉を作中に描き込んできた。「六年前に憂国を書いてから、豊饒の海に入って、まさかこれを自分で実演することになるとは思わなかった」——市ヶ谷自衛隊駐屯地へ向かう車中、三時間後に死を控えた三島は呟いた。血の生贄の儀式を自らの肉体に課すことは、疾風のごとく華麗な人生を駆け抜けていった作家の宿命であったと言えるだろう。

刀が振り下ろされ、作家の鮮血が迸った。すると、かつて彼が冷たく捨てたはずの文学は、砂漠の灼けた砂粒をものともせずに裸足で髪を振り乱して、この作家を追いかけてきた。かくして〈死〉は作品に結晶化し、燦然と輝く薔薇の宝石となった。薔薇は三島の生き血に染められて息を吹き返したのである。

エピローグ――『サロメ』、死の演出

大空の斬首ののちの静もりか没《お》ちし日輪がのこすむらさき　春日井建『未青年』

昭和四十五年十一月二十一日――自決の三日前の深夜。三島邸の三階に左右対称に一室ずつ増築されたドーム型の部屋の右の間で、ある会話が熱心に続いていた。翌年二月に上演予定の浪漫劇場第七回公演『サロメ』に向けて、演出担当の三島が演出助手の和久田誠男《わくたしげお》を前に最終の打ち合わせを行っていたのである。

円形の建物の庭側に面した半円分は全てガラス扉になっており、天井部分の高いところからカーテンが吊るされている。あとの半円部分には壁に沿うように半円形の布張りのソファが据え付けられ、ソファの背もたれの上部の壁は飾り棚用にところどころくり抜かれ、上部から間接照明が灯されている。それぞれの壁龕《へきがん》にはギリシア赤像式の壺や『癩王のテラス』の舞台模型、三島の裸体を象《かたど》ったミニチュアのブロンズ像、そして海外で翻訳された三島作品がずらりと並べられ、柔らかな光に照らし出されている。部屋に案内されて腰かけようという時、置物を珍しそうに見ていた和久田に向かって、三島はブロンズ像の方を向き、「これが俺の肉体で、こっちの本が俺の精神なんだよ」と今度は本の方を向いて言った。カフェテーブルに向かってサロメの衣装を鉛筆でさらさらとスケッチしている細長い横顔を隣に座って眺めながら、若い演出助手はこの四十五歳の作家の世界的名声を改めて痛感せずにはいられなかった。

その日から遡ることひと月近い十月二十五日、三島は役者を集めてオーディションの審査に加わっていた。「七つのヴェールの踊り」で裸身を披露するサロメ役の選考のため、若い女優たちは水着姿で会場に集まった。日夏耿之介訳の台詞の一部を読ませ、三島はマスコミ用のカタログに掲載された役者の写真欄にコメントを書き込みながら、配役を選んだ。同じ日に三島は翌年三月刊行予定の『東文彦作品集』の序文を書き、文学に耽溺していた少年の日の記憶に思いを馳せていた。『サロメ』の再演も、亡き先輩の作品集刊行も死出の準備の一環であったことは疑いない。自決へ向かって秒読み段階に入っていた作家には劇団のために新作を創作する時間はもう残されていなかった。その三島が残された時間の間隙《かんげき》を縫うようにして『サロメ』演出のために時間を作ったのである。しかも異様なほどの情熱をもって……。自決をはさんで『薔薇と海賊』と『サロメ』というふたつの旧作が再演されたことは、その死を通して考えると慄然とした意味を帯びてくる。

『サロメ』という一幕物の芝居は、作者であるワイルド自身が「読むための戯曲」と評していただけに、実際に舞台にのせてみると、動きに乏しく、観客を引きつけるのは至難の業である。したがって、昭和三十五年に三島が文学座公演で二十年来の夢の実現に胸をときめかせて演出した際の劇評も決して芳しいものではなかった。「三島さんのお道楽もこの辺で打ち上げとしきたいね」と内輪で陰口を叩く者さえいた。だが、『サロメ』のような戯曲が一般受けしないことは、当の本人が百も承知していた。このことは、昭和三十五年四月七日付の日夏宛ての書簡の中の「批評は産経新聞の伊馬春部氏の絶賛をのぞき、いづれも不評、当然のことで、俗耳俗眼にはわからない芝居と存じます」という一節に表れている。むしろ、三島は少年期に出会ったこの戯曲を舞台化したこと自体に意味を見出していたのである。

私はあらゆる作家と作品に、肉慾以外のもので結びつくことを肯《がへ》んじない。この肉慾は端的に対象を求める心情である場合もあり、同類のみが知る慰藉《ゐしゃ》である場合もある。さらにまた、深い憎悪に似たそれである場合もある。

愕《おど》くべきことには、ワイルドはそのすべてであり、そのおのおのであつた。私がはじめて手にした文学作品は「サロメ」であつた。これは私がはじめて自分の目で選んで自分の所有物にした本である。（「オスカア・ワイルド論」）


三島は「肉慾」という強固な関係で結びついた、最初の恋人とも言える『サロメ』を終生忘れることはなく、演出はこの初恋相手に対して捧げられる最高の敬意《オマージュ》であった。三島は当時まだ三十歳に満たない和久田を演出助手に指名し、特に次の四つの演出プランについては絶対に守るように彼に念を押した。ひとつはサロメの踊りは東洋的なものにすることであった。三島はサロメがヘロデ王の前で舞う「七つのヴェールの踊り」に関してだけはビアズリーの絵ではなく、ワイルドがインスピレーションを受けたフランス象徴派の画家ギュスターヴ・モロー（Gustave Moreau, 1826–1898）の絵に近いものを望んでいたからである。ふたつめは、背景の全面にビアズリーの絵を拡大して使い、装置全体を白と黒で統一することであった。三島は和久田との最後の打ち合わせの際、舞台のセットについて図解しながら綿密な指示を与えたが、ビアズリーの絵については、大判の画集の何番を使うという指示を英語で書き込み、さらに自らの手でビアズリーの絵を模したイメージ画を描くという念の入れようであった。色に関しては、色のあるものは卓上の林檎にいたるまで黒でという指示であった。ただし、空などの背景を照明効果で表現するために舞台奥に設けられた壁、ホリゾントだけは青となった。

残りのふたつは三島が自分の死を強く意識して演出にあたっていたことを印象づけるものである。まず、舞台

オーブリー・ビアズリー「踊りの褒美」

の両脇に孔雀の香炉を置き、香を絶やさず焚き続けてほしいという指定。これはワイルドの原作にも十年前の上演時にもなく、今回の台本にも書かれていない指示である。三島は説明図において舞台のセットの両脇にきちんと三島自身の手で孔雀の絵を描き、指示を書き込んでいる。そして、最後の指示は、ヨハネの首から大量の血をしたたらせてほしいというものであった。ホリゾントの青以外は白と黒で統一するという厳密に限定された色彩の中で唯一血だけがそれ以外の色――赤――を使用することが許されていたのである。

三島が和久田に託した四つの演出プランの意図はいまさら言うまでもないだろう。社会を揺るがした自決から三か月も経たないうちに紀伊國屋ホールで上演された森秋子主演の『サロメ』は話題をさらった。「死後も演出する三島」という見出しの『毎日新聞』の記事（昭和四十六年二月十六日付）の中で和久田が語った通り、『サロメ』は明らかに三島本人によって「綿密に計算された〝劇場での葬儀〟」であった。

香が焚きしめられ、白黒で統一された葬儀場を思わせる会場で行われる洗礼者ヨハネの斬首は、観る者に否応なく市ヶ谷で起こった血塗られた事件を想起させ、盆に載せられたヨハネの生首には、当然三島の刎ねられた首が重ね合わされた。しかも白黒の舞台上に映える鮮烈な赤い血は、事件から受けた衝撃からいまだ醒めやらない観客にはあまりにも生々しく、強烈な印象を与えたことだろう。計算し尽くされた作家のこの強烈な演出に、人工性や自己陶酔を見出すことは容易である。しかし、実はこの演劇性の奥には、真摯で純粋で無垢な精神の白さというべきものが包み隠されている。この作家の心には薔薇の花のように、最初の花びらの奥にまた、もう一枚の花びらが用意されていた。『サロメ』は三島にとって宿命の本であった。中学時代にこの本を手に取った瞬間に、三島は自分の人生を選び取っていたのである。

一人の男の最初のうひうひしい触角が、暗闇のなかで摘み取つた果実の味はひは、後《のち》になればなるほどこの最初の触角の正確さを、私に思ひ知らせる結果になつた。人間は結局、前以て自分を選ぶものだ。（「オスカア・ワイルド論」）

自決は不可避な行為であった。聖ヨハネの殉教は、〈絶対〉のために自身の肉体を生贄として捧げた三島の自決を象徴しており、その死の先には誰にも到達できない恍惚とした官能の世界がひらけていた。ヨハネの血まみれの首に頬ずりして接吻するサロメの禁忌のエロスは、少年三島の心に深く根を下ろした。それから三十年以上の時を経てついに三島はその禁断の「果実の味はひ」を自分のものにしたのである。凄惨な自死の果てに言葉と肉体の合致を初めて味わった作家は、その受苦の血によって自らの文学にも息を吹き込んだ。その死後『サロメ』の舞台でしたたる殉教者の血は、久遠の〈悪の華〉となって漆黒の闇に向かって凶々しい花びらを開いたのである。

あとがき――最後の『黒蜥蜴』

本書の原稿を書き終えた九月二十三日、神奈川芸術劇場で美輪明宏主演では最後の『黒蜥蜴』を観た。至芸とも言うべき圧巻の演技であった。美輪の演じる〈黒蜥蜴〉を見て、改めて三島戯曲は言葉のアクションなのだとつくづく感じた。美輪によって三島の重苦しいほどに装飾過多な台詞、磨き立てられた宝石のごとく華麗な言葉の数々が翼を得て舞台空間に舞う。まるで楽器が低い波動のある音で音楽を奏でるようにこの八十歳の老巧者は、天才作家の豪華絢爛な言葉の世界を時には切なく、時にはドスの効いた迫力をもって、時には高らかな哄笑をもって、時には湧き出る泉のごとく甘美で豊かな流れをもって、朗々と歌い上げた。さすがは三島が熱望した末、主役に抜擢した人だと脱帽せずにはいられなかった。創作者《クリエイター》と表現者《パフォーマー》の見事な共同作業を目の当たりにしたとでも言おうか。たしかにこの空間には三島由紀夫が生きていた。

最後の台詞が終わって幕となった時、愛する人の残り香が薄れていく時に似た淋しさと切なさに襲われて涙が溢れた。三島が自刃した年に生まれ、彼の生前の活動を肌で感じる機会に恵まれなかった私にとって、彼を感じられる縁《よすが》なるものと私との間に幕が降ろされたような気がしたからである。ひとつの時代の終焉――それが最後の『黒蜥蜴』で私が感じたことだったのかもしれない。

大学・大学院ともに英文学を専攻した私は、平成十五年春にオスカー・ワイルドに関する論文で博士号を授与された。論文執筆過程では、三島が二十五歳の時に書いた「オスカア・ワイルド論」で遺憾なく発揮されている鋭利な刃物のように冴えわたった批評眼に多大な恩恵を受けたものだ。それ以来、私はいつの日か三島由紀夫について本格的な評論を書きたいと思うようになった。

死後三島ほど論じられ、語られ続けた作家はいない。おそらく世界文学的に見ても稀有な存在であろう。多くの伝記、評論、研究書がすでに刊行されているが、本書がそれに何かをつけ加えることができたかどうかはともかく、次のような点においてこの本の新たな意義があるかもしれない。それは三島の最期があまりにも壮絶かつ劇的であったために、少なからぬ三島論が自決から遡行《そこう》して彼の文学全体を見ようとしているのに対し、本書ではあえて揺籃期《ようらんき》と青春期の作品を原点として扱うことで、むしろあの最期こそ三島が己れの文学の源泉へと回帰するため不可避な運命であったことを明らかにしているところである。三島の人生においてもそうであったように、本書ではワイルドの『サロメ』を論の最初と最後に配置し、ワイルドの要素を通底音として全体に散りばめた。したがってワイルドをたどっていくと一本の線が浮かび上がり、それがそのまま三島文学の全体像を補強するという仕組みになっている。

本書を書くために参考にした文献は記した通りであるが、ジョン・ネイスンの『三島由紀夫——ある評伝——』を読んだ時、次の一節が私の目を引いた。それは三島邸を訪れた際に、二階の居間でネイスンが目にした意外なひとつの物の印象であった。

いつも変らずソファの上にあるのは、三島の少年時代からのお人形だった、ばらばらになりかけのライオンの縫いぐるみであった。

あまりにも人工的な香りのする白亜の豪邸には、およそ不似合いな少年時代から可愛がってきた古びた縫いぐるみ。最初にこの評伝を読んだ時、生涯それを捨てられずに側に置いておく彼の優しさが、私に不思議な印象として刻まれた。市ヶ谷自衛隊駐屯地での血まみれの自刃とあまりにもかけ離れていたからであろうか。

だが、これは三島由紀夫という人の心の底の深い優しさを静かに伝えているのではないか。幼少期の愛玩物を離さずにいたことは、森茉莉らが語る蒸留水のような彼の精神の透明さや、澄んだ瞳に象徴される純粋さに通じているような気がしてならない。そんなたおやめぶりこそ没後四十五年という節目を経て、今私の前に現れてきた三島の姿なのである。

〈黒蜥蜴〉の次の台詞は、三島の心にある何人《なんぴと》も立ち入ることのできない水晶のような無垢の輝きを描いている。最後の自刃もまたこうした心の持ち主ゆえの行動ではなかっただろうか。

私は子供の知恵と子供の残酷さで、どんな大人の裏をかくこともできるのよ。犯罪といふのはすてきな玩具《おもちゃ》箱《ばこ》だわ。その中では自動車が逆様になり、人形たちが屍体のやうに目を閉ぢ、積木の家はばらばらになり、獣物《けだもの》たちはひつそりと折を窺《うかが》つてゐる。世間の秩序で考へようとする人は、決して私の心に立ち入ることはできないの。

美輪明宏の語るこの台詞を聞きながら、私は三島由紀夫という不世出《ふせいしゅつ》の芸術家のその心に、本書を書くことで「立ち入ること」ができたのではないかと密かに思っている。

三島論を書きたいと思いながら、その「いつか」はなかなか訪れなかった。しかし、期せずして作者が死んだのと同じ年齢になった私に機会は与えられた。その時を与えて下さったアーツアンドクラフツ社の小島雄氏に心より感謝を捧げたい。また、本書の内容を汲んで素晴らしい装幀を手がけて下さった芦澤泰偉氏に感謝の意を表したい。

平成二十七年九月二十七日

鈴木ふさ子

【主要参考文献】

一、著作

三島由紀夫『決定版　三島由紀夫全集』全四十二巻・補巻一・別巻一（付録月報）、新潮社、二〇〇〇年〜二〇〇五年

三島由紀夫『三島由紀夫全集』全三十五巻、補巻一（付録月報）、新潮社、昭和四十八年〜五十一年

三島由紀夫『仮面の告白』講談社、昭和四十六年（限定一〇〇〇部）

三島由紀夫『黒蜥蜴』牧羊社、昭和四十五年（限定三五〇部）

三島由紀夫『芝居日記』中央公論社、一九九一年（限定三〇〇部）

三島由紀夫『岬にての物語』牧羊社、昭和四十三年（限定三〇〇部）

三島由紀夫『三島由紀夫　十代書簡集』新潮社、一九九九年

川端康成・三島由紀夫『川端康成・三島由紀夫往復書簡』新潮社、一九九七年

アルチュール・ランボオ『地獄の季節』小林秀雄訳、岩波書店、一九三八年

オスカー・ワイルド『オスカー・ワイルド全集』全六巻　西村孝次訳、青土社、一九八八〜八九年

オスカー・ワイルド『幸福な皇子（ワイルド童話集）』本間久雄訳、春陽堂、昭和七年

オスカー・ワイルド『柘榴の家』守屋陽一訳、角川書店、昭和二十六年

オスカー・ワイルド『サロメ』佐々木直次郎訳、岩波書店、昭和十三年（初版昭和十一年）

オスカー・ワイルド『サロメ』日夏耿之介訳、角川書店、昭和二十七年

オスカー・ワイルド『ワイルド全詩』日夏耿之介訳、創元社、昭和二十五年

シャルル・ボオドレエル『悪の華詩抄』操書房、昭和二十三年

シャルル・ボオドレール『ボオドレール　悪の華』鈴木信太郎訳、岩波書店、一九六一年

ジャン・コクトオ『わが青春期』堀口大學訳、第一書房、昭和十一年

レイモン・ラディゲ『ドルジェル伯の舞踏会』生島遼一訳、新潮社、昭和二十八年

レーモン・ラディゲ『ドルジェル伯の舞踏会』堀口大學訳、角川書店、昭和二十七年

安藤武『三島由紀夫全文献目録』夏目書房、二〇〇〇年

安藤武『三島由紀夫「日録」』未知谷、一九九六年

安藤武『三島由紀夫の生涯』夏目書房、一九九八年

アントナン・アルトー『ヘリオガバルス―または戴冠せるアナーキスト』多田智満子訳、白水社、一九八九年

磯田光一『磯田光一著作集』第一巻、小沢書店、一九九〇年

磯田光一『殉教の美学』冬樹社、昭和四十六年

猪瀬直樹『ペルソナ―三島由紀夫伝』文藝春秋、一九九五年

井村君江『サロメの変容―翻訳・舞台』新書館、一九九〇年

岩下尚史『ヒタメン―三島由紀夫が女に逢う時…』雄山閣、二〇一一年

エドワード・ギボン『ローマ帝国衰亡史Ⅰ』筑摩書房、一九九五年

オーブリー・ビアズリー『世紀末の光と闇の魔術師　オーブリー・ビアズリー』解説・監修海野弘、パイ インターナショナル、

二〇一三年
オーブリー・ビアズリー『画集・ビアズレー』第一出版センター編、講談社、一九七八年
岡山典弘『三島由紀夫外伝』彩流社、二〇一四年
奥野健男『三島由紀夫伝説』新潮社、一九九三年
小高根二郎『蓮田善明とその死』筑摩書房、昭和四十五年
春日井健『行け帰ることなく・未青年』深夜叢書社、一九七〇年
川島勝『三島由紀夫』文藝春秋、一九九六年
川端康成『川端康成全集』第三十四巻、新潮社、昭和五十七年
小島千加子『三島由紀夫と壇一雄』構想社、一九八〇年
小林秀雄『新訂小林秀雄全集　第六巻ドストエフスキイの作品』新潮社、昭和五十三年
佐伯彰一『評伝　三島由紀夫』新潮社、一九七八年
佐藤秀明『三島由紀夫の文学』試論社、二〇〇九年
佐渡谷重信『三島由紀夫における西洋』東京書籍、昭和五十六年
篠山紀信『三島由紀夫の家』美術出版社、二〇〇〇年
澁澤龍彦『異端の肖像』河出書房新社、一九八三年
澁澤龍彦『犬狼都市（キュノポリス）』福武書店、一九八六年
澁澤龍彦『サド侯爵の生涯—牢獄文学者はいかにして誕生したか』桃源社、昭和四十年
澁澤龍彦『三島由紀夫おぼえがき』中央公論社、一九八六年
島崎博、三島瑶子編『定本三島由紀夫書誌』薔薇十字社、一九七二年
ジョン・ネイスン『新版・三島由紀夫—ある評伝—』野口武彦訳、新潮社、二〇〇〇年
鈴木亜繪美著、田村司監修『火群のゆくへ—元楯の会会員たちの心の軌跡』柏艪社、二〇〇五年
鈴木ふさ子『オスカー・ワイルドの曖昧性—デカダンスとキリスト教的要素—』開文社、二〇〇五年
大蘇芳年『血の晩餐—大蘇芳年の芸術』番町書房、昭和四十六年
田中美代子『ロマン主義者は悪党か』新潮社、一九七一年
堂本正樹『劇人三島由紀夫』劇書房、一九九四年
堂本正樹『三島由紀夫の演劇——幕切れの思想』劇書房、一九七七年
徳岡孝夫『五衰の人——三島由紀夫私記』文藝春秋、一九九六年
徳岡孝夫、ドナルド・キーン『悼友紀行——三島由紀夫の作品風土』中央公論社、昭和四十八年
富岡幸一郎『仮面の神学—三島由紀夫論—』構想社、一九九五年
富岡幸一郎『最後の思想——三島由紀夫と吉本隆明』アーツアンドクラフツ、二〇一二年
長谷川泉、武田勝彦編『三島由紀夫事典』明治書院、昭和五十一年
長谷川泉、森安理文、遠藤祐、小川和祐編『三島由紀夫研究』右文書院、昭和四十五年
平岡梓『伜・三島由紀夫』文藝春秋、昭和四十七年
平岡梓『伜・三島由紀夫（没後）』文藝春秋、昭和四十九年
福島鑄郎『資料　三島由紀夫——増補改訂——』双柿舎、一九八二年
福島次郎『三島由紀夫——剣と寒紅』文藝春秋、平成十年
ヘンリー・スコット＝ストークス『三島由紀夫　死と真実』徳岡孝夫訳、ダイヤモンド社、昭和六十年
坊城俊民『焰の幻影——回想三島由紀夫』角川書店、昭和四十六

年
保阪正康『三島由紀夫と楯の会事件』角川書店、平成十三年
前田宏一『三島由紀夫「最後の独白」――市ヶ谷自決と2・26』毎日ワンズ、二〇〇五年
松本徹編『年表作家読本　三島由紀夫』河出書房新社、一九九〇年
松本徹『三島由紀夫の最期』文藝春秋、平成十二年
松本徹『三島由紀夫の生と死』鼎書房、平成二十七年
松本徹、佐藤秀明、井上隆史編『三島由紀夫事典』勉誠出版、平成十二年
三谷隆信『回顧録　侍従長の昭和史』中央公論新社、一九九九年
「三谷民子」編集委員会編『三谷民子――生涯・想い出・遺墨』女子学院同窓会、一九九一年
三谷信『級友　三島由紀夫』笠間書院、昭和六十年
宮下規久朗・井上隆史、『三島由紀夫の愛した美術』新潮社、二〇一〇年
三好行雄編『三島由紀夫必携』學燈社、一九八九年
美輪明宏『紫の履歴書』水書房、平成四年
村松英子『三島由紀夫追想のうた――女優として育てられて』阪急コミュニケーションズ、二〇〇七年
村松剛『三島由紀夫の世界』新潮社、平成二年
村松剛『三島由紀夫――その生と死』文藝春秋、昭和四十六年
森田必勝『わが思想と行動（遺稿集）』日新報道、昭和四十六年
矢代静一『騎手たちの青春――あの頃の加藤道夫・三島由紀夫・芥川比呂志』新潮社、一九八五年
保田與重郎『萬葉集名歌選釋』新學社教友館、昭和五十年
山本舜勝『自衛隊「影の部隊」――三島由紀夫を殺した真実の告白』講談社、二〇〇一年
湯浅あつ子『ロイと鏡子』中央公論社、昭和五十九年
Alvord L. Eiseman, *Charles Demuth*. New York: Watson-Guptill, 1986.
Ellis Hanson, *Decadence and Catholicism*. Cambridge, Massachusetts: Harvard University Press, 1997.
Guy Willoughby, *Art and Christhood: The Aesthetics of Oscar Wilde*. London: Associated University Presses, 1993.
Hilary Fraser, *Beauty and Belief: Aesthetics and Religion in Victorian Litreature*. Cambridge: Cambridge Univeristy Press, 1986.
Linda Dowling, *Hellenism and Homosexuality in Victorian Oxford*. Ithaca: Cornell University Press, 1994.
Oscar Wilde, *Complete Works of Oscar Wilde*. London: Collins, 1983.
Richrd Ellmann, *Oscar Wilde*. London: Penguin, 1987.

二、その他（雑誌・新聞記事・パンフレット・論文など）

A・ピエール・ド・マンディアルグ「三島由紀夫について――『サド侯爵夫人』パリ上演をめぐって」（特別インタビュー　聞き手三浦信孝）、『海―一九七七年五月特別号』中央公論社、一九七七年
金子國義「優しく澄んだ眼差し」（決定版　三島由紀夫全集20月報）、『決定版　三島由紀夫全集』第二十巻、新潮社、二〇〇二年
佐々淳行「憂国の士、三島由紀夫氏の最期―東部方面総監室の切腹―」、『鹿鳴館』劇団四季プログラム、劇団四季編集部、二〇

〇六年
神西清「ナルシシズムの運命」（初出昭和二十七年）、『文芸読本 三島由紀夫』河出書房新社、昭和五十年
鈴木ふさ子「オスカー・ワイルドと三島由紀夫―「わがままな大男」と「酸模―秋彦の幼き思い出」における〈花〉の象徴するもの」、秋山正幸・榎本義子編『比較文学の世界』南雲堂、二〇〇五年
鈴木ふさ子「園子の象徴するもの―『仮面の告白』におけるキリスト教的要素」、『キリスト教文学研究』第二十四号、日本キリスト教文学会事務局、二〇〇七年
鈴木ふさ子「三島由紀夫にとってのキリスト教―少年期における聖書を題材にした作品群を手がかりに―」、『キリスト教文学研究』第二十二号、日本キリスト教文学会事務局、二〇〇五年
高橋睦郎「家族ゲーム―または みなごろしネロ」、『現代詩手帖』第五十八巻・第六巻 思潮社、二〇一五年
永井邦子「ターキーとの握手」、『三谷民子―生涯・想い出・遺墨』「三谷民子」編集委員会編、女子学院同窓会、一九九一年
森茉莉「蒸留水の純粋―可哀さうな、可哀さうな、三島由紀夫―」、『新潮 臨時増刊号 三島由紀夫読本』新潮社、昭和四十六年
「座談会 追悼公演『サロメ』演出を託されて―和久田誠男氏を囲んで―」、『三島由紀夫研究④三島由紀夫の演劇』松本徹、佐藤秀明、井上隆史責任編集、鼎書房、平成十九年
「死後も演出する三島――劇場での〝葬儀〟追悼公演初日」、『毎日新聞』、昭和四十六年、二月十六日
『大神神社―四季の祭り―』宗教法人大神神社、平成二十六年
『グラフィカ三島由紀夫』新潮社編、新潮社、一九九〇年
『國文學 没後三十年三島由紀夫特集』平成十二年九月号 學燈社、平成十二年
『國文學 三島由紀夫の遺したもの』昭和五十一年十二月号 学燈社、昭和五十一年
『國文學 三島由紀夫―物語るテクスト』平成五年五月号 學燈社、平成五年
『國文學 解釋と鑑賞 美と殉教・三島由紀夫』昭和四十七年十二月号、至文堂、昭和四十七年
『國文學 解釋と鑑賞 三島由紀夫とデカダンス』昭和五十一年二月号、至文堂、昭和五十一年
『新文芸読本 三島由紀夫』河出書房新社、一九九〇年
『晋遊舎ムック 武人――蘇る三島由紀夫』晋遊舎、平成二十五年
『文芸読本 三島由紀夫』河出書房新社、昭和五十年
『三島由紀夫研究⑨三島由紀夫と歌舞伎』松本徹、佐藤秀明、井上隆史責任編集、鼎書房、平成二十二年

鈴木ふさ子（すずき・ふさこ）
1970年、東京生まれ。文芸評論家。青山学院大学文学部英米文学科卒業。フェリス女学院大学大学院人文科学研究科英文学専攻博士後期課程修了。2003年に「オスカー・ワイルドの曖昧性―その作品に見られるキリスト教的要素とデカダンス―」で博士号（文学）取得。同論文で三島由紀夫におけるワイルドの影響を論ずる。大学の講師を務めながら、2008年より「美の追求者」と謳われたジョニー・ウィアー（2006年・2010年冬季五輪アメリカ代表）を中心にフィギュアスケート専門誌で取材。アメリカ、フランス、ロシアなどを訪れる。現在、日本大学、青山学院大学、國學院大學、関東学院大学で英語・英文学・比較文学を講ずる。著書に『オスカー・ワイルドの曖昧性――デカダンスとキリスト教的要素』（開文社、2005年）、共著に『比較文学の世界』（南雲堂、2005年）、『ラヴレターを読む――愛の領分』（大修館書店、2008年）等。

三島由紀夫《みしまゆきお》　悪《あく》の華《はな》へ
2015年11月30日　第1版第1刷発行

著者◆鈴木《すずき》ふさ子《こ》
発行人◆小島　雄
発行所◆有限会社アーツアンドクラフツ
東京都千代田区神田神保町2-2-12
〒101-0051
TEL. 03-6272-5207　FAX. 03-6272-5208
http://www.webarts.co.jp/
印刷　シナノ書籍印刷株式会社

落丁・乱丁本はお取り替えいたします。
ISBN978-4-908028-10-6　C0095